全民搞网页——博客|个人站|网店|论坛必知必会 120 问

程秉辉　编　著

清华大学出版社

北　京

内 容 简 介

本书不同于一般的网页设计书，而是讨论最常见、最实用的各种网页设计主题，不去追逐最新的方法或高深的技术。对不想深入研究或思考的读者，只要按图索骥就可以很方便、快速地将本书中的各种方法与技巧应用在网页中，而有兴趣了解更多相关网页制作技术的读者也可以触类旁通地学习到更多内容，进而设计出符合你的想法与特色的网页。

本书定位很低，希望能真正实现"全民搞网页"！本书对大多数网页设计者都会有所帮助，事半功倍地完成工作。特别适合个人博主、个人网站、网店店主、论坛管理员等非专业人士阅读提高。

本书光盘包含本书实例素材与源代码。

图书在版编目(CIP)数据

全民搞网页——博客|个人站|网店|论坛 必知必会 120 问/程秉辉编著. —北京：清华大学出版社，2010.5

ISBN 978-7-302-22196-8

Ⅰ. 全… Ⅱ.程… Ⅲ.主页制作—问答 Ⅳ. TP393.092-44

中国版本图书馆 CIP 数据核字(2010)第 034809 号

责任编辑：栾大成
装帧设计：杨玉兰
责任校对：周剑云
责任印制：孟凡玉

出版发行：清华大学出版社   地 址：北京清华大学学研大厦 A 座
     http://www.tup.com.cn   邮 编：100084
     社 总 机：010-62770175   邮 购：010-62786544
     投稿与读者服务：010-62776969，c-service@tup.tsinghua.edu.cn
     质 量 反 馈：010-62772015，zhiliang@tup.tsinghua.edu.cn
印 刷 者：北京市清华园胶印厂
装 订 者：三河市溧源装订厂
经 销：全国新华书店
开 本：185×230 印 张：25.75 字 数：555 千字
版 次：2010 年 5 月第 1 版 印 次：2010 年 5 月第 1 次印刷
     附光盘 1 张
印 数：1～5000
定 价：49.00 元

产品编号：036096-01

作者感言

时间过得很快，转眼之间小弟第一本网页设计排困解难的书——《解决网页设计一定会遇到的 210 个问题》至今刚好满四年，虽然与网页设计相关的书如过江之鲫，到处可见，不过本书仍获得许多读者的青睐而有不错的成绩。然而，网页设计的范围与内容很广泛，无法将所有重要与常见的主题尽列在该书中，因此当初就有两本书的策划。但由于多种原因造成本书到现在才付梓而未能与大家尽早见面，实在有愧读者的期望与指教。

基本上本书沿续之前的写作方式，讨论最常见、最实用的各种网页设计主题，而不去追逐最新的方法或高深的技术。对于不想深入研究或思考的读者，只要按图索骥就可以很方便、快速地将本书中的各种方法与技巧应用在网页中；而有兴趣了解的读者也可以触类旁通地学习到更多相关的内容，进而设计出符合自己想法与特色的网页。因此，小弟相信本书对大多数网页设计者都有所帮助，借助本书可以减少设计网页的时间，事半功倍地完成工作。

照例，对于本书内容中的任何问题都可以写信与小弟一起讨论，或者到小弟的网站或博客浏览与指教。

邮箱：hawkegg@gmail.com
网站：http://www.faqdiy.cn/
博客：http://hawke.blog.51cto.com/

程秉辉
Hawke Cheng

目　录

PART 2　各种多媒体的播放与排困解难
(Issues for Multimedia in HomePage Design)

PART 3 资料检查验证技巧、条件限制与综合应用
(Technique of Verify and Check for Input Data in Form)

PART 4　无所不搜——网络搜索功能
(Issues for Internet Search in HomePage Design)

PART 1
显示各种动态信息或资讯

Dynamic Information and Messages for HomePage Design

全民搞网页——博客|个人站|网店|论坛
必知必会120问

程秉辉
排困解难 *DIY* 系列

　　各种动态或实时信息在网页中很常见，在某些网页中甚至是必需的内容。本章将详细讨论下列这些操作与说明。

● 目前总计及当日、当月、当年等各种浏览人数的统计与计数器样式。

● 在网页中显示当前日期、时间、日历、浏览者的 **IP** 地址、**ISP** 名称、**Windows** 与**IE** 信息等。

● 实时显示指定地区 (或多个地区) 的气象信息，如温度、晴阴雨，且有多种样式可选择。

● 在标题栏、状态栏或网页中显示内容不断更新的走马灯信息。

● 自定义内容不断更新的信息滚动窗的大小、颜色、位置与滚动速度。

● 在网页中显示指定地区的详细地图，而且还具有放大和缩小功能。

● 让网页中的各种元素具有当鼠标移到上面时都可以显示可自定义颜色的说明文字或说明图片的功能。

● 显示自定义的地址列图标。

● 让浏览者无法复制或保存网页中的内容，或看不懂源码相关技巧的详细讨论与研究。

　　……

1 如何在网页中加入计数器 (Counter)，以便能知道已经有多少人次浏览过这个网页？

 2 如何让网页中的计数器很有特色或有多种变化？

 3 如何寻找具有多种变化，甚至可以自定义样式的计数器？

相关问题请见 **Q4、Q14**

本技巧适用于：长期统计访问网页的人次，借以了解网站的浏览状况与受欢迎程度，作为改善网页内容、带宽调整与相关改讲的参考。

　　对大多数网页设计者而言，肯定都很想知道自己辛苦设计的主页到底有多少人次来浏览过，若在网页上有个可统计访客数的计数器 (Counter)，如此就能随时知道目前有多少人次浏览过这个网页，作为各方面改进的参考。依照网页文件所在的位置可分为下列三种状况。

● 自己架设网站服务器，当然网页文件就在你的 Web 服务器中，就由 Web 服务器提供计数器。这部分请参考使用的 Web 系统来设计。

● 网站文件放在网络厂商 (或出租网页空间的厂商) 提供的空间中 (不论付费或免费)，这些厂商通常都提供了计数器，所以可参见厂商网页中的说明来使用。

● 网站文件放在网络厂商 (或出租网页空间的厂商) 提供的空间中 (不论付费或免费)，但该厂商并没有提供计数器，所以必须另外搜索计数器来使用。

不过这里要说明的是，不论你的网页文件放在哪里，都可以依照下面的步骤来设置计数器。

> Note ⚠️ 基本上大多数计数器都统计主页的浏览人数。不过，若要统计某个特定网页的浏览人数，也可以依照下面的步骤来设计。另外，这类计数器都统计浏览人次，而不是实际浏览人数，也就是说，若某个浏览者重读该网页10次，计数器就会增加10。所以这个统计数字只可作为参考值，与实际的浏览人数是有些差距的。

✎ 步骤 ❶ 申请计数器

大多数网页的计数器都是由某些网站提供的，所以不必自己设计，因此只需要去提供计数器的网站申请一个自己专属的计数器，直接拿来使用就行了。可是怎么知道要去哪个网站申请计数器呢？别担心，小弟列出几个网站供你参考。

http://www.webs.com/ (英文，有多种样式与免费网络空间)
http://www.amazingcounters.com/ (英文，有超过750种样式)
http://www.lattecounter.com/ (简体中文，可包含动画图片计数器，较占空间)
http://00counter.com/ (简体中文，可自订各种样式计数器，较占空间)

> Note ⚠️ 这些网站所提供的计数器在本书写作时都可以免费使用，但并不表示可以永远免费使用。这点请读者特别了解与注意。

在这些网站申请计数器，必须先注册 (都是免费注册)。这里小弟以 amazingcounters 这个网站来举例说明 (http://www.amazingcounters.com/)。 amazingcounters网站提供多达750种以上各类样式的计数器，可以满足大多数人的需求，读者可依照下面的操作申请。

进入该网站后单击此项目

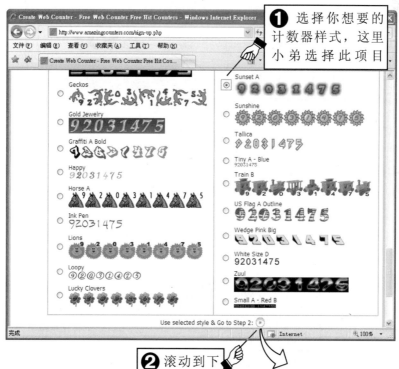

❶ 选择你想要的计数器样式，这里小弟选择此项目

❷ 滚动到下方后单击它

还有喔

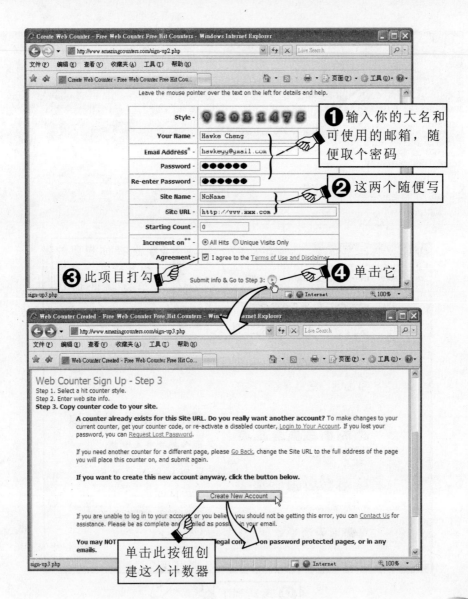

还有喔

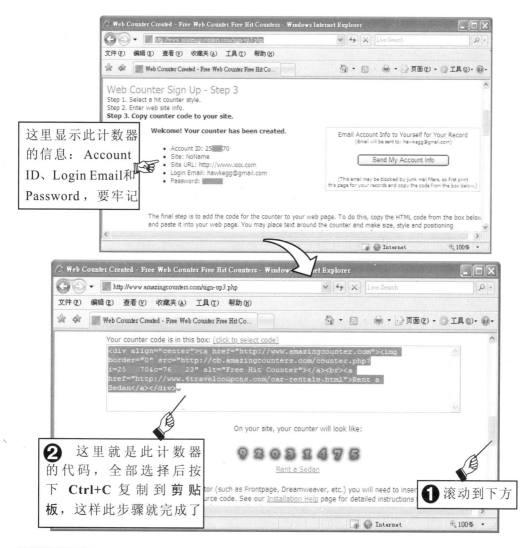

这里显示此计数器的信息：Account ID、Login Email和Password，要牢记

❷ 这里就是此计数器的代码，全部选择后按下 **Ctrl+C** 复制到剪贴板，这样此步骤就完成了

❶滚动到下方

特别注意

● 由于计数器是从某个网站申请来的 (上述范例是 amazingcounters)，没人可以保证你所申请的网站一直提供免费计数器，因此若该网站关闭或改为收费，则你的计数器可能无法再继续使用。虽然出现此种情况的几率不高，但还是要注意。

● 对于有些网站提供的计数器,如果需要重新由 **0** 开始计数,则可能要再重新申请一个新的计数器。不过在 amazingcounters 网站中可以重新设置计数器的初始值为任意值,如此就可以设置为从 0 开始计数。后面有操作说明。

● 有些网站提供的计数器可能在我国某些省或地区可能无法显示出来 (例如 http://www.webs.com/),因此若你的网页会有许多国内网友浏览,就不宜使用这类网站提供的计数器 (可使用国内网站提供的计数器)。

✎ 步骤 ❷ 加入网页与测试

接下来就是将计数器代码加入你的网页中。由于代码中加了该网站的链接与宣传内容,所以要先将其去掉。打开**记事本**,按下 **Ctrl+V** 将代码粘贴进来,再依照下面的说明删除。

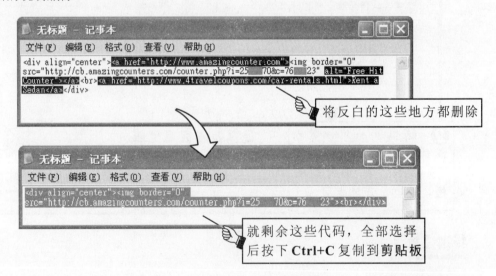

现在就可以将复制的代码加入到网页中。先将该网页打开,再依照下面的步骤进行操作 (此处以 Dreamweaver 为例来说明)。

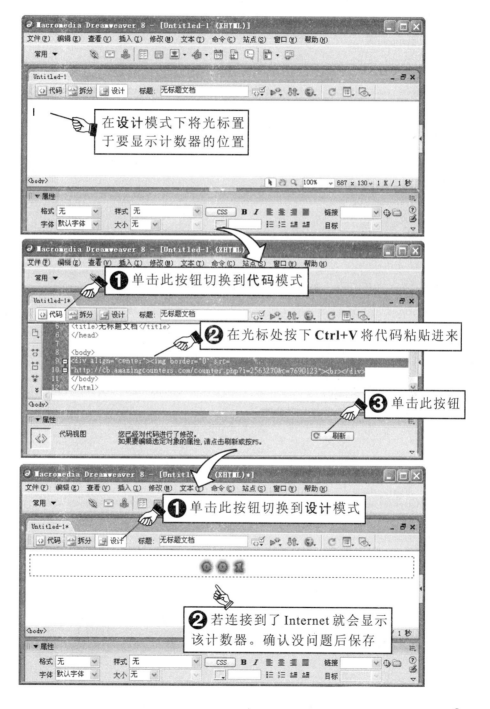

在**设计**模式下将光标置于要显示计数器的位置

❶ 单击此按钮切换到**代码**模式

❷ 在光标处按下 **Ctrl+V** 将代码粘贴进来

❸ 单击此按钮

您已经对代码进行了修改。
如果要编辑选定对象的属性，请点击刷新或按F5。

❶ 单击此按钮切换到**设计**模式

❷ 若连接到了 Internet 就会显示该计数器。确认没问题后保存

重设计数器值

在某些情况下可能需要重新设置计数器值，此时可依照下面的操作来进行。

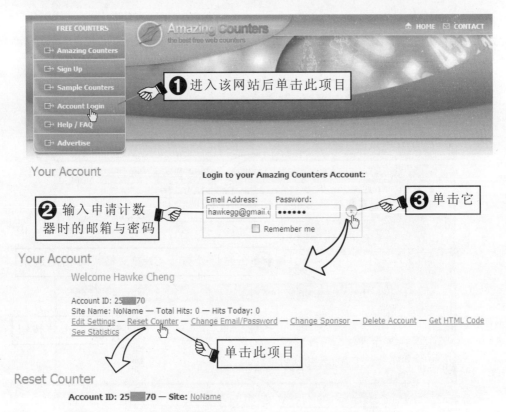

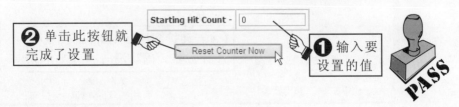

4 如何显示出当前有多少人在浏览网页? 应如何实现?

 5 如何统计与显示当天、当月、当年的浏览总数? 应如何实现?

 6 有什么方法可以对访问与流量进行统计 (甚至画出曲线图), 以便充分了解网站的浏览状况?

相关问题请见 **Q1、Q13、Q15**

本技巧适用于: 统计某段时间的浏览人数, 了解网页的浏览状况, 作为网页内容与流量管控的参考。

大多数网页中的计数器都是用来显示访客的总人数 (也就是前面 **Q1** 中讨论的), 而在本问题中小弟将告诉你如何显示当前正在浏览网页的人数, 以及当天、当月或当年等到当前为止的访客总数。

✎ 步骤 **1** 寻找供应商与样式

与计数器一样, 也需要其他网站提供的此功能 (若要自行设计, 小弟也没意见)。这类的网站并不多, 不过小弟找到了意大利的一个网站, 刚好提供了此功能 (http://www.shinystat.com/en/)。所以请先到该站注册, 成为免费用户后才可使用该计数器, 操作如下。

进入该网站后
单击此项目

单击此按钮

❶输入你要取的帐户名称，
最好特别些，否则已经有别
人使用就要再重来一次

❷单击此按钮

还有喔

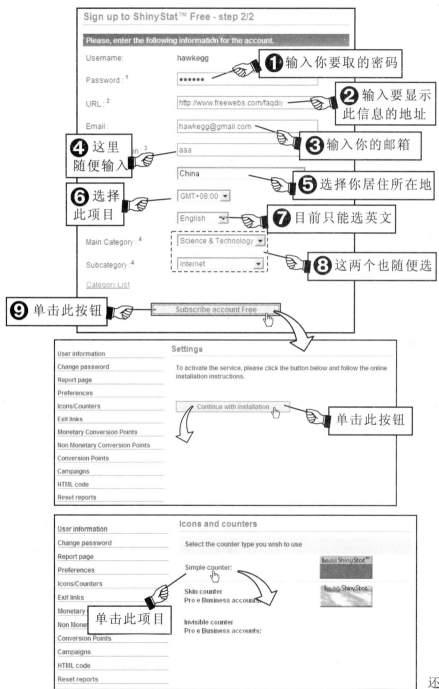

还有喔

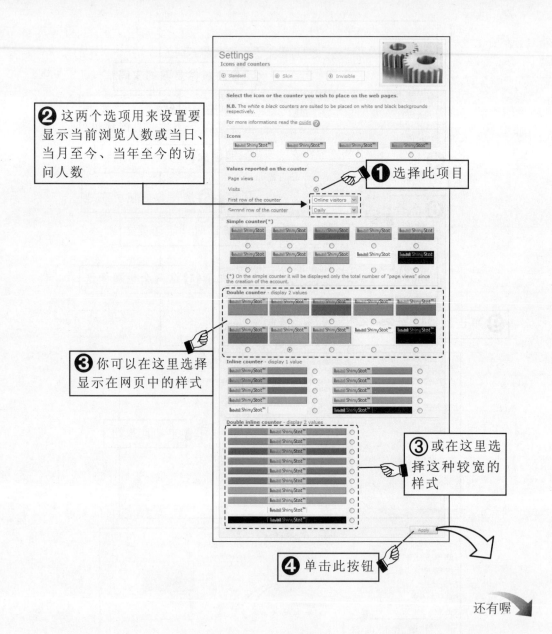

❷ 这两个选项用来设置要显示当前浏览人数或当日、当月至今、当年全今的访问人数

❶ 选择此项目

❸ 你可以在这里选择显示在网页中的样式

❸ 或在这里选择这种较宽的样式

❹ 单击此按钮

还有喔

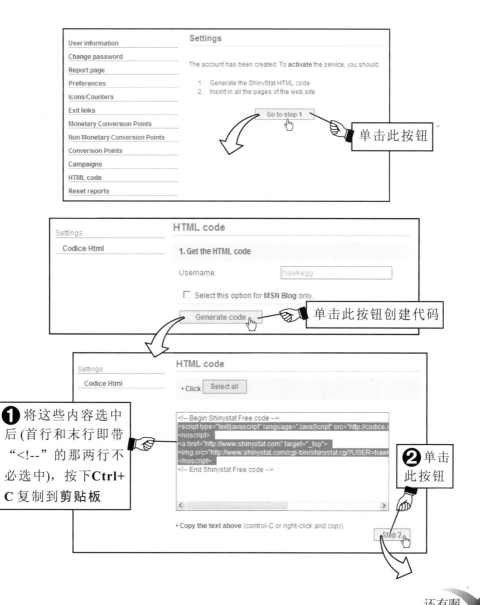

单击此按钮

单击此按钮创建代码

❶ 将这些内容选中后(首行和末行即带"<!--"的那两行不必选中),按下Ctrl+C复制到剪贴板

❷ 单击此按钮

还有喔

出现告诉你如何将代码加入网页的说明后就可以注销该网站

与前一个问题中提供计数器的网站一样，这个代码中也包含许多不必要的东西(也就是宣传广告啦)，所以你可以先复制到**记事本**中 (按下 **Ctrl+V**)，将不必要的代码去掉，只留下如下那样的代码就行了，完成后全部选定再按下 **Ctrl+C** 复制到**剪贴板**。

<img src="http://www.shinystat.com/cgi-bin/shinystat.cgi?USER=　　　　;" border="0">

这里是你注册帐户的登录名称

特别注意

● 由于没人可以保证这个网站一直提供免费计数与统计，因此若该网站关闭或改为收费，则这项统计将无法再继续使用。虽然出现此种情况的几率不高，但是还是需要注意。

● 此网站并无提供将统计重新由 **0** 开始计数的功能，所以如果有这样的需求，则必须再重新申请一个新的帐户与计数器才行。

✎ 步骤 ❷ 加入网页与测试

接下来就是将申请到的计数器加入网页中。先将该网页打开后再依照下面的操作进行 (此处以 Dreamweaver 为例来说明)。

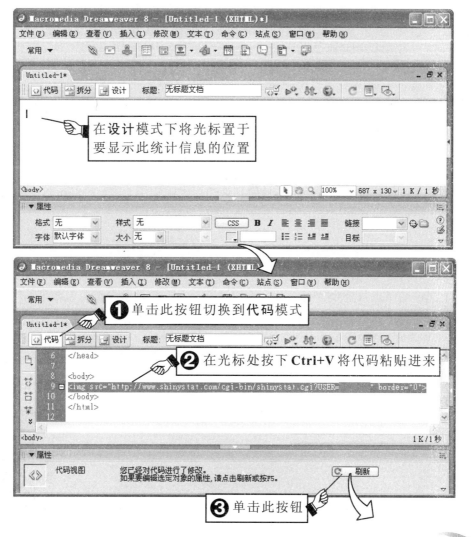

还有喔

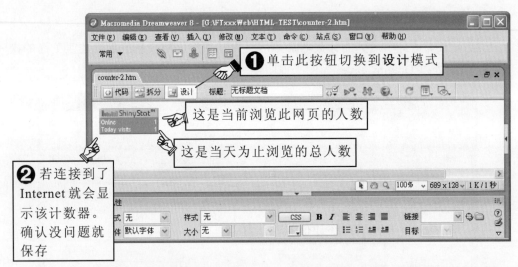

另外，该网站每星期都会寄一封信到你注册的邮箱中(主题为 **ShinyStat weekly report**)，告诉你最近一星期内浏览总统计人数与相关信息。

✎ 讨论与研究——访问与流量统计

上文说明了当月至今、当年至今等的浏览总人次的显示方法，但如果你需要更多、更详细的访问与流量统计信息，可以到下面这两个网站申请免费的统计信息。

网页访问统计 http://www.amazingcounters.com/sample-stats.php

流量统计 http://www.51.la/

7 有哪些方式可以在网页中显示当前日期 (含农历) 与时间？

 8 如何不编程 (JavaScript 等)就能轻松在网页中实现显示日期与时间的功能？

 9 若希望日期与时间能以想要的格式 (例如年-月-日、月-日-年、时:分PM等) 或不同的样式显示，应如何实现？

相关问题请见 Q5、Q10、Q15

本技巧适用于：依照你所希望的格式在网页中显示当前的日期与时间。

许多网页 (通常是主页) 都会显示当前时间与日期，通常有哪些方式可以实现？各有何优缺点？在本问题中都将详细与你讨论。

✎ 方法 ❶ 使用 JavaScript

小弟已经将显示日期与时间的 JavaScript 写好了，所以先将本书所附光盘中的 **\Part1\datetime.js** 复制到要显示日期与时间那个网页文件**所在的文件夹中**，然后解除只读属性，但**不要对它重命名**。

由于这个 JavaScript 程序并不放在网页文件中，因此必须在网页中要显示日期与时间的地方加入调用该程序的代码，操作如下 (此处以 Dreamweaver 为例来说明)。

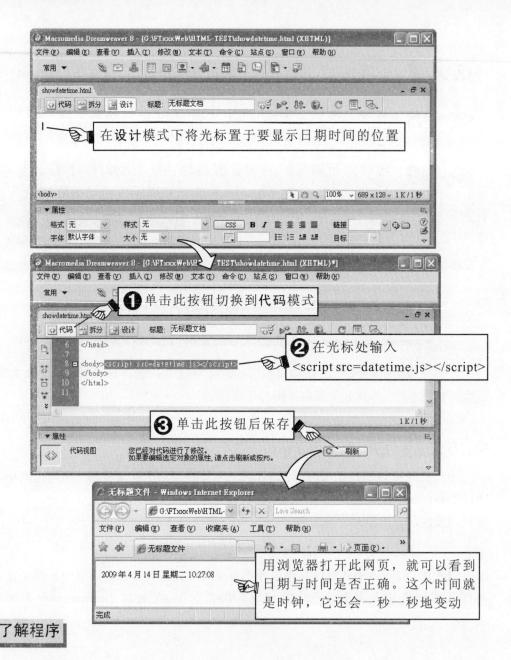

在**设计**模式下将光标置于要显示日期时间的位置

❶ 单击此按钮切换到**代码**模式

❷ 在光标处输入
`<script src=datetime.js></script>`

❸ 单击此按钮后保存

用浏览器打开此网页，就可以看到日期与时间是否正确。这个时间就是时钟，它还会一秒一秒地变动

了解程序

　　在大多数情况下这个显示日期与时间的 JavaScript 程序并不需要修改，但有些读者可能希望改变显示方式或顺序，因此下面对此程序略为说明一下。

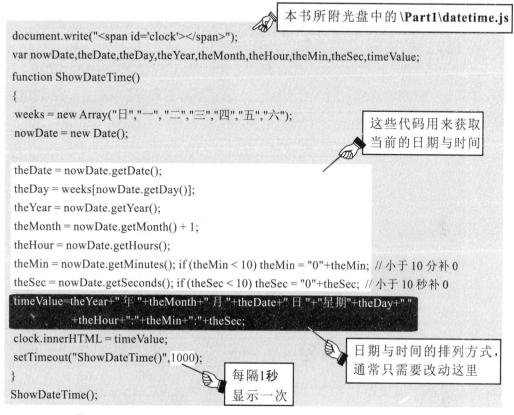

本书所附光盘中的 **\Part1\datetime.js**

```
document.write("<span id='clock'></span>");
var nowDate,theDate,theDay,theYear,theMonth,theHour,theMin,theSec,timeValue;
function ShowDateTime()
{
weeks = new Array("日","一", "二","三","四","五","六");
nowDate = new Date();

theDate = nowDate.getDate();
theDay = weeks[nowDate.getDay()];
theYear = nowDate.getYear();
theMonth = nowDate.getMonth() + 1;
theHour = nowDate.getHours();
theMin = nowDate.getMinutes(); if (theMin < 10) theMin = "0"+theMin; // 小于 10 分补 0
theSec = nowDate.getSeconds(); if (theSec < 10) theSec = "0"+theSec; // 小于 10 秒补 0
timeValue=theYear+" 年 "+theMonth+" 月 "+theDate+" 日 "+"星期"+theDay+" "
          +theHour+":"+theMin+":"+theSec;
clock.innerHTML = timeValue;
setTimeout("ShowDateTime()",1000);
}
ShowDateTime();
```

这些代码用来获取
当前的日期与时间

日期与时间的排列方式，
通常只需要改动这里

每隔1秒
显示一次

✎ 方法 ❷ 使用其他网站提供的功能

除了 JavaScript 外，我们还可以借用其他网站提供的各种显示日期与时间的功能来显示当前日期与时间。下面提供几个范例供参考。

参考 1

该网站提供的显示日期功能是该网站自己使用的，我们可拿来使用，它显示当天的日期、星期和农历。由于它是显示我国当前时间，所以中国香港、中国澳门和中国台湾也都能使用，若要显示其他国家的时间则就不行了。可用记事本打开本书所附光盘中的 **\Part1\日期时间_代码.txt**，将**参考 1** 下的 **<img src="http://www.hongen.com/pub/date/date.png">** 选定后，按下 **Ctrl+C** 复制到**剪贴板**，然后依照下面的操作来进行 (此处以 Dreamweaver 为例来说明)。

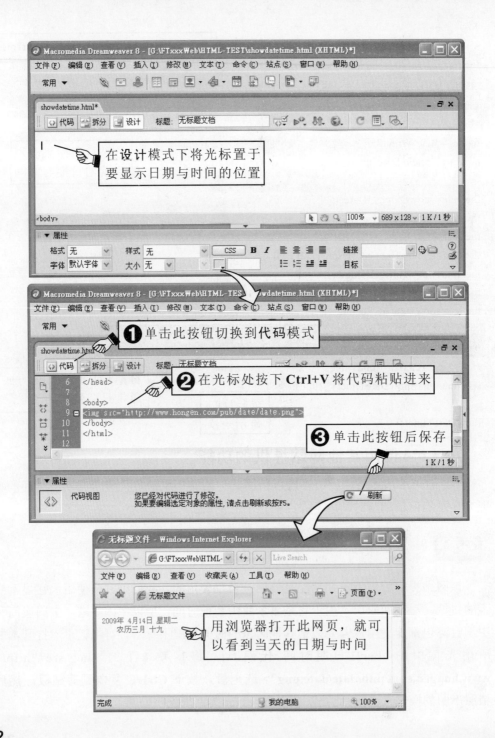

在**设计**模式下将光标置于要显示日期与时间的位置

❶ 单击此按钮切换到**代码模式**

❷ 在光标处按下 **Ctrl+V** 将代码粘贴进来

❸ 单击此按钮后保存

用浏览器打开此网页，就可以看到当天的日期与时间

参考 2

　　这是一个可以自定义显示日期与时间的网站，而且可以很方便地将其加入你的网页中。请进入该网站 (用**记事本**打开本书所附光盘中的 **\Part1\日期时间_代码.txt**，进入**参考 2** 下的地址)，再依照下面的操作说明来进行。

❶ 进入该网站，向下滚动，自定义你要显示的日期与时间

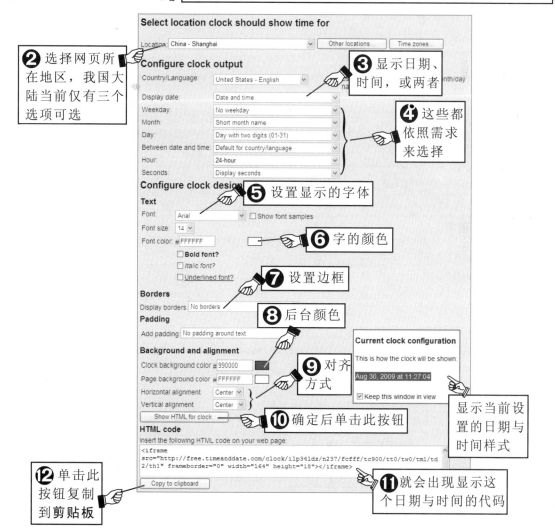

❷ 选择网页所在地区，我国大陆当前仅有三个选项可选

❸ 显示日期、时间，或两者

❹ 这些都依照需求来选择

❺ 设置显示的字体

❻ 字的颜色

❼ 设置边框

❽ 后台颜色

❾ 对齐方式

❿ 确定后单击此按钮

⓫ 就会出现显示这个日期与时间的代码

⓬ 单击此按钮复制到**剪贴板**

显示当前设置的日期与时间样式

现在打开要显示日期与时间的网页文件，依照下面的操作将它加进去 (此处以 Dreamweaver 为例来说明)。

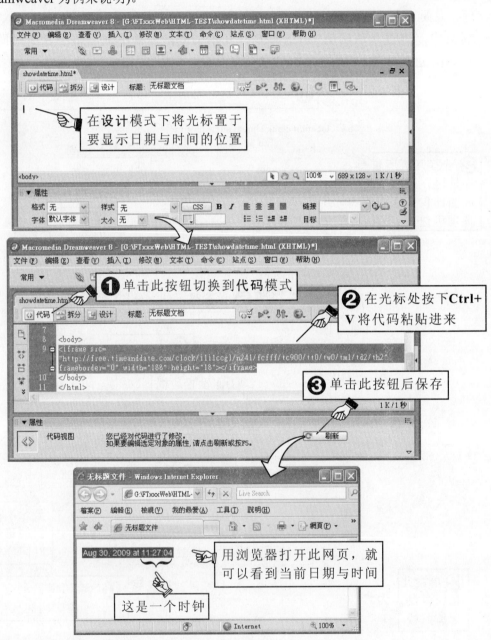

特别注意

　　由于这个显示日期与时间的功能模块是其他网站提供的，因此不会一直被免费使用，这点读者必须特别注意与了解。

✎ 方法❸ 使用 Flash 时钟

　　有些网页设计者并不满足于用纯数字显示的时钟，希望能显示动画般的时钟。这通常需要利用 Flash 来设计，可是自己设计就比较麻烦啊！当然不必，这些都有现成的可以使用，在 **Q75** 中会介绍如何在网页中显示一个可爱的 Flash 动态时钟。

10 若想在网页中加入一个动态显示当天日期的简单日历，应如何实现?

11 若希望网页中的日历可以让浏览者选择不同的年和月，如何设计?

相关问题请见 **Q7**、**Q15**、**Q75**

本技巧适用于：在网页中显示各年份的日历，以方便浏览者快速查看所想要知道的年份、日期与星期。

有些网页需要显示出当年的日历，甚至可让浏览者选择不同的年和月来显示。在本问题中将告诉读者如何快速地将此日历设计出来。

Note 有些网页中需要设计让浏览者单击日历中的日期来输入年、月和日，有关此设计可见 **Q98** 中的说明。本问题中的日历是单纯的显示，无法让浏览者单击。

步骤 复制文件

首先将本书所附光盘中的 **\Part1\calendar.js** 复制到要显示日历的那个网页文件所在的文件夹中。

步骤 加入网页中

使用**记事本**打开本书所附光盘中的 **\Part1\月历_代码.txt**，进行如下操作。

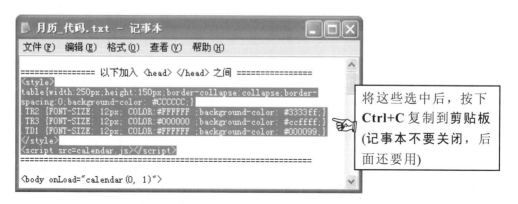

现在打开要显示月历的网页文件，进行如下的操作 (此处以 Dreamweaver 为例来说明)。

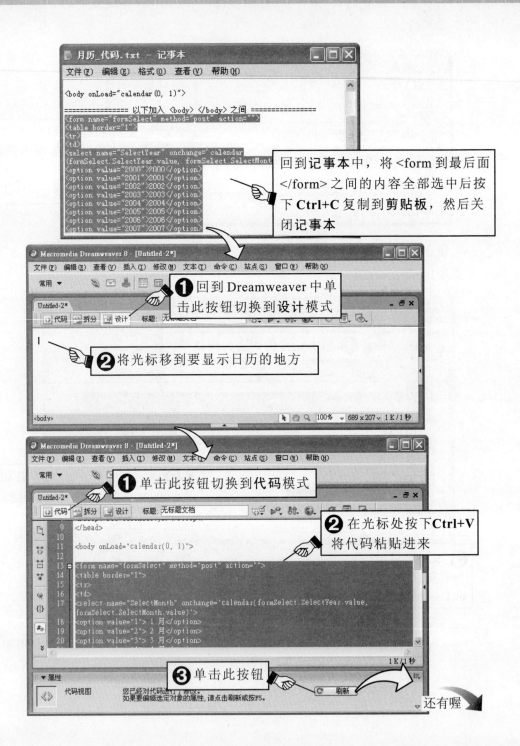

回到**记事本**中，将 <form 到最后面 </form> 之间的内容全部选中后按下 **Ctrl+C** 复制到**剪贴板**，然后关闭**记事本**

❶ 回到 Dreamweaver 中单击此按钮切换到**设计模式**

❷ 将光标移到要显示日历的地方

❶ 单击此按钮切换到**代码模式**

❷ 在光标处按下**Ctrl+V**将代码粘贴进来

❸ 单击此按钮

还有喔

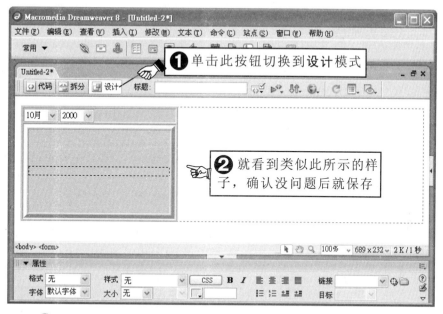

步骤❸ 测试结果

现在用浏览器打开该网页文件，就可看到如下所示的日历，这样就没问题了。

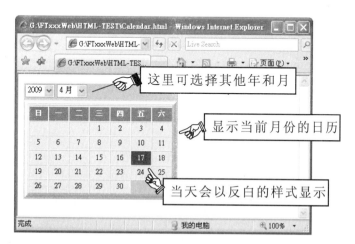

程序修改说明

用户通常并不需要修改这个日历的任何代码，但最可能做的是更换日历的颜色或可选择的年份(代码中为 2000—2012),所以这里对相关代码说明一下。使用**记事本**将本书所附光盘中的 **\Part1\日历_代码.txt** 打开,然后依照下面的说明来修改。

```
<style>
table{width:250px;height;150px;border-collapse:collapse;border-spacing:0;background-color:#CCCCCC;}
.TR2 {FONT-SIZE: 12px; COLOR:#FFFFFF ;background-color: #3333ff;}
.TR3 {FONT-SIZE: 12px; COLOR:#000000 ;background-color: #ccffff;}
.TD1 {FONT-SIZE: 12px; COLOR:#FFFFFF ;background-color: #000099;}
</style>
```

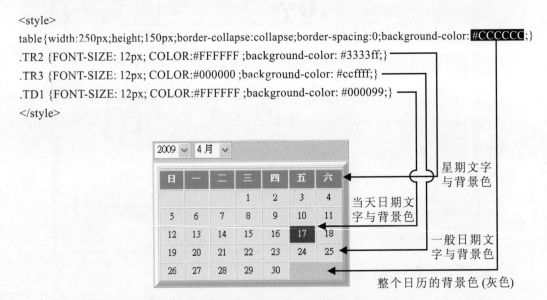

在此范例中年份的下拉列表框中只可选择 2000—2012 年,用户可以自行改变这个年份范围,如下所示。

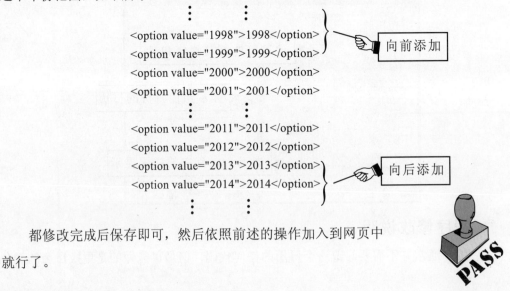

都修改完成后保存即可,然后依照前述的操作加入到网页中就行了。

12 如何显示浏览者的 IP 地址、来自何处、ISP 名称和 Windows 与 IE 版本等信息？

13 如何自定义浏览者的 IP、来自何处、Windows 系统、IE等信息的显示方式？

相关问题请见 Q15

本技巧适用于：让浏览者与网站管理者了解浏览此网页时的 IP 地址、ISP 名称、Windows 系统与 IE等信息，也可作为网页内容与设计改善的参考。

在网页中你可能也希望显示出浏览者的 IP 地址、来自何处、Windows 与 IE 版本等信息。在本问题中就详细告诉你如何简单、快速地实现此功能。

✎ 步骤 ❶ 寻找供应商与样式

通常这类功能要使用 PHP 编程。不过这里小弟借力使力，利用其他网站所提供的这类功能就可以方便、快速地实现。这里小弟向你提供两个参考。

Note Special

这些网站不可能一直免费提供此功能，因此若该网站关闭或改为收费，则这项功能就无法再使用，另外，显示这些信息的样式与大小也受制于提供网站的设计且无法改变。这都是使用此方法的缺点。

参考 1

这是一个用告示牌方式显示浏览者的 IP 地址、ISP、Windows 与 IE 版本信息的英文网站，代码如下 (可打开本书所附光盘中的 **\Part1\IP_所在_OS_IE_代码.txt**，复制其中的代码，不必自己输入)。

代码：

```
<div align=center><img src="http://www.danasoft.com/sig/msnsimplifytech.jpg">
</div>
```

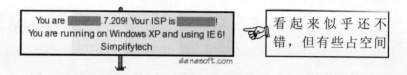

You are ▓▓▓▓.7.209! Your ISP is ▓▓▓▓!
You are running on Windows XP and using IE 6!
Simplifytech

danasoft.com

看起来似乎还不错，但有些占空间

可以看到，这个告示牌比较宽，所以必须注意网页中放该告示牌的位置的宽度是否够大，若宽度不够大，右边可能会被切掉。

其实这个信息告示牌是可以略为改变的，有兴趣的读者可以到该网站 (**http://www.danasoft.com/**) 自行更改。

参考 2

这是一个以汉字显示访客 IP 地址、来自何处、Windows 与 IE 版本的网站，它有下列三种样式可使用，代码如下 (可打开本书所附光盘中的 **\Part1\IP_所在_OS_IE_代码.txt**，复制其中的代码，不必自己输入)。

代码：

```
<iframe width="468" height="50" frameborder="0" scrolling="no"
src="http://www.cz88.net/ip/viewip468.aspx"></iframe>
```

你的IP	▓▓▓.83.26	上海市 电信ADSL
操作系统	Windows XP , IE 7.0 (支持.NET)	

显示样式

代码：

```
<iframe width="468" height="25" frameborder="0" scrolling="no"
src="http://www.cz88.net/ip/viewip468_25.aspx"></iframe>
```

你的IP	▓▓▓.83.26	上海市 电信ADSL

显示样式

代码：

```
<iframe width="778" height="25" frameborder="0" scrolling="no"
src="http://www.cz88.net/ip/viewip778.aspx"></iframe>
```

| 你的IP | ▓▓▓.83.26 | 上海市 电信ADSL | 操作系统 | Windows XP , IE 7.0 (支持.NET) |

☞ 显示样式

这些都显示为长条状，所以在使用时必须保证把它放在网页中足够宽的位置，否则右边可能会被切掉或折下去而显示不完全。

✎ 步骤 ❷ 加入网页中

接下来就是将代码加入网页中。先将要使用的代码复制到**剪贴板**，然后进行如下操作 (此处以 Dreamweaver 为例来说明)。

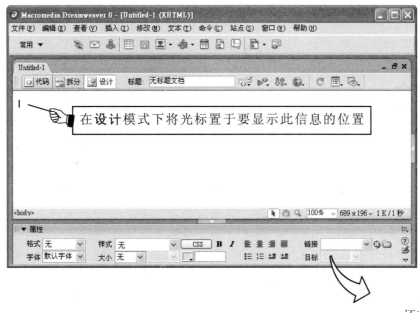

还有喔

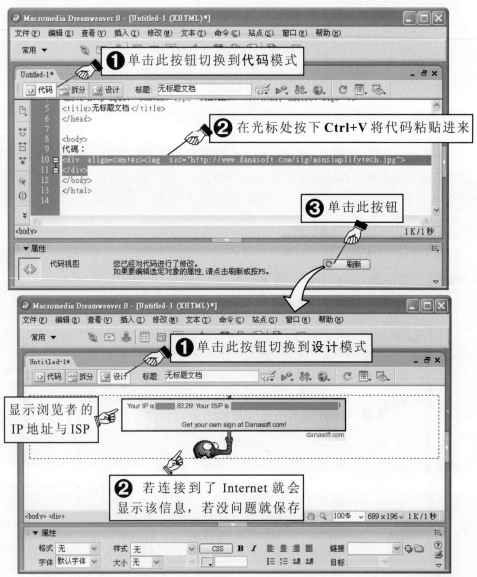

14 如何计算并显示浏览者在网页停留的时间？如何简单、快速地实现之？

15 如何记录与显示浏览者上一次的访问日期与时间？

16 若希望限制浏览者在网页中的停留时间，应如何实现？

相关问题请见 **Q4、Q12**

本技巧适用于：让浏览者与网页设计者了解浏览此网页的状况与时间；对浏览者停留网页的时间做限制，以降低或避免人多时网页显示缓慢的情况。

在本问题中将详细讨论有关浏览者在网页中的停留时间、上次访问时间、限制浏览者在网页中的停留时间等方面的设计与问题。

✎ 方法❶ 显示停留时间

在网页中显示浏览者停留时间的简单、快速的方法就是直接使用其他网站提供的此功能。不过，这类的网站并不多，这里小弟提供两个供参考。

参考 1

这是一种很简单的计数显示方式，小弟已加上相关文字，直接使用下面的代码就行了 (可打开本书所附光盘中的 **\Part1\访客停留时间_代码.txt**，复制其中的代码，不必自己输入)。

代码：

```
<IMG src="http://img.blog.163.com/photo/vAq8RnQHJTMMy35tlroJdA==/1695323784728475433.jpg">
<IMG src="http://img.blog.163.com/photo/18WnmRDVWWcn-bN8WzHL-A==/1697857059518871344.jpg">
<IMG src="http://img.blog.163.com/photo/UX7yVSYtp2uYwyzL-enObw==/3112268817489915304.jpg">
<IMG src="http://img.blog.163.com/photo/d--QcD-AGC1AOMv5LSECog==/2302183834516643994.jpg">
```

 简单明了的显示方式

参考2

　　这个是加了一点花样与墙纸图案的显示方式，可直接使用下面的代码 (可打开本书所附光盘中的 **\Part1\访客停留时间_代码.txt**，复制其中代码，不必自己输入)。

代码：

```
<IMG  src="http://img503.imageshack.us/img503/6216/11of.gif">
<IMG  src="http://img503.imageshack.us/img503/1019/27fv.gif">
<IMG  src="http://img503.imageshack.us/img503/3411/34bi.gif">
<IMG  src="http://img503.imageshack.us/img503/9291/43cj.gif">
```

 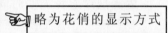 略为花俏的显示方式

　　这个元素比较大，如果网页中相应的位置不够宽的话会被切成两段显示 (如下图所示)，这点请特别注意。

 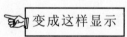 变成这样显示

　　另外，你也可以更改代码将该物件设置小一些 (在 <IMG 后面设置 height属性的值可自行调整)，如下所示。

```
<IMG height=50 src="http://img503.imageshack.us/img503/6216/11of.gif">
<IMG height=50 src="http://img503.imageshack.us/img503/1019/27fv.gif">
<IMG height=50 src="http://img503.imageshack.us/img503/3411/34bi.gif">
<IMG height=50 src="http://img503.imageshack.us/img503/9291/43cj.gif">
```

　　确定要使用的代码后就将它加入网页中，操作如下 (此处以 Dreamweaver 为例来说明)。

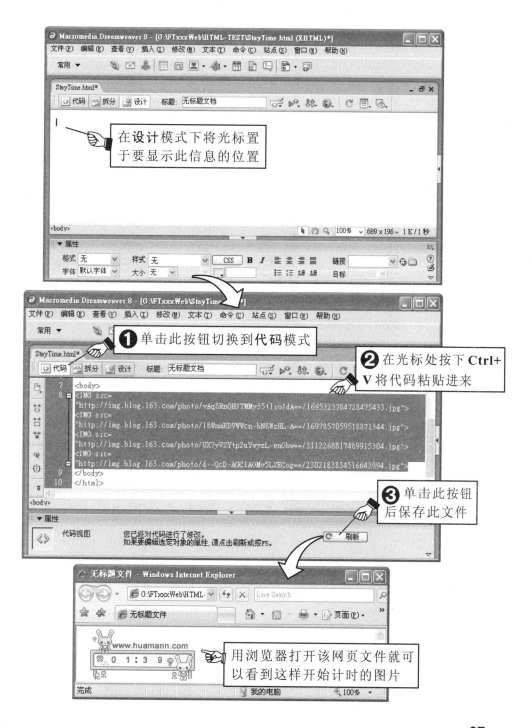

✎ 方法❷显示停留时间

前一个方法的最大问题在于用户不可能一直免费使用它，也无法更改它的样式。另外，如果希望不总是在网页上显示时间，而是在浏览者要离开网页时才显示出停留的时间，则可以按下面的方法实现之，即先将本书所附光盘中的 **\Part1\staytime.js** 复制到要显示停留时间那个网页文件所在的文件夹中，然后将代码加入网页中，操作如下 (此处以 Dreamweaver 为例来说明)。

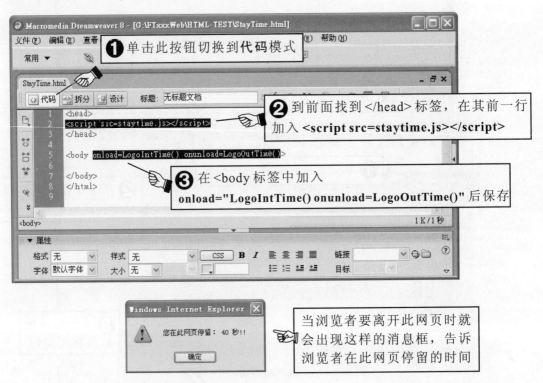

✎ 显示上一次访问日期与时间

有些情况下需要告诉浏览者上一次的访问日期与时间，你可以将本书所附光盘中的 **\Part1\visit_record.js** 复制到要显示此信息的网页文件所在的文件夹中，然后将代码加入该网页中，操作如下 (此处以 Dreamweaver 为例来说明)。

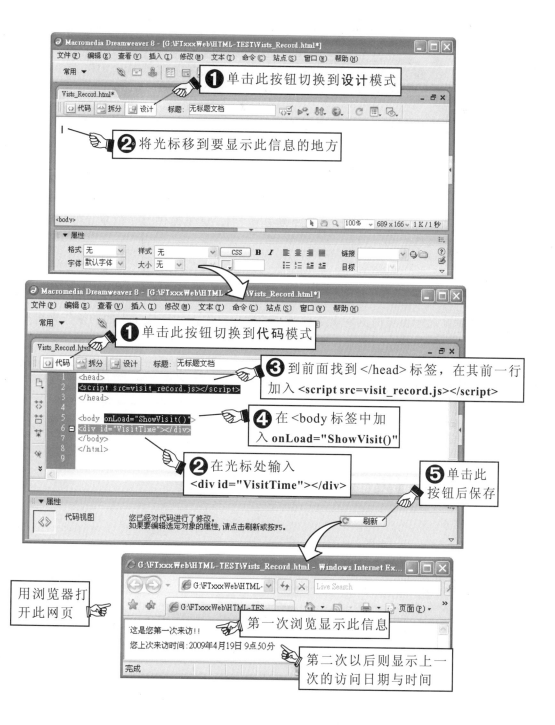

❶ 单击此按钮切换到**设计模式**

❷ 将光标移到要显示此信息的地方

❶ 单击此按钮切换到**代码模式**

❸ 到前面找到 </head> 标签，在其前一行加入 **<script src=visit_record.js></script>**

❹ 在 <body 标签中加入 **onLoad="ShowVisit()"**

❷ 在光标处输入 **<div id="VisitTime"></div>**

❺ 单击此按钮后保存

用浏览器打开此网页

第一次浏览显示此信息

第二次以后则显示上一次的访问日期与时间

如果浏览者将浏览器的 Cookie 功能关闭，就无法保存上一次的访问日期与时间，这点请特别注意。

✎ 限制浏览者在网页中的停留时间

在某些情况下可能需要对浏览者在网页中停留的时间进行限制。例如实时进行各种金融交易时 (如炒股、炒汇、炒金、各种期货等)，由于交易价格不断在改变，因此在进行交易时必须限制客户在一定时间内 (例如5 秒钟) 完成交易，超过时间这笔交易就自动取消 (因为成交价不断在改变)。这里提供一个简单、好用的方法供参考。

首先将本书所附光盘中的 **\Part1\countTime.js** 与 **\Part1\startcount.js** 两个文件复制到要显示倒计时的网页文件所在的文件夹中，然后依照下面的操作来进行 (此处以 Dreamweaver 为例来说明)。

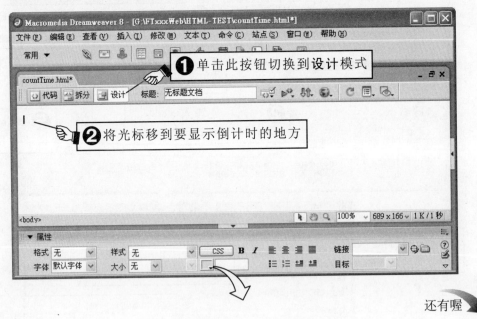

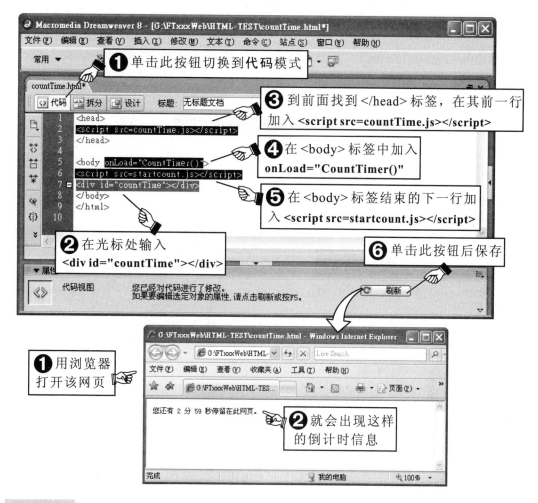

① 单击此按钮切换到**代码模式**

③ 到前面找到 </head> 标签，在其前一行加入 **\<script src=countTime.js>\</script>**

④ 在 \<body> 标签中加入 **onLoad="CountTimer()"**

⑤ 在 \<body> 标签结束的下一行加入 **\<script src=startcount.js>\</script>**

② 在光标处输入 **\<div id="countTime">\</div>**

⑥ 单击此按钮后保存

① 用浏览器打开该网页

② 就会出现这样的倒计时信息

程序说明

　　在 JavaScript 程序中有读者需要修改的地方，这里说明一下。首先看在 **startcount.js**（可用**记事本**打开）中如何更改倒计时的时间，如下所示。

var limit="03:00"

这里设置 3 分钟，你可自行更改，格式为 **分:秒**

再来看 **countTime.js**，如下所示。

这是时间到了之后自动进入某个网页的地址。这里设置成进入小弟的网站，你肯定要修改的

```
if(TotalSeconds==1) window.location="http://www.faqdiy.cn/";
 else
   {outCount=""; TotalSeconds-=1;
   currentmin=Math.floor(TotalSeconds/60);
   currentsec=TotalSeconds-60*currentmin;
   // 显示倒数信息
   if (currentmin!=0) outCount="您还有 "+currentmin+" 分"+currentsec+" 秒停留在此网页。";
   else outCount="您还有 "+currentsec+" 秒停留在此网页。";
   countTime.innerHTML=outCount;
   setTimeout("CountTimer()",1000);
   }
```

这些是倒计时显示的文字，你可自行修改引号 ("") 中的文字

17 如何在网页中显示某个 (或多个) 地区当前的天气状况？
如何以不同的样式来显示气象信息？

相关问题请见 Q7、Q12、Q21

本技巧适用于：在网页中提供不同地点的实时气象信息，
让浏览者在浏览网页的同时也可以获得各地的气象状况。

许多网页设计者可能都会希望在自己的网页中加入显示某个 (或某些) 地区的实时气象信息，在本问题中就告诉你如何简单、快速地实现这一功能。

✎ 寻找供应商与样式

气象信息当然不可能我们自己提供，肯定是搜索提供有这样信息的网站。这样的网站并不多，不过刚好就有一个提供相当丰富而且有多种样式的气象信息网站。请先依照下面提供的地址找出你要显示的那个地区的气象信息，最后找出要显示气象样式与信息的代码，下面以搜索北京的气象信息为例来说明。

中国大陆气象: http://www.wunderground.com/global/CI.html
中国香港地区气象: http://www.wunderground.com/global/HK.html
中国台湾地区气象: http://www.wunderground.com/global/TW.html
搜索其他地区气象: http://www.wunderground.com/

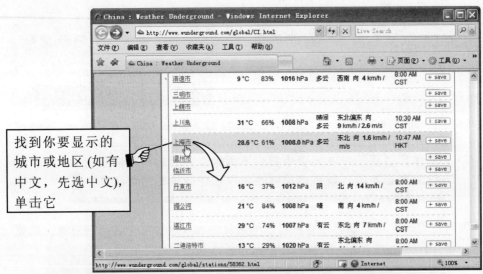

找到你要显示的
城市或地区(如有
中文，先选中文)，
单击它

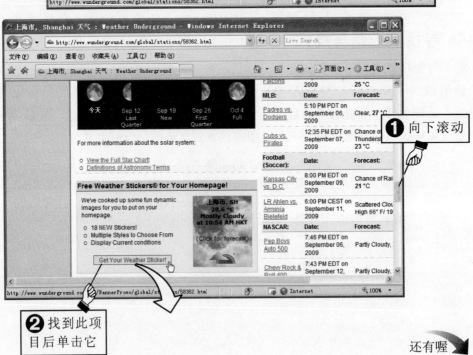

❶ 向下滚动

❷ 找到此项
目后单击它

还有喔

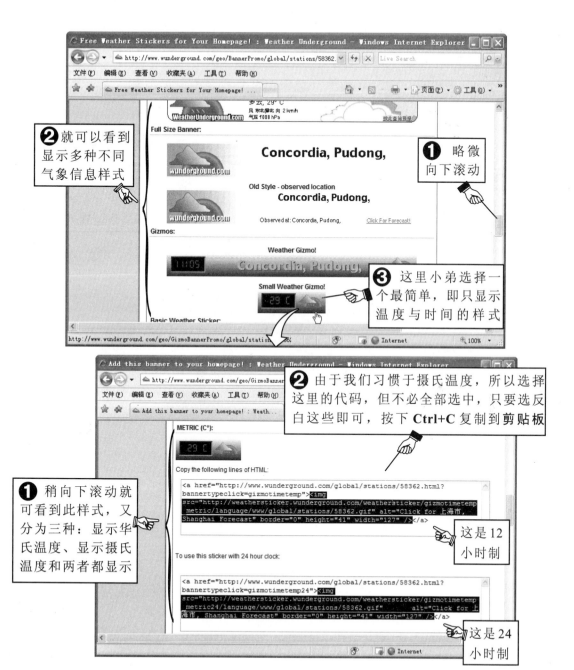

❷ 就可以看到显示多种不同气象信息样式

❶ 略微向下滚动

❸ 这里小弟选择一个最简单，即只显示温度与时间的样式

❷ 由于我们习惯于摄氏温度，所以选择这里的代码，但不必全部选中，只要选反白这些即可，按下 **Ctrl+C** 复制到**剪贴板**

❶ 稍向下滚动就可看到此样式，又分为三种：显示华氏温度、显示摄氏温度和两者都显示

这是 12 小时制

这是 24 小时制

由于这些代码中并没有指出是哪个城市或地区的温度，所以必须自己注明。现在打开**记事本**，将该代码粘贴进来修改，如下图所示。

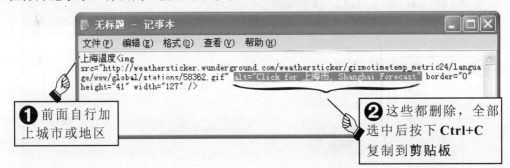

现在打开要显示天气信息的网页文件，进行如下操作 (此处以 Dreamweaver 为例来说明)。

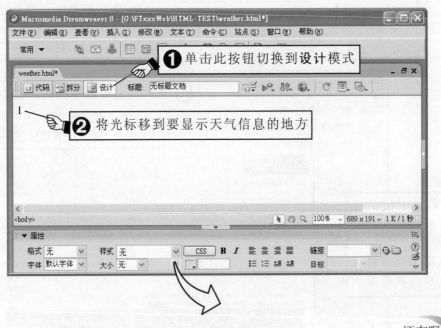

还有喔

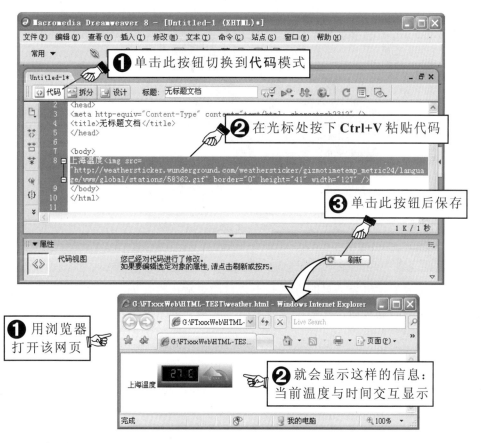

✎ 另一个选择

这里小弟另外再介绍一个显示全中国各主要地区的气象信息，代码如下所示。

代码：

```
<img src="http://www.t7online.com/karten/cncn/0000000003.gif">
```

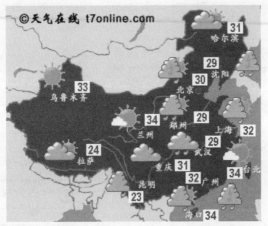

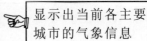

显示出当前各主要
城市的气象信息

特别注意

● 通常这类显示气象信息的方式并不会自动更新，需要浏览者重新进入此网页或单击浏览器**刷新**按钮，才会再度显示出当前最新的气象信息。

● 由于没人可以保证此网站可以一直提供免费气象信息，因此若该网站关闭或改为收费，则这项功能将无法再继续使用。虽然出现这种情况的几率不高，但仍然需要注意。

18 如何在网页 (或上方标题栏、下方状态栏) 中显示可以经常改变的走马灯文字信息？当鼠标移到信息上时就停止移动，移开后又继续滚动。

相关问题请见Q19

本技巧适用于：在上方标题栏或下方状态栏动态显示各种实时信息，帮助浏览者随时了解和掌握与网站内容相关的事件与状况。

有些网页需要实时 (或经常) 提供各种不同的信息给浏览者，所以在本问题中将介绍如何简单、快速地实现在网页中某个地方 (或浏览窗口上方标题栏、下方状态栏中) 显示各种动态或实时信息。请依照下面的步骤来进行。

✎ 步骤 ❶ 复制文件与修改

首先将本书所附光盘中的 **\Part1\mess_run.js** 复制到要显示信息的那个网页文件所在的文件夹中，解除只读属性后用**记事本**打开，依照下面的说明来修改。

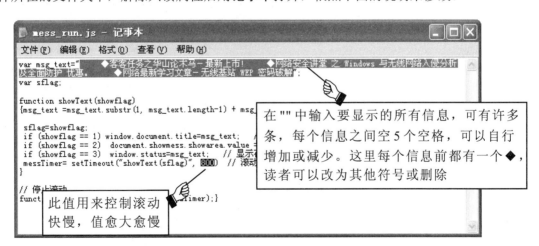

都修改完成后保存，用**记事本**打开本书所附光盘中的 **\Part1\showmess.txt**，依照下面的说明修改后，再进行下一步骤。

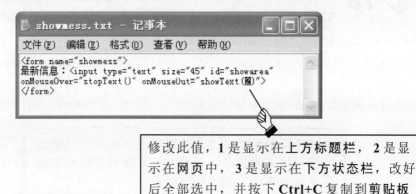

修改此值，**1** 是显示在上方标题栏，**2** 是显示在网页中，**3** 是显示在下方状态栏，改好后全部选中，并按下 **Ctrl+C** 复制到剪贴板

✎ 步骤 ❷ 加入网页中与测试

现在打开网页文件，然后依照下面的操作来进行 (此处以 Dreamweaver 为例来说明)。

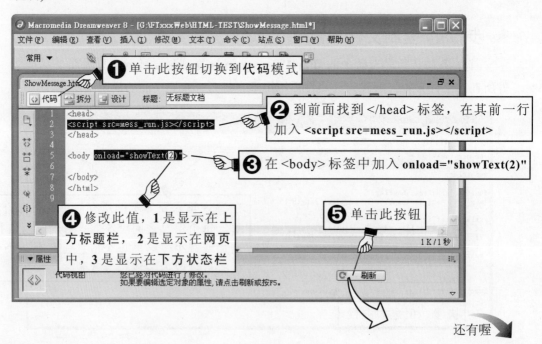

还有喔

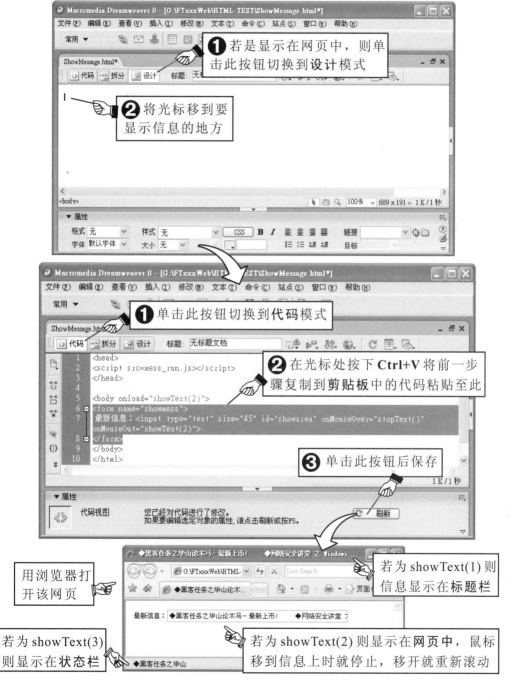

① 若是显示在网页中，则单击此按钮切换到**设计**模式

② 将光标移到要显示信息的地方

① 单击此按钮切换到**代码**模式

② 在光标处按下 **Ctrl+V** 将前一步骤复制到**剪贴板**中的代码粘贴至此

③ 单击此按钮后保存

用浏览器打开该网页

若为 showText(1) 则信息显示在**标题栏**

若为 showText(3) 则显示在**状态栏**

若为 showText(2) 则显示在**网页**中，鼠标移到信息上时就停止，移开就重新滚动

51

✎ 讨论与研究

● 每次要更换所显示的信息时，都要使用**记事本**打开保存要显示信息的 JavaScript 文件 (即本书所附光盘中的 **\Part1\mess_run.js**)，然后依照前面的说明输入新的信息文字后保存。这样似乎有些不方便，如果要显示的信息很多又常需要更新 (甚至随时更新)，则将信息文字保存在数据库中，再编程存取肯定会比较方便。但这样却涉及数据库设计、所使用的数据库种类、代码等其他方面的知识，所以小弟觉得，若信息文字不是很多，则放在 JavaScript 程序中还是比较简单与方便的。

● 通常在走马灯中显示的信息都是重要的说明或标题，有些浏览者看到了可能会想知道更详细的内容与说明。因此若鼠标移到某个信息文字上，单击后就打开一个显示该信息的详细内容与说明的新窗口，应该是更完美的设计。不过，在本问题中并没有这样做，并且信息文字若显示在上方的标题栏或下方的状态栏中也无法实现这样的效果，所以如果想将信息文字也设计成链接的话，则可以参考 **Q19** 中的说明。

19 我想在网页中 (或固定大小的突显窗口中) 设计一个信息文字框，其中的内容由下而上不断地滚动以显示多个信息标题，当鼠标移到此信息框中时其中的内容就停止滚动，鼠标移开又继续滚动，单击某个标题后可打开另一窗口来显示更详细的内容。应如何设计？

20 我希望能简单、快速地设计出多行能滚动且可经常改变的文字信息 (含链接)，而且能自定义显示的信息数目、文字大小、前景色和背景色、滚动速度、信息框的宽度与高度等，应如何实现？

相关问题请见 **Q18**

本技巧适用于：快速提供浏览者各种实时动态信息、重点说明或标题，以帮助浏览者掌握相关信息与状态，而且完全不占用网页空间，相当具有实用性与机动性。

许多网页中都需要提供 (或告诉浏览者) 各种最新信息，而且可能还要经常更新，例如新闻、股市、汇市、期货、各种比赛、分数、最新信息等，通常不可能全部显示在网页上 (因为太占空间)，所以经常设计成走马灯的方式，由下至上滚动。当鼠标移到此区域时就停止滚动，单击某个信息后就会打开一个新窗口，以显示该信息更详细的内容与说明，如下所示。

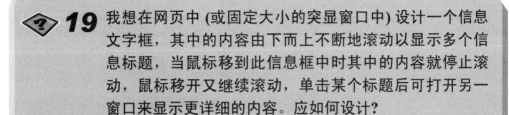

所有信息在信息文字框中不断由下至上滚动，当鼠标移到某个信息上时就可单击它

还有喔

小弟在之前的《解决网页设计一定会遇到的 **210** 个问题》一书中，曾经做过这样的设计，当时是使用 <marquee> 这个标签来实现的，不过该方式对于读者在自定义信息、样式、颜色、大小等时都不是很方便。因此，小弟重新改用 JavaScript 来做，让读者可以快速、方便地依照自己的想法来自定义出所要的文字信息框，然后应用在自己的网页中。请依照下面的步骤来进行。

✎ 步骤❶ 复制文件

首先将本书所附光盘中的 **\Part1\mess_scroll.js** 与 **\Part1\文字信息框_代码.txt** 这两个文件复制到要显示信息文字框的那个网页文件所在的文件夹中，并解除只读属性。

✎ 步骤❷ 根据自己需求进行修改

再来修改文字信息框，使它具备你所想要的样式、颜色、大小、信息文字等，先用**记事本**打开前一步骤复制到硬盘中的 **文字信息框_代码.txt**，然后依照下面的说明来修改。

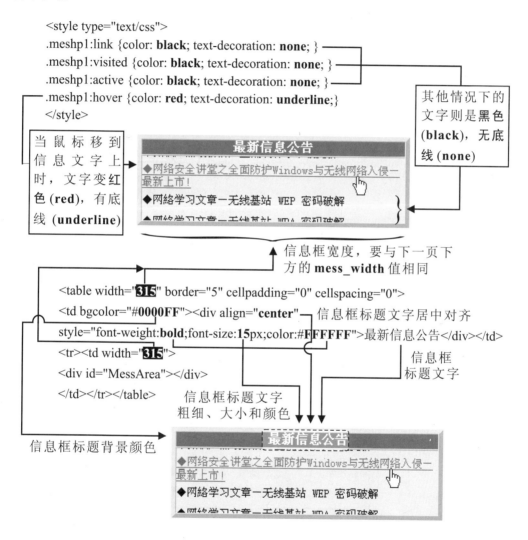

都修改好后保存，但**不要关闭记事本**，接着再用**记事本**打开前一步骤复制到硬盘中的 **mess_scroll.js**，首先修改要显示的信息文字，如下所示。

MessText[0]="◆网络安全讲堂之全面防护Windows与无线网络入侵－最新上市!"
MessText[1]="◆网络学习文章－无线基站 WEP 密码破解"
MessText[2]="◆网络学习文章－无线基站 WPA 密码破解"
MessText[3]="◆网络学习文章－网页挂马之实战详解"
MessText[4]="◆微软产品最新的严重漏洞补丁下载更新"
MessText[5]="…………………………………………………"

若不够就再向下添加

修改成你要显示的信息文字，若不需要这么多项就删除多余的

MessLink[0]="http://www.faqdiy.cn/Books/FT275GB.htm"
MessLink[1]="http://hawke.blog.51cto.com/702628/148818"
MessLink[2]="http://hawke.blog.51cto.com/702628/149937"
MessLink[3]="http://hawke.blog.51cto.com/702628/141967"
MessLink[4]="http://www.faqdiy.cn/Download/PatchFiles.htm"
MessLink[5]="http://…………………………………………"

同样的，多余就删除，不够就再向下添加

信息文字的链接地址也要修改，分别对应到上述的信息文字，例如 MessText[0] 信息的链接网址就是 MessLink[0]，以此类推

接下来有三个重要全局变量，而且你可能会需要修改它的值，下面列出来进行说明。

```
messLine=3;           //同时显示的信息数量
mess_width=315;       //滚动区域宽度
scrollDelayTime=50;   // 每次滚动后停留多久后再继续滚动
```

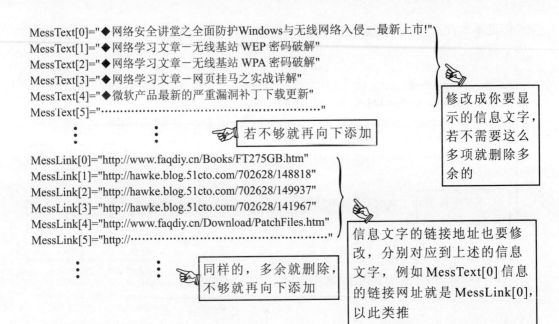

messLine 用来设置一次显示的信息行数，默认是 3

最新信息公告
◆网络安全讲堂之全面防护Windows与无线网络入侵－最新上市！
◆网络学习文章－无线基站 WEP 密码破解

mess_width 是信息框宽度，须与55页中间的 width 值相同

scrollDelayTime 用来设置每次滚动后停留多久再继续滚动

　　接着再向下看，设置信息文字框的背景色与信息文字大小，我们只看如下这段
JavaScript 程序。

scrollMessArea="<table border='0' width=100% cellspacing='0' cellpadding='0' bgcolor=**#ffffff**>";
mesCount=0;

for (x=0; x < (MessText.length + 5 + adj); x++)
　{scrollMessArea+= "<tr><td height='" + scroll_ht + "' style='font-size:**13**px'>";

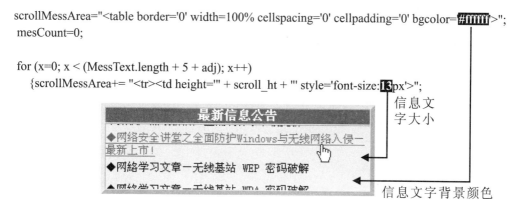

信息文字大小

信息文字背景颜色

　　都修改好后保存，然后将修改 **mess_scroll.js** 的**记事本**窗口关闭后，再进行下一
步骤。

✎ 步骤❸ 加入网页中

　　现在就可以将这个文字信息滚动框加入你的网页中，回到 **文字信息框_代码.txt**
的**记事本**窗口，复制下面代码到**剪贴板**。

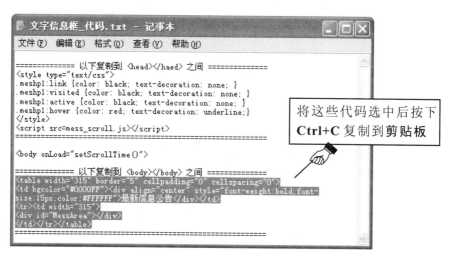

将这些代码选中后按下
Ctrl+C 复制到**剪贴板**

使用网页设计工具将该网页文件读取后，进行如下的操作 (此处以 Dreamweaver 为例来说明)。

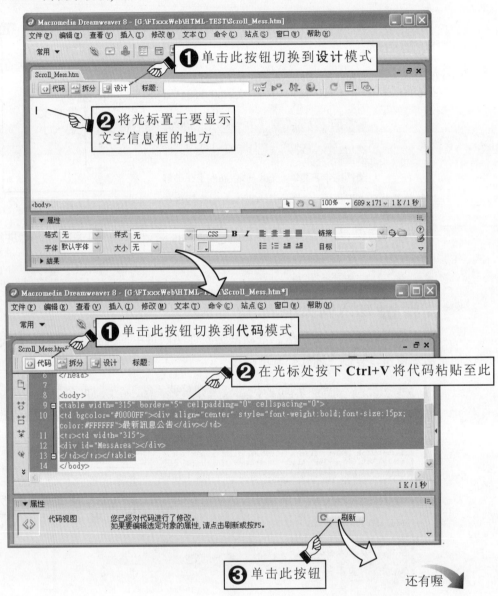

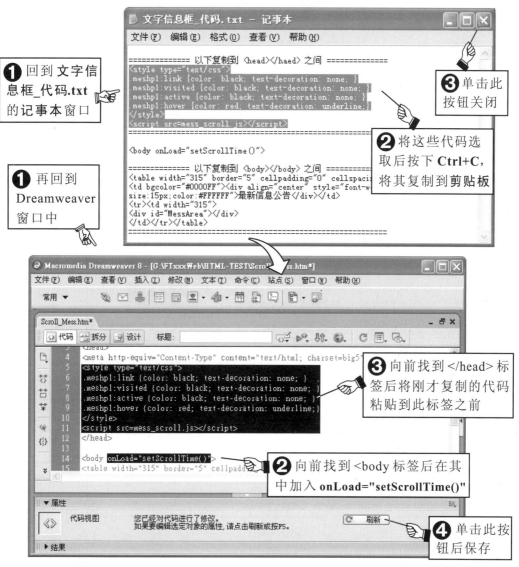

✎ 步骤❹ 测试结果

接着就可以使用浏览器打开该网页，检查是否出现如下图所示的信息文字滚动框，并单击各文字信息，看是否会正确打开网页。

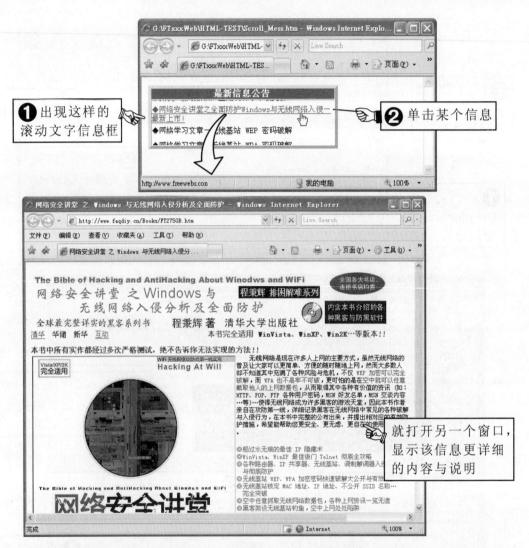

若有何不正确或想要调整大小、宽度、颜色、样式等，都可以再依照✎**步骤**
❷的说明来修改。

✎ 讨论与研究

有些读者可能希望这些信息文字显示在自动出现的弹出窗口 (Popup Window)
中，而不要占用网页版面，则可以依照下面的步骤来设计。

步骤 ❶ 设计固定的弹出信息窗口

首先要修改好 **mess_scroll.js** 与 **文字信息框_代码.txt** 中与要显示的信息文字、样式、前景色和背景色、文字大小等 (前面都说过)相关的代码，然后将本书所附光盘中的 **\Part1\mess_pop.html** 复制到你要显示此信息窗口的那个网页文件所在的文件夹中，解除只读属性后，将修改好的代码复制到其中后保存，如下所示。

步骤 ❷ 加入你的网页

确定 **mess_scroll.js** 和 **mess_pop.html** 与弹出信息窗口那个网页文件在同一个文件夹中，然后使用网页设计工具将该网页文件打开后，进行如下操作 (此处以 Dreamweaver 为例来说明)。

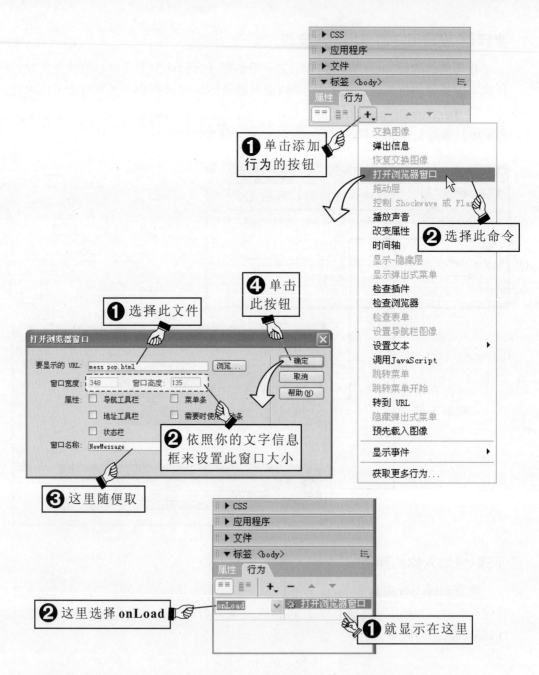

❶ 单击添加行为的按钮

❷ 选择此命令

交换图像
弹出信息
恢复交换图像
打开浏览器窗口
拖动层
控制 Shockwave 或 Fla...
播放声音
改变属性
时间轴
显示-隐藏层
显示弹出式菜单
检查插件
检查浏览器
检查表单
设置导航栏图像
设置文本
调用JavaScript
跳转菜单
跳转菜单开始
转到 URL
隐藏弹出式菜单
预先载入图像

显示事件

获取更多行为...

❹ 单击此按钮

❶ 选择此文件

打开浏览器窗口

要显示的 URL：mess pop.html   浏览...
窗口宽度：348   窗口高度：135

属性：☐ 导航工具栏   ☐ 菜单条
☐ 地址工具栏   ☐ 需要时使用滚动条
☐ 状态栏

窗口名称：NewMessage

确定
取消
帮助(H)

❷ 依照你的文字信息框来设置此窗口大小

❸ 这里随便取

❷ 这里选择onLoad

onLoad   打开浏览器窗口

❶ 就显示在这里

然后将此网页保存，以后每次一进入此网页就会出现如下图所示的信息窗口。

每次进入时都会另开一个新的固定窗口，来显示信息文字

✎ 讨论与研究

● 虽然在 Dreamweaver 中的操作很方便、快捷，不过最后它也是调用 JavaScript 来实现的 (可检查网页程序码最前面就知道了)。因此如果你对此功能想要做一些更改的话，可以进入 [◇] 代码 模式，然后到最前面去修改 JavaScript 代码。

● 有些弹出式广告阻挡软件 (例如Popup Stopper) 会造成弹出式浏览窗口无法显示出来 (也就是被阻挡)，如此浏览者当然也就看不到你要显示出来的内容，由于这类广告阻挡软件安装在浏览者计算机中，因此目前站在网页设计者的角度而言是无计可施的。

● 在 IE7 或更新的版本中若浏览者将弹出窗口设置在新选项卡中打开 (如下图所示)，则显示文字信息框的弹出窗口就以一般网页来显示，而不会显示在一个固定大小的独立窗口中，这点请特别注意。

若浏览者的浏览器设置为此项目

选项卡浏览设置

☑ 启用选项卡式浏览 (需要重新启动 Internet Explorer)(E)
　☑ 关闭多个选项卡时发出警告 (L)
　☐ 当创建新选项卡时，始终切换到新选项卡 (A)
　☑ 启用快速导航选项卡 (需要重新启动 Internet Explorer)(Q)
　☐ 打开 Internet Explorer 时只加载第一个主页 (F)
　☑ 打开当前选项卡旁边的新选项卡 (N)
　☐ 打开新选项卡的主页而不打空白页 (H)

遇到弹出窗口时：
　○ 由 Internet Explorer 决定如何打开弹出窗口 (I)
　○ 始终在新窗口中打开弹出窗口 (W)
　⦿ 始终在新选项卡中打开弹出窗口 (T)

从位于以下位置的其他程序打开链接：
　○ 新窗口 (O)
　⦿ 当前窗口中的新选项卡 (B)
　○ 当前选项卡或窗口 (C)

[还原为默认值 (R)]　　[确定]　[取消]

特别注意

若浏览者的计算机中安装有阻挡弹出窗口或广告窗口的工具，则很可能会使弹出信息窗口被封锁而无法显示出来。

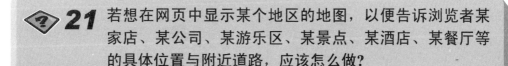

21 若想在网页中显示某个地区的地图，以便告诉浏览者某家店、某公司、某游乐区、某景点、某酒店、某餐厅等的具体位置与附近道路，应该怎么做？

22 如何在我的网页中显示某个地区的谷歌地图 (Google Map)？

23 我的网页中显示的谷歌地图可以放大、缩小或上下左右移动吗？要怎么实现？

本问题没有相关问题

本技巧适用于：利用谷歌地图，在网页中提供显示某区域的地图功能，让浏览者可以方便地检查和搜索与网页内容相关的地点。

　　在某些网站中可能需要显示某个地区的地图，来告诉浏览者某家店、某公司、某游乐区、某景点、某饭店等的具体位置与附近道路，甚至还能让浏览者可以拉近、拉远或上下左右移动该地图。我们总不可能自己设计这样的功能吧？但要如何实现呢？其实谷歌地图已经提供了这样的功能，通常只要再略微修改一下就能符合大多数网页设计的需求。可依照下面步骤来进行。

✎ 步骤 **1** 找出要显示的区域与复制代码

　　首先进入谷歌中国地图网站中，找到你要显示那个区域的地图 (**http://ditu.google.cn/maps**)，而且调整到想要让浏览者观看的大小 (使用放大缩小功能)，然后复制此区域地图的代码，操作如下 (此处以显示上海外滩步行道附近地图为例来说明)。

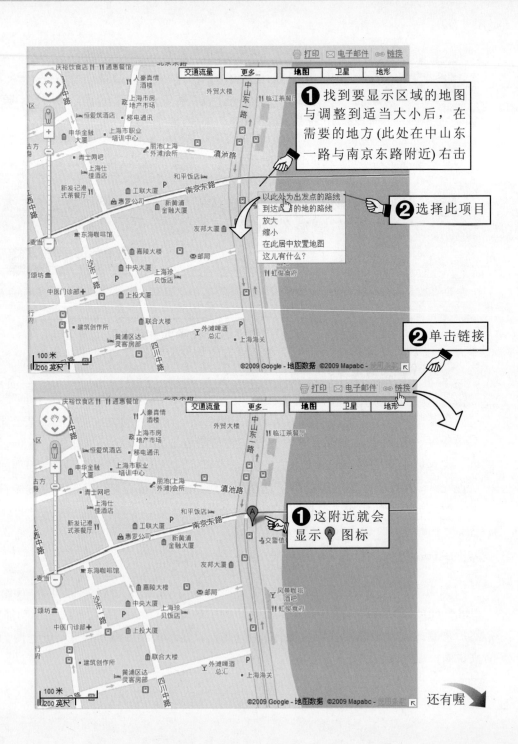

❶ 找到要显示区域的地图与调整到适当大小后，在需要的地方(此处在中山东一路与南京东路附近)右击

❷ 选择此项目

❷ 单击链接

❶ 这附近就会显示 图标

还有喔

单击 Tab 键就会选定此行，然后按下 **Ctrl+C** 将此行代码复制到**剪贴板**

✎ 步骤❷ 修改地图代码

现在打开**记事本**，按下 **Ctrl+V** 粘贴代码。这个代码虽然很长，不过对大多数网页而言 **<small>** 标签之后是不需要的，因此重新将 **<small>** 标签之前的代码复制到**剪贴板**中，如下所示。

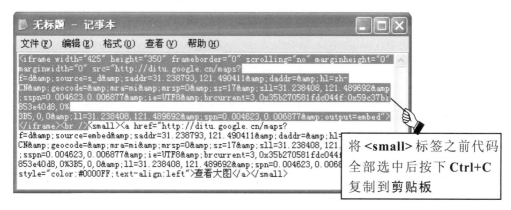

将 **<small>** 标签之前代码全部选中后按下 **Ctrl+C** 复制到**剪贴板**

✎ 步骤❸ 加入网页中

由于地图所占的版面都不小，因此许多网页都设计成当单击某个项目链接后，打开一个新的窗口来显示地图。这里小弟则是设计成显示在一个固定大小的弹出窗口中，因此要先将本书所附光盘中的 **\Part1\map_pop.html** 复制到要显示此弹出窗口地图的那个网页文件所在的文件夹中，解除只读属性后将代码粘贴进来后保存，如下所示。

现在就用网页设计工具打开要显示弹出窗口地图的那个网页文件，然后依照下面操作来设计 (此处以 Dreamweaver 为例来说明)。

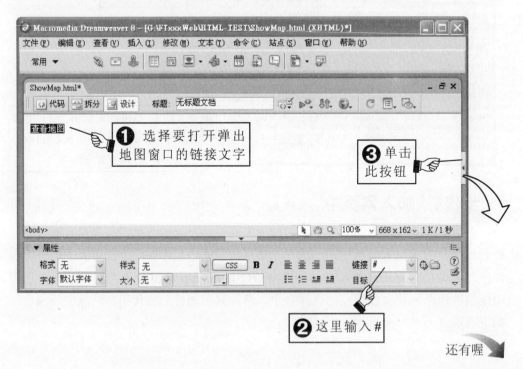

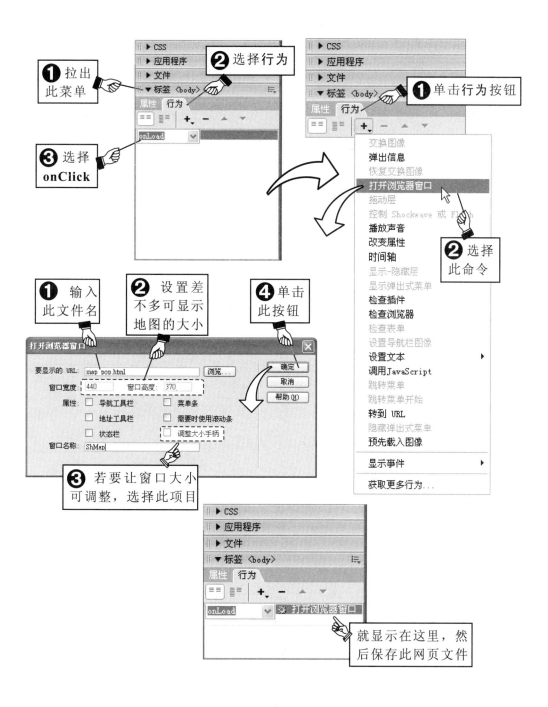

❶ 拉出
此菜单

❷ 选择行为

❶ 单击行为按钮

❸ 选择
onClick

▶ CSS
▶ 应用程序
▶ 文件
▼ 标签 〈body〉
属性　行为
＋　－　▲　▼
onLoad

▶ CSS
▶ 应用程序
▶ 文件
▼ 标签 〈body〉
属性　行为
＋　－　▲　▼

交换图像
弹出信息
恢复交换图像
打开浏览器窗口
拖动层
控制 Shockwave 或 Flash
播放声音
改变属性
时间轴
显示-隐藏层
显示弹出式菜单
检查插件
检查浏览器
检查表单
设置导航栏图像
设置文本　　　　▶
调用 JavaScript
跳转菜单
跳转菜单开始
转到 URL
隐藏弹出式菜单
预先载入图像

显示事件　　　　▶

获取更多行为...

❷ 选择
此命令

❶ 输入
此文件名

❷ 设置差
不多可显示
地图的大小

❹ 单击
此按钮

打开浏览器窗口
要显示的 URL: map_pop.html　　　　浏览...
窗口宽度: 440　窗口高度: 370
属性　□ 导航工具栏　　□ 菜单条
　　　□ 地址工具栏　　□ 需要时使用滚动条
　　　□ 状态栏　　　　□ 调整大小手柄
窗口名称: ShMap
确定
取消
帮助(H)

❸ 若要让窗口大小
可调整，选择此项目

▶ CSS
▶ 应用程序
▶ 文件
▼ 标签 〈body〉
属性　行为
＋　－　▲　▼
onLoad　　※ 打开浏览器窗口

就显示在这里，然
后保存此网页文件

69

步骤④ 测试结果与修正

现在可以使用浏览器打开该网页，单击链接文字，检查是否按下图所示显示。

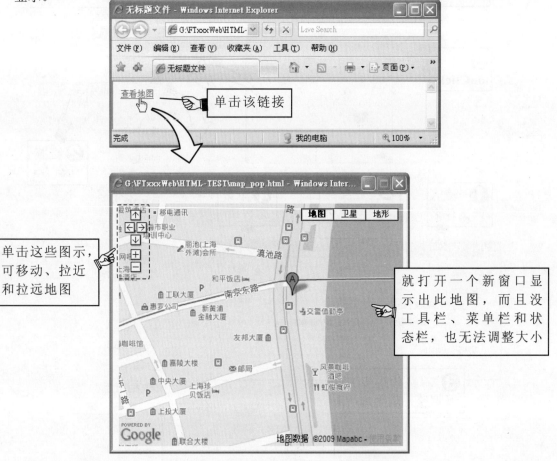

特别注意

由于这是谷歌公司提供的网上地图功能，所以并不能保证可以一直免费使用，
若以后改为收费或不提供此功能，则你的网页就无法再利用此方式显示地图了，
这点请特别注意。

● 若浏览者的计算机中安装了阻挡弹出窗口或广告窗口的工具，则很可能会使弹出信息窗口被封锁而无法显示出来。

● 在 IE7 或更新的版本中若浏览者将弹出窗口设置在新选项卡中打开 (如下图所示)，则显示地图的弹出窗口就会以一般网页来显示 (在新的选项卡中)，而　不会显示在一个新打开的固定大小独立窗口中，这点请特别注意。

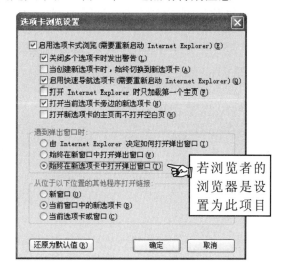

若浏览者的浏览器是设置为此项目

24 我希望当鼠标移到网页上某个元素 (如链接、图片、下拉列表框、单选按钮、复选框、文本输入字段、普通文字等) 上时会出现该元素的详细说明或信息，当鼠标离开该元素时说明或信息就消失了。这该如何设计？

25 我希望鼠标移到某个元素上时出现的帮助文字或信息以多行显示 (即可换行)，要如何实现？

26 如何让网页中元素的帮助文字不再是黑字浅黄色背景，而是可以自定义颜色或甚至有透明效果？

27 网页中各种元素的帮助文字是否可以做特效 (例如半透明)？要如何实现？

28 网页中各种元素的帮助文字是否可以换成图片？要怎么做？

本问题没有相关问题

本技巧适用于：可对网页上各种元素做详细的解说或显示相关信息，以让浏览者充分了解相关内容。甚至可以通过改变颜色、加入特效或以图片显示，给浏览者留下更深刻的印象，而且完全不占用网页上的任何版面空间，是相当实用的网页元素说明功能。

咦？程兄，网页中元素的帮助文字利用 **alt="…"** 就可以啦！这还有什么好讨论的？基本上没错，许多网页设计者都知道在 alt="…" 中设置元素的帮助文字，如下所示 (此处以 Dreamweaver 为例来说明)。

不过，以此方式设置元素的帮助文字或信息有个很大的问题：仅能使用于图片等少数元素，对于其他元素 (如单选按钮、下拉列表框、列表、复选框、一般文字等) 就不可用此方法来显示帮助文字或信息。所以在本问题中就要与你详细讨论与研究这个问题。

✎ 帮助文字或信息

既然 alt="…" 不可用于各种网页元素，那要用什么呢? 没错，经验丰富的读者大概已经想到了，就是使用 **title="…"**。 title 几乎可以用于所有的网页元素，因此就符合了我们的需求。不过，在不同的元素上设置的位置可能会有所不同，所以下面针对各种常见的元素分别说明。

链接文字或图片

不论是文字链接还是图片链接，都会有 **<a>** 标签，所以将 title="…" 放入 <a> 标签中就行了，语法如下：

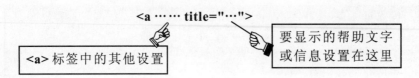

图片

若是图片则将 **title="…"** 放入 **<img>** 标签中，语法如下：

普通文字

由于一般在网页中的文字并没有标签(也不需要)，因此若某一段文字需要有帮助文字或信息的话，就必须加上 **<p>** 标签，然后将 title="…" 放入 **<p>** 标签中，如此才能使一段文字显示帮助文字与信息，语法如下：

你可以用浏览器打开本书所附光盘中的 **\Part1\文字显示信息说明.html**，看看一般文字显示信息说明，如下所示。

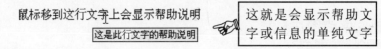

下拉列表框

对于下拉列表框，我们可以将 title="…" 放入 **<select>** 标签中，语法如下：

当鼠标移到下拉列表框的范围内，就会显示出帮助文字，如下图所示。

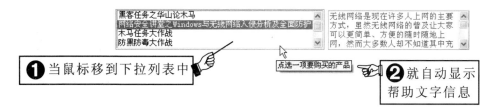

文本输入字段

文本输入字段通常是用来让浏览者输入信息的，若能显示信息文字将更能有助于浏览者输入正确的资料，我们可以将 title="…" 放入 **<input>** 标签中，语法如下：

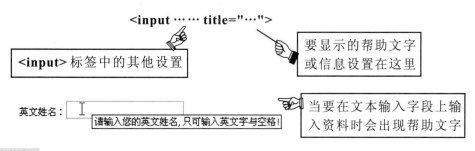

文本区域

文本区域可用来让浏览者输入许多文字，也可用来显示许多文字，不论是哪一种，如果需要显示帮助文字，仍然可以将 title="…" 放入 **<textarea>** 标签中，语法如下：

1 当鼠标移到本文区域中

2 就自动显示帮助文字信息

左边所选项目的产品简介说明

单选按钮

在某些情况下单选按钮也需要显示出信息文字，以让浏览者了解所选项目。基本上，单选按钮在 <input> 标签中设置，因此将帮助文字信息 title="···" 放入 **<input>** 标签中，语法如下：

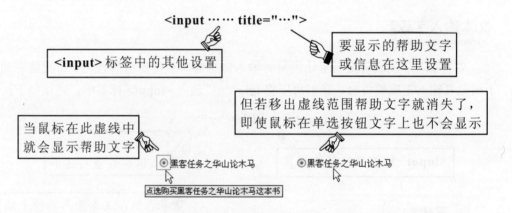

<input ······ title="···">

<input> 标签中的其他设置

要显示的帮助文字或信息在这里设置

但若移出虚线范围帮助文字就消失了，即使鼠标在单选按钮文字上也不会显示

当鼠标在此虚线中就会显示帮助文字

⊙黑客任务之华山论木马

点选购买黑客任务之华山论木马这本书

⊙黑客任务之华山论木马

对于浏览者来说，单选按钮与后面的文字应该是一体的，所以不论鼠标移到单选按钮还是右边的文字上，应该都会出现帮助文字，所以不应该将 title="···" 放在 <input> 标签中，而是应该放在 **<label>** 标签中，语法如下：

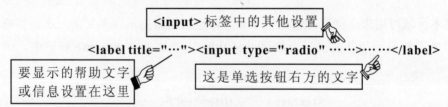

<input> 标签中的其他设置

<label title="···"><input type="radio" ······>······</label>

要显示的帮助文字或信息设置在这里

这是单选按钮右方的文字

若网页中的单选按钮 <input> 标签的前后并没有 <label></label> 标签，则可以自行加上。而在 Dreamweaver 中创建的单选按钮，它会自动在 <input> 标签之前加上 <label> 标签，所以直接在 <label> 中设置 title="···" 就行了。

复选框

与单选按钮一样，在某些情况下为复选框添加帮助文字有助于浏览者选择。同样，若将帮助文字 title="…" 放在 <input> 标签中，则当鼠标移到复选框上时会显示帮助文字，移到右方的文字上则不会，如下图所示。

所以，我们同样必须在复选框 <input> 标签的前后加上 <label></label>，然后将 title="…" 放在 **<label>** 标签中，语法如下：

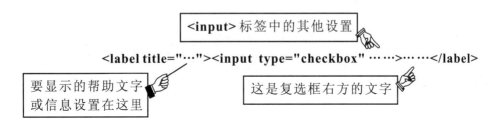

一般在创建复选框时并不会有 <label></label> 标签 (使用 Dreamweaver 也不会)，因此必须自行加在复选框的 <input> 标签前后。

按钮

对于网页中的任何按钮 (不论是否在菜单中)，都可以利用 title="…" 来显示出帮助文字，语法如下：

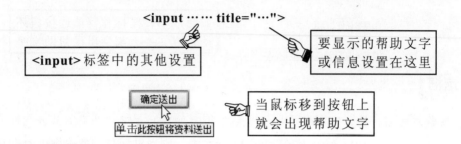

<input …… title="…">

<input> 标签中的其他设置

要显示的帮助文字
或信息设置在这里

确定送出

单击此按钮将资料送出

当鼠标移到按钮上
就会出现帮助文字

✎ 深入应用

前面说明了如何在网页中各种元素内加入帮助文字，但如果要显示的帮助文字
有很多行呢？ 或者要更换不同的文字颜色与背景颜色呢? 下面就分别说明。

多行显示

一般帮助文字都不会显示很多字与多行，但如果要显示多行就必须要换行。在
title="…" 中的文字可以换行吗? 可以的，但是不能在代码中直接按下回车键或者用
\n，而必须输入内码 **&#10**，例如下面这个显示图片与帮助文字的语法。

<img src="cn233s.jpg" title="书名：网络安全讲堂之Windows与无线网络入侵分
析及全面防护&#10作者：程秉辉&#10出版社：清华大学出版社&#10ISBN：
9787302204169&#10定价：￥49.00" name="bookimg" width="135" height="166">

这些都是帮助文字

当鼠标移到此图片上时就
出现这样的详细帮助文字

书名：网络安全讲堂之Windows与无线网络入侵分析及
全面防护
作者：程秉辉
出版社：清华大学出版社
ISBN：9787302204169
定价：￥49.00

Tips ⚠ 除了换行码&#10外，你也可以用同
样的方式在帮助文字中加入其他符
号的内码。

自定义文字与背景颜色

前述所讨论网页中各种元素的帮助文字，都是千篇一律的黑色文字与浅黄色背景，是否可以自定义我想要的颜色？由于这是 HTML 语法通过浏览器所支持的功能，除非新版 HTML 语法支持或浏览器自行提供此功能，否则是无法实现的。但如果想要有此功能的话，则可以利用层假造文字说明的方式来实现，也就是将说明文字显示在某个层中 (Layer)，如此就可以任意指定文字、背景与边框颜色。当鼠标移到某个元素上时就显示该层与其中的文字，当鼠标移开元素就将层隐藏，只要浏览者在操作时看起来就像一般的帮助文字就行了，应该没人会管它是否为 "假造" 的 (若真的有人在乎这是否为 "假造" 的帮助文字，那肯定够无聊了)，步骤如下。

步骤❶ 复制与修改代码

先将本书所附光盘中的 **\Part1\自定义帮助文字_代码.txt** 与 **\Part1\show_tips.js** 复制到你要设计的网页文件所在的文件夹中，将两个文件都解除只读属性后，使用**记事本**打开**自定义帮助文字_代码.txt**，依照下面的说明来修改。

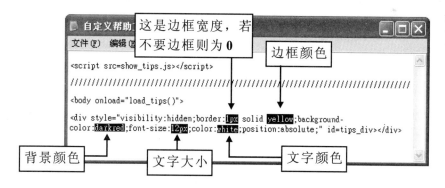

修改完成后按下 **Ctrl+S** 保存，进入下一步骤，但不要关闭**记事本**。

步骤❷ 加入网页中

使用网页设计工具将网页文件打开，然后依照下面的操作来进行 (此处以 Dreamweaver 为例来说明)。

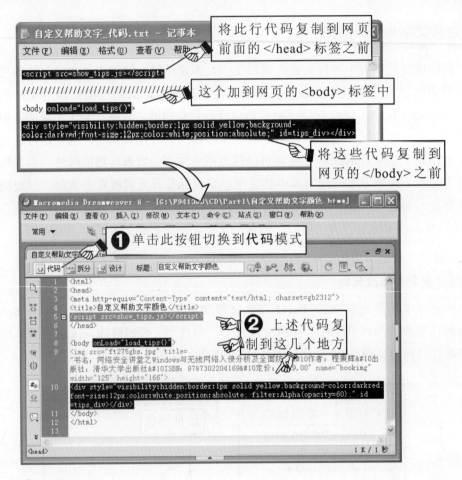

步骤 ❸ 设置各元素的帮助文字

现在将各元素要显示的帮助文字加入 (即依照前面各元素加入 title="…" 的说明来进行)，如果有换行可参见78页 多行显示 的说明，都完成后按下 **Ctrl+S** 保存。

Special Note

由于这是"假造"的帮助文字，因此若是设置在单选按钮或复选框上，则 title="…" 必须在 **<label>** 与 **<input>** 标签中都设置才行，这点请特别注意。

步骤④ 测试结果

　　现在可以使用浏览器打开该网页看看，例如这里打开本书所附光盘中的 **\Part1\自定义帮助文字颜色.htm**，如下图所示。

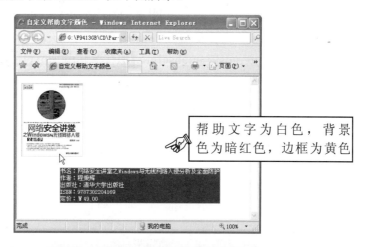

帮助文字为白色，背景色为暗红色，边框为黄色

Special Note 此方式会应用到此网页所有元素的帮助文字上，也就是说，该网页所有帮助文字的颜色、背景色、边框颜色和边框宽度都完全一样。

程序说明

　　显示与隐藏帮助文字的动作都设计在 **show_tips.js** 程序中，基本上不需要修改，只要依照前面所说明的步骤来使用就行了。

特效与图片

　　由于前述可以改变文字与背景颜色的帮助文字是利用层 (Layer) 做出来的，如此就可以针对该层做出更多的变化。例如，滤镜效果与显示图片等。下面分别进行说明。

滤镜特效

先依照**步骤❶**~**步骤❹**完成用层显示帮助文字后，再依照这里的说明来设计效果。对层添加特殊效果很简单，只要将 Alpha() 滤镜函数加在 <div> 标签的 style 属性中就行了。例如下列语法为层设置了 60% 的透明效果。

<div style="visibility:hidden;border:1px solid yellow;background-color:darkred;
font-size:12px;color:white;position:absolute;**filter:Alpha(opacity=60);**" id=tips_div>

将 Alpha() 滤镜函数放在 **style**
属性中，这是 60% 的透明效果

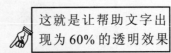

这就是让帮助文字出
现为 60% 的透明效果

以此类推，利用 Alpha() 滤镜函数就可以做出许多种你想要的效果，它的参数说明如下。

Alpha(style=?,opacity=?,finishopacity=?,startX=?,startY=?,FinishX,FinishY=?)

参 数 名 称	数 值 说 明
style	**0** 整体透明，**1** 线性渐变透明，**2** 圆形放射状渐变透明，**3** 矩形放射状渐变透明，默认值为 0
opacity	透明度值，范围为 0~100，0 为完全透明，100 为不透明，默认值为 0
finishopacity	透明度退出值，渐变透明才有用，值的范围和意义与 opacity 相同，默认值为 0
startX,startY FinishX,FinishY	指定控件上的 (startX,startY)~(FinishX,FinishY) 这个矩形坐标范围进行渐变式透明处理。这是相对于所处理控件的长宽百分比，默认值皆为 0

帮助文字变图片

既然能用层显示帮助文字，当然也就能把文字换成图片。实现方法与 **79 页** 自定义文字与背景颜色 差不多，但略有不同，步骤如下。

步骤❶ 准备图片

首先将各元素要显示的图片准备好，然后将图片都放在网页文件**所在的文件夹中**。

步骤❷ 复制与修改代码

先将本书所附光盘中的 **\Part1\帮助文字换图片_代码.txt** 与 **\Part1\show_pic_ tips.js** 复制到你要设计的网页文件**所在的文件夹中**，将两个文件都解除只读属性后，使用**记事本**打开**帮助文字换图片_代码.txt**，依照下面的说明来修改。

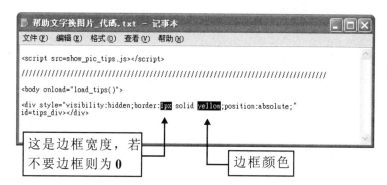

修改完成后按下 **Ctrl+S** 保存，进入下一步骤，但不要关闭**记事本**。

步骤❸ 加入网页中

使用网页设计工具将网页文件打开，然后依照下面的操作来进行 (此处以 Dreamweaver 为例来说明)。

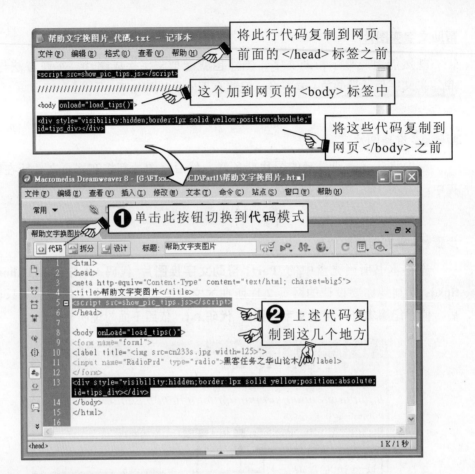

步骤❹ 设置各物件的图片

现在将各元素要显示的图片加入各元素标签中。基本上可以参考前面各元素加入 title="…" 的说明来进行，而 title 中的设置必须如下所示，都配置完成后按下 **Ctrl+S** 保存。

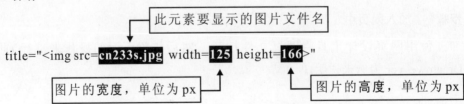

由于这是用层显示的说明图片，因此若是设置在单选按钮或复选框上，则 title="…" 必须在 <label> 与 <input> 标签中都设置才行，这点请特别注意。

步骤 5 测试结果

现在可以使用浏览器打开该网页看看，例如这里打开本书所附光盘中的 **\Part1\帮助文字换图片.htm**，如下图所示。

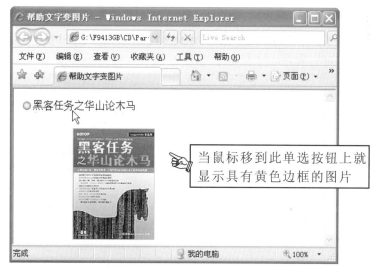

当鼠标移到此单选按钮上就显示具有黄色边框的图片

Tips 同样可以依照前面滤镜特效的说明，在 <div> 标签中为显示的图片加入特效。

✎ 讨论与研究——元素变换问题

在本问题中详细说明了如何对网页中的各种元素加入帮助文字、多行的帮助文字、自定义颜色的帮助文字、说明图片等，但如果该元素是会变化的，要怎么做呢？例如，本书所附光盘中的 **\Part3\单选按钮_图片_范例\单选按钮_图片.htm**，右边的图片会随着左边单击的项目而改变，而不同的图片就会有不同的文字说明，那如何让同一个元素显示不同的图片时也能显示不同的帮助文字呢?

其实这也不困难,只要在更换该元素的图片时一并更换帮助文字 (即 title 值) 就行了,首先在显示图片的 <img> 标签中加入 title="……",如下所示。

然后在更换该元素图片的程序中也更换帮助文字,如本书所附光盘中的 **\Part3\单选按钮_图片_范例\单选按钮_图片.htm** 所用到的程序在 **ShowPics.js** 中,更改如下 (以第一个项目为例)。以此类推,更改每一个项目就完成了。

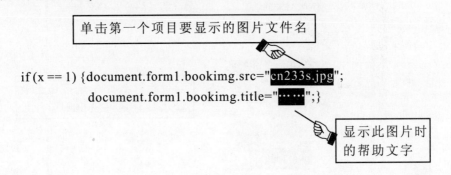

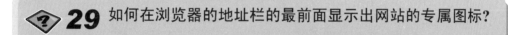
29 如何在浏览器的地址栏的最前面显示出网站的专属图标？

30 已经设计好在浏览器的地址栏中显示图标，为何没有显示出来？

31 如何在收藏夹项目中显示出网站的图标？

本问题没有相关问题

本技巧适用于：在浏览器的地址栏与索引中出现网页专属的图标，可让浏览者加深对你网站的印象与记忆。

现在许多网页都会在浏览器的标题栏最前面显示一个与该网站相关的小图标，下图所示的是小弟的网站。

地址栏与选项卡前面有个☠图标

相信许多网页设计者也希望能在自己的网页中显示想要的图标，可以依照下面的步骤来进行实现。

✎ 步骤 ❶ 制作图标

首先制作要显示的图标，它必须为 **.ico** 文件。一般制作成 **32×32** 或 **16×16** 16色的图标，我们可以用**画图**工具来做，操作如下。

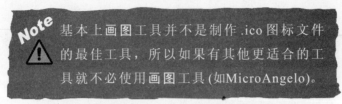

Note 基本上画图工具并不是制作 .ico 图标文件的最佳工具，所以如果有其他更适合的工具就不必使用画图工具 (如MicroAngelo)。

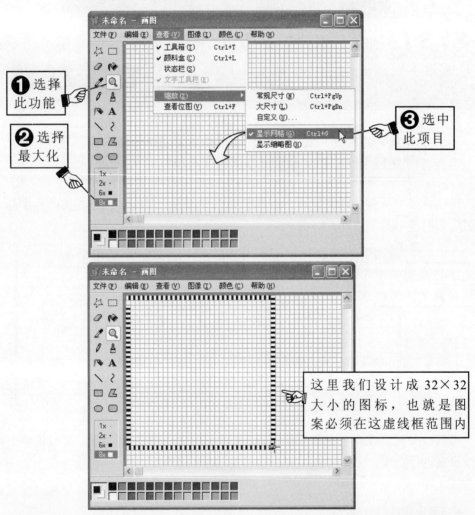

通常很少人会自己一点一滴地慢慢画出想要的图案，一般是先找到想要的图案后，缩小到差不多 32×32 或 16×16 的大小，然后将该图案粘贴进来，如下页所示。

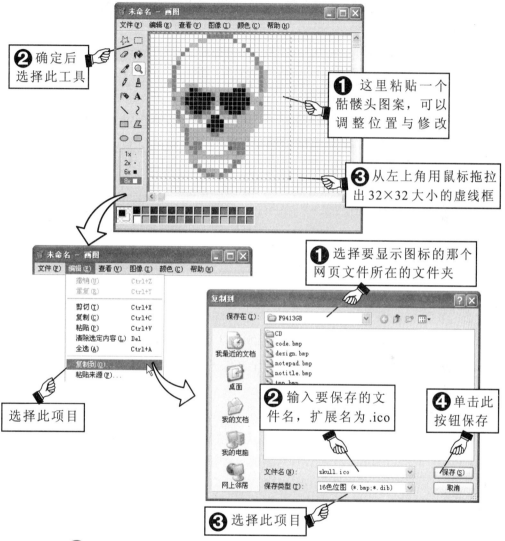

✎ 步骤 ❷ 加入网页中

现在就可以将显示图标的语法加入网页文件中了 (通常是主页)，使用网页设计工具 (或**记事本**) 将该网页文件打开后输入如下语法 (此处以 Dreamweaver 为例来说明)。

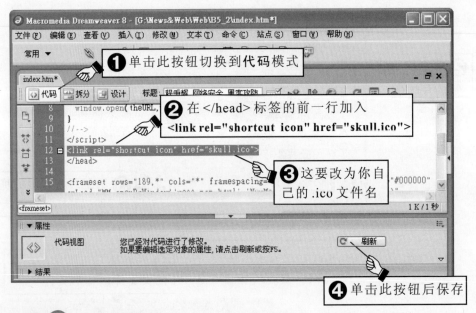

✎ 步骤 ❸ 上传文件

　　现在就将修改后的网页文件 (此例中是 index.htm) 与图标文件 (此例中是 skull.ico) 都上传到 Web 服务器上的**同一个文件夹中**，如此就完成了。

✎ 注意事项与盲区

● 网页文件与图标文件必须上传到 Web 服务器中才能显示出来，仅在自己本地电脑中测试是不行的。

● 此功能由 Web 系统 (如 IIS、Apache等) 所支持 (现在大多数 Web 系统都支持)。若网页所使用的 Web 系统太旧可能就不支持此功能，图标当然也就不会显示出来。

● 若浏览者的浏览器太旧或使用非主流的浏览器 (非 IE、FireFox、Opera等)，则有可能不支持显示图标的功能，所以就看不到。

● 如果网页文件与图标文件都在同一个文件夹中，而且 Web 系统也支持显示图标功能，但却没有显示出来，则可以将网页文件 </head> 标签前下列语法中图标的位置改为完整路径 (即 **http://⋯⋯/你的图标文件名.ico**)，然后再试试，或许就可以显示出来。

<link rel="shortcut icon" href="http://www.freewebs.com/faqdiy/skull.ico">

这里改为图标文件所在的完整地址与图标文件名

✎ 讨论与研究——收藏夹图标

本问题中是将网站的小图标显示在浏览器的地址栏与标题栏的最前面，若是将这个小图标也显示在收藏夹中要怎么做呢？其实这也不难，只要在网页源文件的 </head> 之前再加入下列代码就可以了。

<link rel="Bookmark" href="http://⋯⋯./你的图标文件名.ico">

这是你图标文件所在的完整地址

如此在收藏夹项目的前面就会显示出网站的小图标

32 有哪些方法可以防止我的网页被浏览者保存或检查源码 (Source Code)? 真的有效吗?

33 有哪些方法可以防止网页中部分 (或全部) 的内容被复制?

34 如何在我的网页中禁用右键菜单? 如此浏览者就无法复制网页中的文字、图片或其他内容。

35 如何禁止用鼠标选定或拖拉的方式来复制网页中的内容?

36 可以让网页内容不保存到浏览器的缓存文件中吗? 应如何实现?

37 有什么方法可以彻底有效地防止浏览者查看网页的源码?

38 有什么方法可以让他人无法看懂 (或很难看懂) 网页的源码? 如此一来被他人获取也没有价值。

39 如何对网页源码加密与解密? 能百分之百防止他人看懂源码的内容吗?

本问题没有相关问题

本技巧适用于: 让浏览者无法以各种方式复制、保存或查看网页中的元素与源码。

　　之前小弟的网页设计书中就曾经讨论过, 如何让网页内容或源文件尽可能不被浏览者复制或保存, 而在本问题中我们将更广泛、更彻底地详细研究与讨论, 尽可能有效地防止这些操作发生, 保护你的知识产权。

✎ 禁止复制网页中的元素 (内容)

获取网页内容最常见的方法之一就是复制网页中的元素 (内容)，而复制的操作不外乎是先用鼠标或按键选定要复制的元素 (内容) 后再进行复制。下面我们就深入地来讨论此类内容。

禁用右键菜单的盲区与问题

许多人都习惯用鼠标选定网页上的元素 (内容) 后，右击鼠标，弹出快捷菜单，然后选定**复制**命令来复制选定的元素，因此在某些网站或某些书籍上就会教你禁用鼠标右键菜单来达到不让浏览者复制网页内容的目的，也就是在网页的 <body> 标签中加入如下的代码 (可以使用**记事本**打开本书所附光盘中的 **\Part1\禁用鼠标右键_代码.txt** 来复制，而不必自行输入)。

❶ 在 <body> 标签中加入此代码

```
<body oncontextmenu="window.event.returnValue=false;
    alert('您无法使用快捷菜单进行复制!');" …>
```

❷ 此信息文字可更改

Windows Internet Explorer

⚠ 您无法使用右键菜单进行复制!

确定

☞ 当浏览者在网页任何地方右击时就出现这样的信息，提示快捷菜单不可用

Note ⚠ 若网页是在框架中 (Frame)，则此代码必须设置在每个框架中的网页文件里，而不是在有框架语法的那个文件中。

不过，这样就能防止浏览者对你的网页中的元素进行复制行为吗? Of Course NOT(当然不)，此方法只是让鼠标快捷菜单不出现而已，浏览者还可以使用以下操作来复制。

● 使用浏览器上方**编辑**菜单中的**全选**命令后，再选择按下**编辑**菜单中的**复制**命令来复制所有网页中的元素。

● 使用浏览器上方**编辑**菜单中的**全选**命令后按下 **Ctrl+C** 来复制所有网页中的元素。

● 使用鼠标拖拉选中所有 (或部分) 元素后，按下 **Ctrl+C** 来复制这些元素。

● 使用鼠标拖拉选中所有 (或部分) 元素后，选择浏览器上方**编辑**菜单中的**复制**命令来复制这些元素。

　　当复制了网页中的全部 (或部分) 元素后，浏览者就可以打开网页设计工具，创建一个新的 HTML 文件，按下 **Ctrl+V** 就可将这些元素粘贴进来，你辛辛苦苦对每个网页所加入的禁用鼠标右键代码没有起到一点保护作用，而且还使得快捷菜单中的其他功能也都不可用。这对习惯使用快捷菜单的浏览者而言肯定无法接受，甚至对你的网页由爱生恨 (会有那么严重吗?)，反而得不偿失，所以利用禁用快捷菜单来禁止浏览者复制网页中的元素根本是个很差劲、又没啥用的方法。

一网打尽的方法

　　那要如何做才能有效防止浏览者复制网页中的元素呢? 所谓擒贼先擒王，要有效防止网页中的元素被复制就要**从选择元素的操作先下手**，只要浏览者无法选择网页中的元素，当然也就无法进行复制，所以我们必须:

● 让浏览者不可用鼠标拖拉选择网页中的元素。

● 让浏览者不可用浏览器上方**编辑**菜单中的**全选**命令。

如何实现呢? 其实不难，只要将下列代码加入网页的 <body> 标签中就行了 (可以使用**记事本**打开本书所附光盘中的 **\Part1\禁止选定网页元素_代码.txt** 来复制，而不必自行输入)。

```
<body onselectstart="return false" onselect="document.selection.empty()"
ononondragstart="return false">
```

在 <body> 标签中加入这些代码

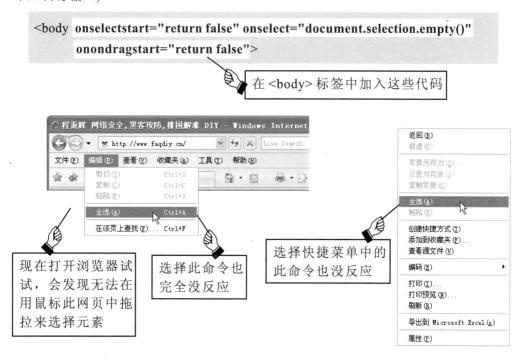

现在打开浏览器试试，会发现无法在用鼠标此网页中拖拉来选择元素

选择此命令也完全没反应

选择快捷菜单中的此命令也没反应

既然浏览者无法选定网页中的任何元素，当然也就无法以任何方式 (按下 **Ctrl+C**、选择**编辑**菜单中的**复制**命令或使用快捷菜单) 进行复制操作，这样也就彻底有效地防止浏览者复制网页中的元素 (内容)了。

✎ 禁止保存网页或检查源文件

让浏览者无法复制网页中的元素就能阻挡网页内容被他人获取与检查吗? Of Course NOT(当然不)，浏览者还可以依照下面几种操作方式来获取并检查你网页中的所有元素与内容。

🔵 选择浏览器上方**文件**菜单中的**使用XXX编辑**命令 (XXX依照浏览者计算机中

Internet 选项的设置而定，可能是 **FrontPage**、**Dreamweaver**、**记事本**等，若没安装可编辑 HTML 文件的软件就无此项目)，就可以将当前浏览的网页内容读取到该软件中进行编辑，当然也就能检查与保存了。

选择此命令

该软件就将网页原始文件读取进来进行编辑，此工具是直接编辑 HTML 源码

浏览者计算机中这里用来设置哪个软件或工具来编辑或查看网页原始代码

● 选择浏览器上方**文件**菜单中的**另存为**命令就可以将网页内容整个保存，如下所示。

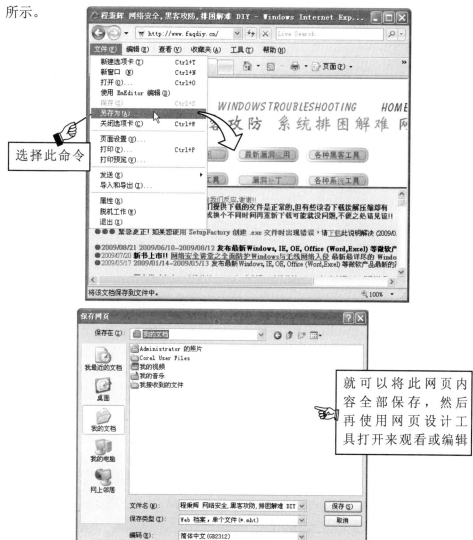

● 选择浏览器上方**查看**菜单中的**源文件**命令或快捷菜单中的**查看源文件**命令后，就可以使用默认的 HTML 编辑工具读取网页原始代码来查看，当然也就能进行编辑与保存。

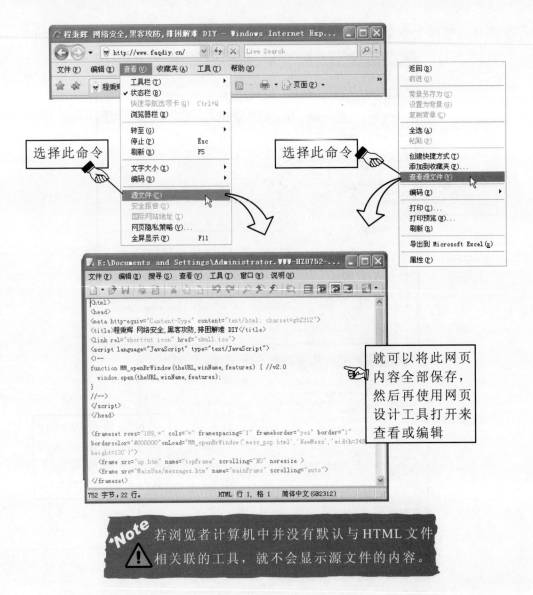

就可以将此网页内容全部保存，然后再使用网页设计工具打开来查看或编辑

Note 若浏览者计算机中并没有默认与HTML文件相关联的工具，就不会显示源文件的内容。

● 只要浏览者知道网页文件的完整地址，就可以利用任一种下载文件的工具 (如 FlashGet、GetRight、电驴、迅雷等) 将你的网页文件下载并保存到浏览者的计算机中。

下面我们就从保存网页文件、编辑网页、检查源文件与下载网页文件几个方面来讨论看看有哪些防堵的方法。

无法保存或另存为

不让浏览者对当前浏览的网页保存文件 (或另存为) 并不困难，只要将下列代码加入 <body> 标签下一行就行了 (可以使用**记事本**打开本书所附光盘中的 **\Part1\禁止保存网页_代码.txt** 来复制，而不必自行输入)。

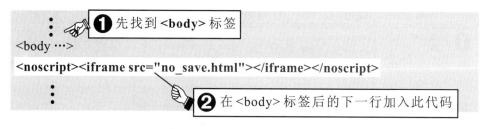

❶ 先找到 <body> 标签

```
<body …>
<noscript><iframe src="no_save.html"></iframe></noscript>
```

❷ 在 <body> 标签后的下一行加入此代码

当浏览者要保存此网页时就出现这样的信息而无法保存

不过此方式对 IE 5和IE 6 有效，对 IE 7 而言则还是可以保存为 HTML 文件 (如下图所示)，而不会被禁止。

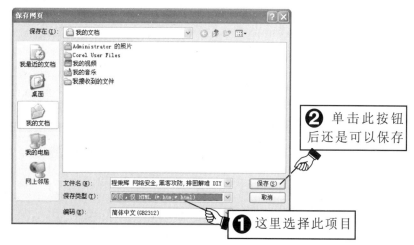

❷ 单击此按钮后还是可以保存

❶ 这里选择此项目

无法查看源文件

基本上网页本身并没有什么方法可以防止浏览者使用浏览器中**查看**菜单的**源文件**命令来查看网页源码。如果硬要做的话，在注册表中将此项目禁用是一个勉强可行的方法，你可以使用记事本将本书所附光盘中的 **\Part1\noviewsr.vbs** 打开，然后复制所有代码到**剪贴板**。

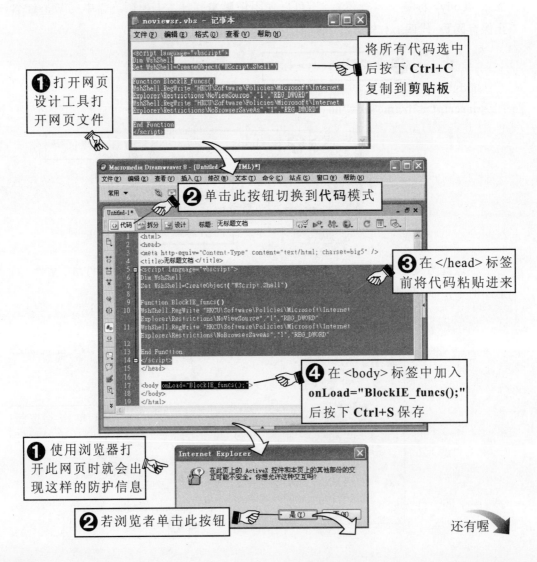

❶ 打开网页设计工具打开网页文件

将所有代码选中后按下 **Ctrl+C** 复制到**剪贴板**

❷ 单击此按钮切换到**代码模式**

❸ 在 </head> 标签前将代码粘贴进来

❹ 在 <body> 标签中加入 **onLoad="BlockIE_funcs();"** 后按下 **Ctrl+S** 保存

❶ 使用浏览器打开此网页时就会出现这样的防护信息

❷ 若浏览者单击此按钮

还有喔

则以后再打开浏览窗口，**源文件**就变成灰色，不可用

此方法虽然可以禁止浏览者使用检查源码功能，但仍然有下列诸多问题。

● 浏览者若单击 否(N) 按钮，当然就无法设置禁用源码功能，此方法也就失败了。

● 此方法必须下一次重新启动 IE 后才可生效，因此你的网页还是可能会被浏览者查看源码与保存。

● 浏览者还是可以使用快捷菜单中的**查看源文件**命令来观看与保存网页源码。

● 此代码需要写入浏览者计算机的注册表 (Registry)中，由于更改注册表值的做法在安全上有很大的威胁，所以此方法对 IE 5和IE 6 是有效的 (只要浏览者没有设置高安全性或禁止 ActiveX 运行)，但在 IE 7 或更高版本，则不论安全性设置如何，都无法成功写入注册表中，所以此方法就无效。

● 此方法使得浏览者浏览任何网页都不可用**查看**菜单中的**源文件**命令，对浏览者在使用上影响很大。

由于更改注册表值对浏览者计算机的威胁很大，因此现在大多数新版的浏览器都一律禁止运行这类操作。若要有效禁用检查源文件的功能，则一般会依照下面的说明来进行。

● 将更改注册表值 (可禁用查看源文件，也可禁用其他功能，如另存为、快捷菜单等) 先写成一个项文件 (.reg)，项文件不容易被杀毒软件找麻烦或被列为查杀目标。

● 当浏览者浏览网页时将该项文件存入到浏览者计算机中，然后调用 reg.exe 来将此项文件的设置写入注册表中。

只要浏览者使用计算机的权限为 Power User 等级或更高，就可以成功禁用查看源文件 (或其他功能，若有设置的话)。不过这些过程已经算是黑客任务的行为了，有兴趣的读者可参考小弟黑客攻防系列书籍，这里就不再讨论。

> **Note ⚠** 有关 IE 浏览器中各种功能的禁用设置与解除，可参见小弟的防黑杀毒大作战中的 **Q102**。

无法编辑

基本上我们无法禁止浏览者在浏览器中使用其他软件对当前浏览的网页进行编辑，但若利用设置注册表值的方式则可以实现一定程度的阻挡。在注册表中可以指定某些软件禁止运行，因此可以将一些常见的网页设计工具 (如Dreamweaver、FrontPage等) 与可编辑网页的工具 (如MS-Word、MS-Excel、记事本等) 设置为禁止运行，如此浏览者在浏览器中就不可用**文件**菜单中的**使用 XXX 编辑**命令，做法与前面介绍的一样，先创建一个项文件 (.reg)，然后下载到浏览者计算机中调用 reg.exe 运行它即可。不过，成功后在浏览者计算机中就完全不可使用这些工具与软件，这又会造成其他问题，例如，可能浏览者会认为你的网页中包含恶意源码等，在安全上产生顾虑。

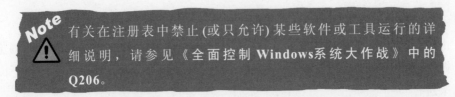

> **Note ⚠** 有关在注册表中禁止 (或只允许) 某些软件或工具运行的详细说明，请参见《全面控制 Windows系统大作战》中的 **Q206**。

无法存入缓存文件

　　除了一般的保存网页或查看源文件外，浏览器的缓存功能也会将你的网页保存在浏览者计算机中，如此也就有可能进一步从缓存文件中将你的网页读取并保存。对于这样的情况，可以在每个网页中设置如下的代码来禁止浏览器将你的网页保存到缓存文件中，只要将下列代码加入 <head> 标签下一行就行了 (可以使用**记事本**打开本书所附光盘中的 **\Part1\禁止缓存_代码.txt** 来复制，而不必自行输入)。

```
<meta http-equiv="cache-control" content="no-cache">
<meta http-equiv="pragma" content="no-cache">
<meta http-equiv="pragma" content="no-store">
<meta http-equiv="expires" content="-1">
```

> 将这些代码放到 <head> 标签的下一行即可

无法下载

　　对于使用各种下载工具来保存网页文件，几乎是不可能防止的，因为既然要给大家浏览，就一定允许任何计算机从网站服务器读取网页文件。但是我们无法知道是浏览器还是某个下载工具 (或其他软件) 在读取，所以就无法避免被下载工具读取后保存起来，如此浏览者就可以获取并保存网页文件。

　　要下载网页文件就要知道该网页文件所在的完整地址，因此有些网站就建议可以将这个地址加密，如此浏览者就无法得知真正的完整地址，也就不能下载网页文件了。理论上可以对地址加密，但浏览者仍然可以从浏览器地址栏、快捷菜单、状态栏、保存的源码等多个地方找出来。因此不可能完全防止浏览者获取网页文件的完整地址，当然也就不能完全阻挡浏览者用各种下载工具获取网页文件。

✎ 彻底有效的终极方法

　　前面讨论了多种阻挡浏览者获取网页文件的方法，但都是防君子不防"小人"。不论哪种方法，都无法彻底、有效地达到防止的目的，其中最根本的原因就在于网页是让大家浏览的，要读取到浏览者计算机中才能显示出来，既然都已经在浏览者计算机中了，也就可以使用多种方法查看或保存，因此前面说过的各种方法就不可能实现彻底有效的阻挡。

由于无法彻底、有效地防止浏览者保存与查看网页源文件，因此最后的防线就是让浏览者看不懂(或很难看懂)源码的内容，若对浏览者来说是无字天书，那当然就没有用处，也就等于实现了保护网页内容的目的。可是只要会网页设计的人大多都能看得懂 HTML 代码或 JavaScript 程序。要如何做才能让别人看不懂呢? 最常见的做法就是对网页主要内容进行**加密**，当浏览者要浏览该网页时才进行解密，让浏览器显示出正确的内容，下面小弟提出两种方法供读者参考。

方法 ❶ 简易加密

基本上要对网页源文件加密最简单的方法就是借力使力，即利用 JavaScript 中的 **escape()** 与 **unescape()** 函数来对网页源文件进行加密与解密 (其实应该算是编码与解码)。 escape() 函数会对非基本 ASCII 码的字符 (也就是非数字、英文大小写) 改为用 **%** 开头的**十六进制码**替换，例如下面这个最简单的 HTML 网页源码:

```
<html>
<head>
<meta http-equiv="Content-Type" content="text/html; charset=gb2312">
<title>无标题文档</title>
</head>
```

经过 escape() 函数的编码后就变成如下看似乱码的内容。

```
%3Chtml%3E%0D%0A%3Chead%3E%0D%0A%3Cmeta%20http-equiv%3D
%22Content-Type%22%20content%3D%22text/html%3B%20charset%3Dgb2312
%22%3E%0D%0A%3Ctitle%3E%u7121%u6A19%u984C%u6587%u5B57
%3C/title%3E%0D%0A%3C/head%3E%0D%0A%0D%0A%3Cbody%3E
%3C/body%3E%0D%0A%3C/html%3E
```

此处为了方便以多行显示，事实上只有一行

相信绝大多数的人查看网页源码内容时，若出现类似上面的乱码，除了傻眼之外，大概没什么人会努力把它解码还原。而上述只不过是最简单的网页源码，一般网页的源码在经过 escape() 的编码后几乎都是一大堆的乱码奔腾，看得眼都花了，如此也就实现了保护网页内容、不被他人看懂的目的。那要如何对网页进行这样的编码加密呢？其实很简单，请依照下面的步骤来进行。

步骤❶ 复制工具与解码文件

首先将本书所附光盘中的 **\Part1\decoder.htm** 与 **\Part1\源码编码解码工具.htm** 复制到硬盘中，并解除只读属性。

步骤❷ 加入禁止复制代码

虽然编码加密后的网页源文件会让许多人知难而退，但是当解码后显示出正确的网页内容时却无法防止浏览者使用编辑或快捷菜单中的**全选**命令，或是鼠标拖拉来选中网页中的元素进行复制。因此先对要做编码加密的网页文件加入禁止复制的代码，也就是依照 **94** 页 一网打尽的方法 中的说明来进行，这里就不赘述了，完成后保存才可以再进行下一步骤。

步骤❸ 对网页源文件编码

接着用**记事本**打开你要进行编码加密的那个网页文件，然后选择全部的代码，按下 **Ctrl+C** 复制到**剪贴板** (这里用小弟发布信息的网页来做测试)。

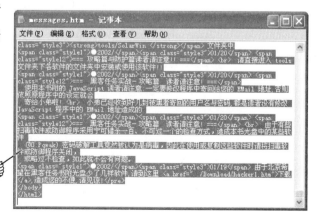

选中所有内容后按下 **Ctrl+C** 复制到剪贴板，然后关闭记事本

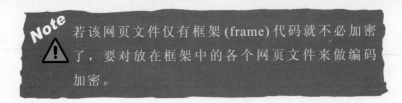

Note 若该网页文件仅有框架 (frame) 代码就不必加密了，要对放在框架中的各个网页文件来做编码加密。

现在用浏览器打开已复制到硬盘中的**源码编码解码工具.htm**，依照下面的操作说明来进行编码加密。

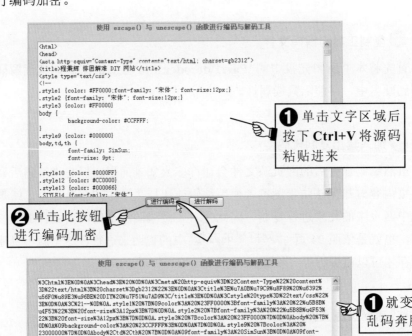

还有喔

步骤④ 修改你的网页文件

现在将已复制到硬盘中的 **decoder.htm** 用**记事本**打开，将编码加密后的源码粘贴进来，如下操作。

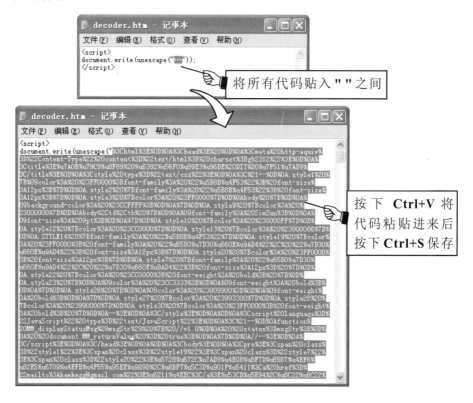

> **Note** 由于记事本设计得很差，在显示这类看似一堆乱码又没换行的内容时处理得很慢，所以你要耐心等待。若要经常做这样的编码加密，又不想等待太久，则可以使用本书所附光盘中的EmEditor(运行在 **\EMEditor\eme326cs.exe** 安装)，它不仅在处理上快许多，而且是查看与编辑多语言文件的好用工具。

步骤 5 测试结果

现在就可以使用浏览器打开 decoder.htm 看是否显示正确，如右图所示。

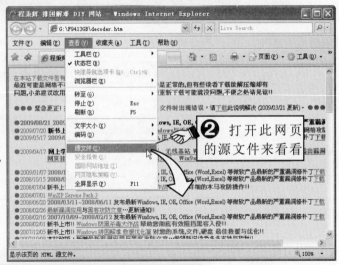

❶ 果然正确显示出原来的网页内容，而且无法复制网页中的任何内容

❷ 打开此网页的源文件来看看

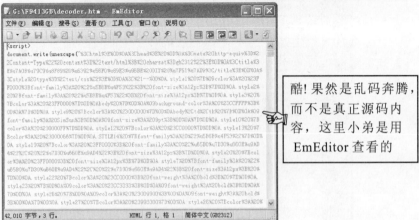

酷！果然是乱码奔腾，而不是真正源码内容，这里小弟是用 EmEditor 查看的

如此就可以用这个 decoder.htm 的内容替换你原来那个网页文件的内容 (原来的网页文件最好做个备份)，然后将更改后的网页文件上传到网站服务器就大功告成。

讨论与研究

其实这个利用 escape() 函数的编码加密方法并非牢不可破，因为：

● 对 JavaScript 语言熟悉的人只要看到源码最前面的 document.write(unescape("…"))；就知道此网页的内容是利用 escape() 函数进行编码加密的，因此可以先将这些看似乱码的内容保存后，自己写一个利用 unescape() 解码的小工具就可将源码内容还原。

● 看过本书的读者可直接使用本书所附光盘中的 **\Part1\源码编码解码工具.htm** 将源码还原后复制出来保存，如此就成功获取网页的源码。

所以此方法虽然差强人意，但如果你还需要更为有效的方法，可以考虑使用下一个方法。

方法❷任意加密

前一个方法的缺点在于源码中有 unescape() 函数，这样会让比较有 JavaScript 设计经验的人看出是用 escape() 编码加密，而容易被破解还原。所以，若改为自己对原来的源码以某个计算方式 (任意加减乘除) 来加密，当浏览器要显示时再将它还原，如此他人要将这个源码还原就比较困难，对你的网页文件也多一些保障，不过，这里小弟并不提供实际的代码程序，而是说明它的做法，程序部分则留给读者自行研究、设计。

加密做法

当然设计一个加密工具比较方便，这个可以参考本书所附光盘中的 **\Part1\源码**

编码解码工具.htm 的做法，而 encoder() 函数中的编码方式当然就要自己写，可以先将源码全部保存到一个数组中 (Array)，然后一次一个字符对数组中所有字符进行某种计算 (加减乘除随你设计)，全部字符都完成后再使用 escape() 函数对数组中所有字符进行编码 (如此才能以一般文本文件保存在 .htm 文件中) 后就完成了，接着就可以将所有代码复制出来。

解密显示

在解密显示方面则可以依照下面的代码说明来设计。

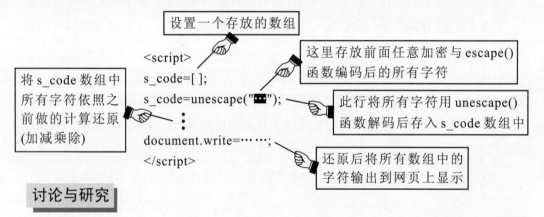

讨论与研究

对网页加密 (或编码) 来防止他人看懂网页内容算是个不错的有效方法 (当然要配合禁止复制网页元素的代码)，但绝对不是百分之百的防堵。毕竟大部分对网页源码的加密并不复杂，因此有心人还是可以找出加密的方式 (或找出密码) 来进行破解，如此就有可能查看到网页的真正源码。不过话说回来，你的网页内容到底有多大的价值，值得他人努力去破解呢？我想答案不必说都知道——不太可能有人会很努力地去破解你加密的网页，也因此虽然此方法在理论上并不能彻底、有效地防止他人获取你网页的内容，但实际的情况是没有多少人愿意去破解加密的网页，而能成功破解出来的更是凤毛麟角。所以实际上此方法较能有效保护你的网页源码，不让他人获取。

PART 2
各种多媒体的播放与排困解难

Issues for Multimedia in HomePage Design

全民搞网页——博客|个人站|网店|论坛
必知必会120问

程秉辉
排困解难 *DIY* 系列

　　播放各种音乐、影片或动画等多媒体效果，几乎是网页中不可缺少的元素，甚至是主人公。因此在本章中将由浅入深详细讨论有关播放各种多媒体文件的操作和各种可能遇到的问题及其排困解难，希望能帮助读者更简单、方便、快速地在网页中设计出想要播放的各种多媒体文件，主要有下面这些内容。

● 播放各种格式音乐或歌曲文件的方式与无法播放的排困解难。

● 播放各种格式影片、动画或游戏的方式与无法播放或播放迟缓的排困解难。

● 单首或多首(音乐、歌曲、影片、动画)在网页中播放或播放器播放。

● 随机播放或不断更换不同的背景音乐、播放网络广播作为背景音乐。

● 找出网络上某个音乐、歌曲、影片、动画或游戏的完整地址。

● 以简单、快速，又省时、省力、省钱的方式在网页中加入一个 **Live** 直播。
　　……

40 在网页中可以播放哪些多媒体对象 (音频、视频和动画)？ 可以有哪些格式？各有何优缺点？如何选择最适合的格式？

相关问题请见本章中其他问题

本技巧适用于：了解各种影音多媒体格式，选择最适合的一种格式放在网页中播放。

在网页中可以播放许多种常见格式的多媒体文件 (音频、影片和动画)，在本问题中将详细介绍可以播放的音乐文件的格式及其优缺点，并且针对网页设计与浏览者族群来选择最适合的音乐文件格式。

✎ 网页中可播放的音频格式

目前，网页中几乎可以播放各种大部分常见的音频文件，如.mp3 、.mid、.ra、.wma、.wav、.aiff，下面对它们做一个简略的说明。

⬤ **MP3：** 这是目前最常见的音频格式，质量佳，一般歌曲或音乐的文件大小也都可以接受 (维也纳交响乐除外)，因此现在许多网站的音频都会使用此格式。

⬤ **WMA：** 这是微软在 Windows 系统上设计的音频格式，质量佳，文件大小也都能被接受，而且借助 Windows 帝国的地盘扩张，让它在网页音频文件中的地位仅次于 MP3 。

⬤ **Ra：** 这是 RealNetworks 公司推出的音频格式，由于进入市场早，加上多方势力的支持，让此格式也占有一席之地。不过，近年来在 MP3 与 WMA 的夹杀下，似乎愈来愈难看到 .ra 音频文件的踪迹。

● **WAV：** 这是最传统的音频格式，虽然质量佳，不失真，但因为没有压缩，文件较大，这几年随着 MP3 与 WMA 的普及而逐渐消失怠尽，现在很少有网页会选择播放 WAV 文件。

● **MIDI：** 这是所谓的电子音频合成音乐，在 MP3 与 WMA 还未普及时与 WAV 分庭抗礼，现在也与 WAV 一样已是明日黄花。不过，由于该音乐的特殊性，仍然有些爱好者会在网站上播放此类文件或提供下载(老兵不死，只是凋零)。

● **AIFF：** 这是 Mac 操作系统中常见的音频格式，由于 Internet 不分地盘与国界，因此在某些网站上会播放或提供下载 AIFF 格式的文件，不过大部分还是以 Mac 的网友为主，所以在整个 Internet 世界中属于少数。

优缺点说明

在上述的简介中已经充分反映了各音频格式的主要优缺点，也就是文件大小与质量决定了它的普及性。因此在大多数情况下，网页设计者应该都会选择 **MP3** 或 **WMA** 这两种格式的音频文件来播放或提供下载。

网页中的应用说明

有关在网页中播放各种格式的音频文件的操作说明，分别在下列问题中讨论。

● 在网页中播放各种格式的音乐或歌曲的详细操作说明，还有无法播放的排困解难见 **Q46**。

● 有关播放背景音乐的几种方法与无法播放的排困解难详见 **Q53**。

● 连续而且变换不同的背景音乐或歌曲的播放详见 **Q56**。

● 将某个网站中的歌曲或音乐放在网页中播放详见 **Q62**。

✎ 网页中可播放的视频

目前，网页中几乎可以播放大部分常见的各种格式的影片文件，如.wmv、.avi、.mov、.mpg、.rmvb、.rm、.asf，下面对它们做一个简略的说明。

● **WMV、ASF**：这是微软帝国发展的影片规格，借助 Windows 地盘的扩张，很自然地成为网络影片的主流格式之一，也因此成为网页设计者选择欲播放影片格式的首选。

● **RMVB、RM**：这是 RealNetworks 公司推出的影片格式，由于文件小，质量佳，因此有不少网页设计者会选择此格式的影片文件，特别是提供下载的影片文件有许多都是.rmvb 格式。

● **AVI**：这是传统 Windows 的影片格式，虽然质量佳，但文件太大，因此现在很少被用于网络上。至于现在许多网站上的 .avi 影片，其实都是使用 DivX 压缩后的影片，只是扩展名也为 .avi，在线播放的 .avi 影片较少，但提供下载的 .avi 影片就很多。

● **MOV**：这是 Apple QuickTime 的影片规格，最早用于 Mac 计算机上，后来逐渐将势力扩展到 Windows 帝国中，演变至今仍占有一席之地。

● **MPEG**：这主要是以当初 VCD 的规格为主，虽然有压缩，但质量不佳。到了第二代 MPEG2 (也就是 DVD)，质量虽好许多，但文件太大，不适合在网络上传送。因此在各网页中很少看到 MPEG 影片，即使有也几乎都是 MPEG1，不但画质不佳而且时间也不长。

优缺点说明

与音频格式一样，文件大小与质量决定了普及性，而除了 WMV、ASF 外 (Windows Media Player 本身具备解码功能)，其他格式都必须另外安装解码工具或相关播放软件 (如RealPlayer、QuickTime、DivX Decoder等)，否则无法播放。

> **Note**
> ⚠ 借助 Windows 地盘来扩张影片格式的普及率，进而挤压或排除其他竞争者，Bill 老大在这方面可算是竭尽所能。不过在美国某些州、欧盟与韩国则是踢到铁板，因为违反托拉斯法而被处罚。

网页中的应用说明

有关在网页中播放各种格式的影片文件的操作说明，分别在下列问题中讨论。

● 在网页中播放各种格式影片的操作说明与无法播放的排困解难见 **Q64**。

● 有关播放 RealAudio (.ra) 或 RealVideo (.rmvb、.rm) 音乐或影片文件的操作说明与无法播放的排困解难见 **Q70**。

● 将某个网站中的影片放在网页中播放见 **Q78**。

● 利用 Web-Cam 设计一个网络 Live 直播秀的说明，详见 **Q84**。

✎ 网页中可播放的动画

一般而言动画与影片很难分清楚，在本书中小弟是以格式来区分，也就是说这里所讨论的动画就是 GIF 或 Flash 制作出来的文件，下面简略说明。

- **GIF (.gif)：** 这是相当简单的动画，它将两张或两张以上图片迅速播放而得到动画效果，由于制作简单，文件超小，因此许多网页设计会使用它。许多网站中不断重复动作的广告很多都是以此方式设计的，最常见的就是所谓的横幅广告 (Banner)。

- **FLASH (.swf)：** 这是 Macromedia 公司的旷世大作 (现在已合并到 Adobe 公司)，也是让 Bill 老大恨得牙痒痒的东西 (竟然让它在 Internet 世界占有举足轻重的地位)。由于此产品已经相当成熟，而且符合大多数动画制作的需求，因此成为网页中制作或播放动画 (或简单游戏) 的最佳首选。

优缺点说明

GIF 与 Flash 两种动画各有优势，简单的用 GIF，复杂或变化多的就用 Flash，因此两者在网页设计中都经常被使用到。

网页中的应用说明

有关在网页中播放各种动画的操作说明，分别在下列问题中讨论。

- GIF 动画的制作与播放见 **Q42**。

- 网页中播放 Flash 动画或影片的操作说明与无法播放的排困解难见 **Q74**。

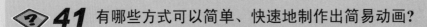

41 有哪些方式可以简单、快速地制作出简易动画？

42 什么是 GIF 图片动画 (GIF Animator)？它的基本原理是什么？

43 如何制作在网页上不断任意移动的图片或动画？

44 Dreamweaver 的时间轴有什么用？如何利用它在网页中制作简单动画？

相关问题请见 Q74

本技巧适用于：不必设计复杂的 Flash 就能快速轻易完成简易动画，也能吸引浏览者的眼球，实现一定程度的效果。

在本问题中将讨论如何利用 GIF 及 Dreamweaver 的时间轴来制作出简单的动画效果，然后放在网页中播放。

Note 有关在网页中播放 Flash 动画或影片的操作说明请见 **Q74**，本问题中并不讨论。

✎ GIF 图片动画

利用 GIF 图片来制作动画可算是最简单、方便、迅速的方法，而且文件又小，所以不占网页空间。其实 GIF 动画不过就是不断重复播放两张 (或更多) 同样的图片而已，利用人眼的视觉暂留，再加上一点想像，看起来就如同卡通动画一样的效果，例如右图所示。

两张走路的图片

这两张图不断重复播放就好像这个人一直在走路一样 (可播放本书所附光盘中的 **\Part2\GIF-A1.gif**)。由于只由两张图片组成，因此走路的感觉有些怪，不像一般走路那样自然、顺畅，若改为用下面4张图片制作成 GIF 动画就会好一些。

这4张图片制作出来的走路动画看起来比较正常 (可播放本书所附光盘中的 **\Part2\GIF-A2.gif**)。不过，由于是不断重复播放，第4张放完立刻播放第1张，第4张与第1张之间的动作并不顺畅，因此看起来还是有些不自然，但走路的动作比前一个用两张图片制作出来的 GIF 动画好许多。也就是说，图片愈多 (也就是动作愈细) 所显示出来的动画就愈自然、顺畅。在了解 GIF 动画的原理后就可以依照下面的步骤来进行制作。

步骤 **1** 准备图片

首先准备好要制作 GIF 动画的图片，可以是画的，也可以是照片，就请读者自己做出来，小弟无法帮忙，但请注意下列几点。

● 所有的图片都必须保存成一样的大小，也就是宽度和高度均相同。

● 若是从别处获取图片或照片，则必须确定可以公开合法使用。

● 如果希望 GIF 动画更流畅、自然，就要准备较多的图片，如此 GIF 文件也会比较大。

> **Note** 虽然名为 GIF 动画，但也不必一定是像影片那样的动作，也可以像幻灯片那样不断重复播放完全不相关的静态图片(如各种照片、产品图片等)。

步骤❷ 获取工具

数年前可制作 GIF 动画的工具还蛮多的，不过近年来几乎都被 Flash 一统江山，然而，利用 Flash 来制作 GIF 动画实在是杀蚂蚁用大象刀，因此小弟还是习惯使用台湾地区友立公司的 Ulead GIF Animator。下面以此工具为例来说明。由于友立公司已并入 Corel 公司，而且此产品也不复存在，有兴趣的读者可以在网上搜一搜，或许还可以下载到此软件，而这里就不再继续说明。

步骤❸ 制作动画

当安装好 GIF 动画制作工具后就可以使用前面准备好的图片进行动画制作了，操作如下 (此处以 Ulead GIF Animator 为例来说明)。

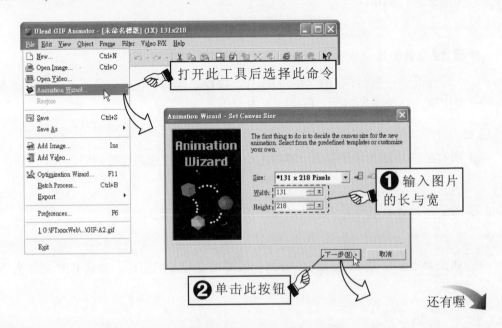

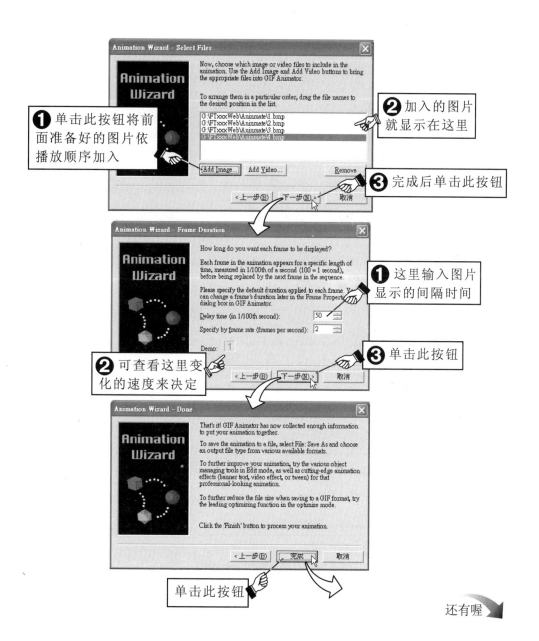

❶ 单击此按钮将前面准备好的图片依播放顺序加入

❷ 加入的图片就显示在这里

❸ 完成后单击此按钮

❶ 这里输入图片显示的间隔时间

❷ 可查看这里变化的速度来决定

❸ 单击此按钮

单击此按钮

还有喔

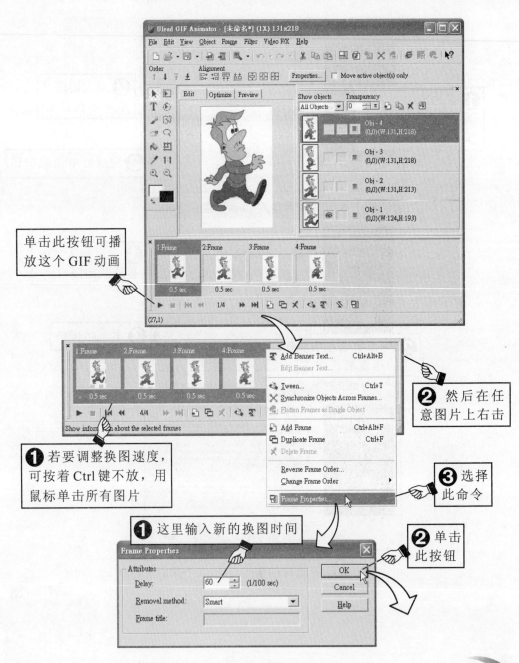

单击此按钮可播放这个GIF动画

❶ 若要调整换图速度，可按着Ctrl键不放，用鼠标单击所有图片

❷ 然后在任意图片上右击

❸ 选择此命令

❶ 这里输入新的换图时间

❷ 单击此按钮

还有喔

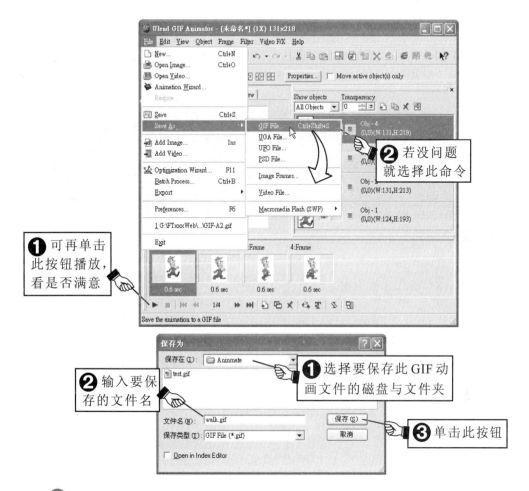

步骤 ④ 加入在网页中与上传动画文件

现在就可以将这个制作完成的 GIF 动画文件加入网页要播放的位置。这与加入一般图片或照片是完全一样的，这里就不再说明。

讨论与研究

由于 GIF 动画不过是快速更换图片，然后利用人眼视觉暂留来实现动画的效果，同理，我们也可以利用不断更换层 (Layer) 中的图片来实现相同的动画效果。详细的操作并不困难，就请读者自行研究，此处就不再讨论。

✎ 利用时间轴制作

前面所制作的 GIF 动画基本上都是在一个矩形区域内不断重复播放几张图片，若要在网页上制作一个移动的图片则可以利用 Dreamweaver 的时间轴来实现，步骤如下。

> **Tips** ⚠
> 在同一个网页中最多有两个这样飘移的图片就可以了，若有三个或更多则会分散浏览者的注意力，甚至觉得眼花缭乱，而产生反感，水能载舟，亦能覆舟，慎之! 慎之!

步骤 ❶ 加入图片

首先在要添加移动图片的网页中添加一个层 (Layer)，然后将要移动的图片插入这个层中，这些操作都很简单，这里就不再说明。

步骤 ❷ 使用时间轴制作动态效果

再利用 Dreamweaver 中的时间轴来制作图片在网页上的移动 (或飘移)路径，操作如下。

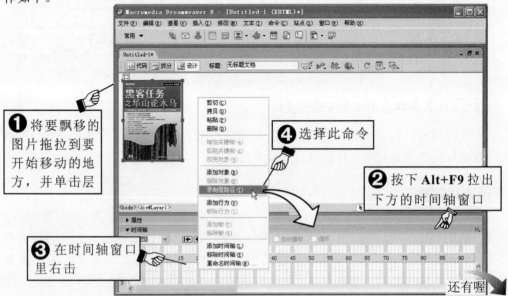

❶ 将要飘移的图片拖拉到要开始移动的地方，并单击层

❹ 选择此命令

❷ 按下 **Alt+F9** 拉出下方的时间轴窗口

❸ 在时间轴窗口里右击

还有喔

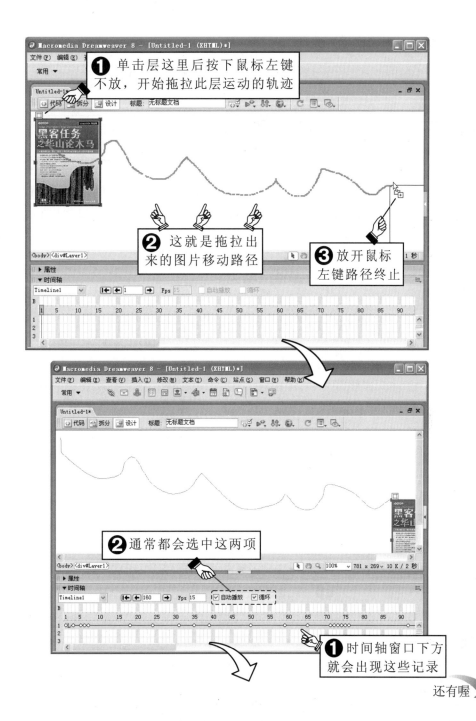

① 单击层这里后按下鼠标左键不放，开始拖拉此层运动的轨迹

② 这就是拖拉出来的图片移动路径

③ 放开鼠标左键路径终止

② 通常都会选中这两项

① 时间轴窗口下方就会出现这些记录

还有喔

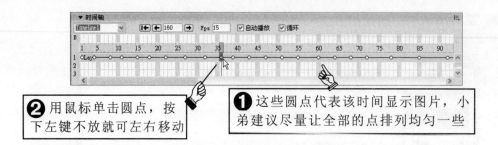

❷ 用鼠标单击圆点，按下左键不放就可左右移动

❶ 这些圆点代表该时间显示图片，小弟建议尽量让全部的点排列均匀一些

要让图片平滑地移动，并不是很容易(特别是刚学会使用时间轴的读者)。因此重画移动路线，然后不断地修修改改就很常见。删除点或添加点的操作如下。

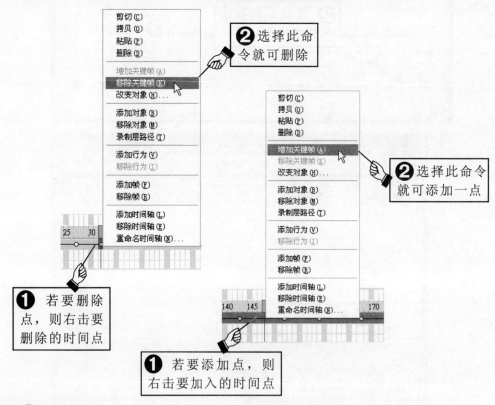

❷ 选择此命令就可删除

❷ 选择此命令就可添加一点

❶ 若要删除点，则右击要删除的时间点

❶ 若要添加点，则右击要加入的时间点

步骤 ❸ 测试结果

完成后保存，然后使用浏览器打开检查，例如打开本书所附光盘中的 **\Part2\飞舞的图片.htm**，就可以看到实现的效果。

讨论与研究

　　这个图片移动功能是通过 Dreamweaver 生成的 JavaScript 实现的，而相应的程序都放在网页文件前面的 <head>…</head> 之内，看起来又多，又长，又烦。将这些程序保存成一个外部的 .js 文件，然后将此文件嵌入到网页文件中是比较好的做法，请读者自行修改。

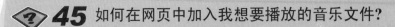

45 如何在网页中加入我想要播放的音乐文件？

46 如何在网页中播放各种格式 (如 .mp3 、.wav、.ra、.wma、.aiff)的音乐或歌曲？

47 如何在网页中播放 Flash 或 MIDI (.mid) 音乐？

48 我希望在网页中播放音乐或歌曲时显示 (或不显示) 控制面板，或只显示某些按钮 (如"播放"、"暂停"和"停止"等按钮)，应如何实现？如何决定控制面板中要显示哪些控件，哪些不显示？

49 用来加入音乐文件的 <embed> 标签中有哪些参数？意义为何？如何有效应用？

50 我想要打开外部的播放器 (如 Windows Media Player、RealPlayer等) 来播放网页中的音乐或歌曲，应如何设计？

51 我的网页中提供多首歌曲或音乐，当鼠标在该首歌曲或音乐上就播放，移开就停止，应如何设计？

52 为何在网页中设计的音乐或歌曲无法播放？如何解决？

相关问题请见 Q53、Q56、Q60、Q61

本技巧适用于：在网页中播放一首 (或多首) 各种格式的音乐或歌曲，可在网页中播放，也可使用其他播放器播放，给浏览者留下深刻的印象。另外，也帮助浏览者解决无法顺利播放的问题。

在本问题中将详细讨论如何在网页中播放各种格式的音乐或歌曲，显示或隐藏控制面板(如"播放"、"暂停"和"停止"等按钮)，在网页中播放或另外打开播放器来播放，以及无法播放的排困解难等内容。

有关 **RealAudio (.ra)** 音乐的播放与排困解难详见 **Q70**，这个不在本问题中讨论。

✎ 设计前的准备工作

要在网页中播放音乐或歌曲，当然要先有欲播放的音乐或歌曲文件才行，可依照下面步骤来进行。

步骤 ❶ 准备好音乐文件

一般有下列几种方法来准备好你要的音乐或歌曲文件。

考虑大多数网民的普及性与减少可能出现的问题，建议最好使用 **MP3** 或 **WMA** 格式的文件。

● 已经有要播放的音乐或歌曲文件，那就直接跳到下一步骤进行。

● 自行录制或由普通音乐 CD 转换，可以使用 Windows Media Player 来做这件事，详细的操作小弟就不说了，而转换后的文件最好是 WMA 或 MP3 格式。

若是由普通音乐 CD 转换成 WMA 或 MP3，请注意版权问题，是否可以允许放在网页上播放。

● 从网络上下载。大多数的音乐或歌曲几乎都可以从网络上搜索后下载，若不知道如何进行可详见 **Q61** 中的说明。必须注意获取的音乐或歌曲文件是否允许放在网页上播放，以及其他相关的版权问题。

● 获取音乐或歌曲文件的完整地址。若在某个网站有所要的音乐或歌曲，则可以获取指向该歌曲或音乐的完整地址 (可复制到**剪贴板**或**记事本**中)，然后设置在网页中播放，而不必下载获取该文件。若不知道如何获取完整地址，可详见**Q63**中的说明。

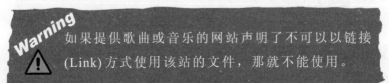

Warning

如果提供歌曲或音乐的网站声明了不可以以链接 (Link) 方式使用该站的文件，那就不能使用。

讨论与研究

● 播放其他网站中的歌曲或音乐，只要获取完整地址就行了，不会出现版权问题也不必找空间保存该文件，最大的缺点是若该音频文件被卸载或改变地址，则你网页中的音频就无法播放或必须重新设置地址。

● 自己准备音频文件，必须保存到网页空间而且有完整的地址 (下一步骤有说明)，另外还必须注意版权问题。优点是音频文件掌握在自己手中，不会突然地址找不到或改变了而无法播放。

步骤 ❷ 上传音频文件

如果播放自己准备的音频文件，就必须先将该文件上传到网络空间 (也就是可以有一个地址指向此文件)，通常是上传到网页文件所在的同一空间中。如果网页所在的空间不够或者不想将音频文件放在这里，则可以上传到其他空间存放。最后一定要记下指向该音乐文件的完整地址 (可复制到**剪贴板**或**记事本**中缓存)。

Note

有关如何搜索适合的免费空间来存放音乐文件的说明请详见**Q82**。

完成前述准备工作后就可在网页中进行设计，通常在网页中播放音乐或歌曲分为进入网页自动播放、单击音乐项目后播放、打开播放程序播放等，下面分别说明。

✎ 进入网页自动播放

一般而言，进入网页就自动播放，通常都属于背景音乐或歌曲，这部分内容在 **Q53** 中专门讨论，这里就不说明。

✎ 单击音乐项目后播放

在网页中播放歌曲或音乐通常可分为播放一首或多首，显示或隐藏控制面板，分别见下面的范例说明。

单首范例：单击控制面板播放

一般在网页中播放一首音乐或歌曲，都是设计在后台播放 (详见 **Q53**)，但如果让浏览者单击后才播放，通常会显示出控制面板 (　　　　　　　　　　)，这个设计很简单，依照下面步骤进行就可轻易实现。

步骤 ❶ 设置 <embed> 标签各参数

首先将本书所附光盘中的 **\Part2\Audio-click.txt** 复制到硬盘中，解除只读属性后用**记事本**打开，再依照下面的说明来设置其中各参数。

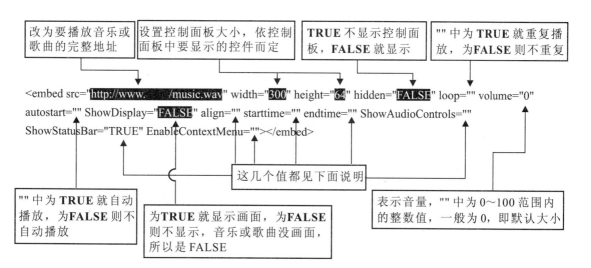

改为要播放音乐或歌曲的完整地址

设置控制面板大小，依控制面板中要显示的控件而定

TRUE 不显示控制面板，**FALSE** 就显示

"" 中为 **TRUE** 就重复播放，为**FALSE** 则不重复

```
<embed src="http://www.　　　/music.wav" width="300" height="64" hidden="FALSE" loop="" volume="0"
autostart="" ShowDisplay="FALSE" align="" starttime="" endtime="" ShowAudioControls=""
ShowStatusBar="TRUE" EnableContextMenu=""></embed>
```

这几个值都见下面说明

"" 中为 **TRUE** 就自动播放，为**FALSE** 则不自动播放

为**TRUE** 就显示画面，为**FALSE** 则不显示，音乐或歌曲没画面，所以是 FALSE

表示音量，"" 中为 0～100 范围内的整数值，一般为 0，即默认大小

align=""

这是设置控制面板与旁边文字的对齐方式，"" 中可以为下面这些值，有些可合并使用，用 " / " 分隔，例如，top/left 就是朝左上方对齐，以此类推。

top/center/bottom/baseline/left/right/texttop/middle/absmiddle/absbottom

starttime=""

这是从这首歌曲或音乐的第 X 分 X 秒开始播放，"" 中的值就是 00:00 (分:秒)，一般都是从头开始播放，不必设置此参数，所以这个参数很少使用。

endtime=""

这是播放到 00:00 (分:秒) 就停止，同样也很少使用到。

现在讨论显示控制面板相关的参数，相信有些读者曾经看过或使用过 controls 参数，不过在目前大多数的 Windows XP、Windows Vista 计算机中是没有用的，不论 controls 参数如何设置，都是显示如下图所示的控制面板。

默认都是显示这样的控制面板

所以对于控制面板中部分按钮的显示或隐藏，有下列两个参数可以使用。

ShowAudioControls=""

此参数值可为 **TRUE** 或 **FALSE**，也就是显示或隐藏与音量相关的控件，若无设置此参数则默认为会显示，如下图所示。

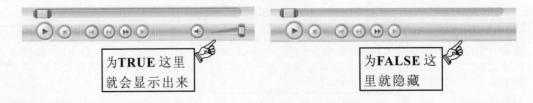

为 **TRUE** 这里就会显示出来

为 **FALSE** 这里就隐藏

ShowStatusBar=""

此参数值可为 **TRUE** 或 **FALSE**，也就是显示或隐藏状态栏，若无设置此参数，则默认为不会显示，如下图所示。

TRUE 就显示这个状态栏，FALSE 则不显示。默认是不显示

一般而言，都会将状态栏显示出来 (特别是要播放的音乐或歌曲文件有 500KB 或更大)，以便浏览者知道当前情况。否则，若遇到网络阻塞，速度很慢又不知道音乐或歌曲文件是否快下载完，不知道是否继续等下去时，反而会给浏览者造成困扰，甚至留下不好的印象。

Special Note

状态栏是否显示会影响 height 的大小，一般而言，若显示则 **height="64"**，不显示则为 **height="44"**。

EnableContextMenu=""

这是一个比较特别的参数，其值可为 **TRUE** 或 **FALSE**，也就是显示或隐藏右键菜单。若不设置此参数则默认会显示快捷菜单，如下图所示。

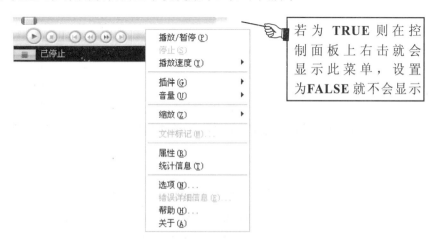

若为 **TRUE** 则在控制面板上右击就会显示此菜单，设置为**FALSE** 就不会显示

都配置完成后将此文件另存为新文件到硬盘中，然后选择全部的代码，按下 **Ctrl+C** 复制到**剪贴板**中。

步骤 ❷ 加入网页中

现在就可以打开要播放这个音乐或歌曲的网页文件，然后将音频文件加进去。下面以 Dreamweaver 为例来说明。

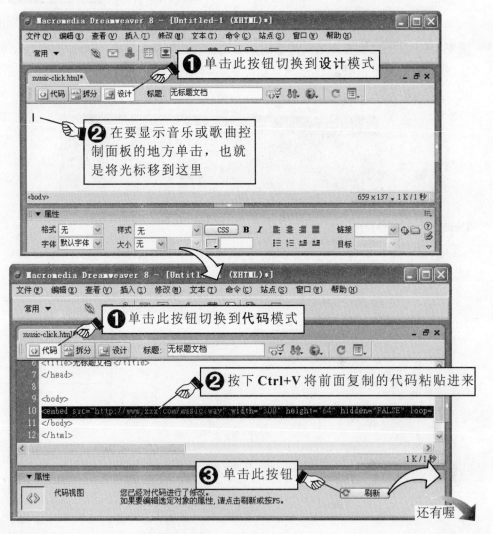

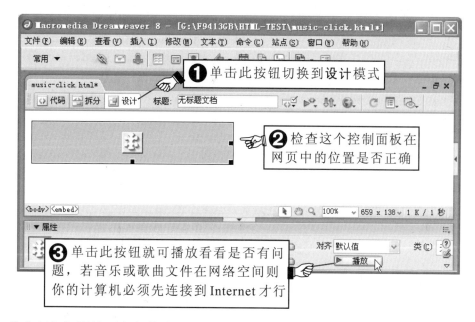

若有任何问题请再自行修改，最后没问题就将此网页保存。如果希望不显示控制面板而是显示一个图片 (或文字)，当鼠标移到此图片 (或文字) 上就自动播放，移开就停止播放，详见 **Q88** 中的说明。

多首范例：选择列表中的项目播放

既然有多首歌曲可以播放，当然就要让浏览者选择播放哪一首，而最不占网页版面的设计就是利用**下拉列表框** (ComboBox) 来选定，而且不显示控制面板。咦？不显示控制面板，那要如何播放或停止呢？这里小弟使用最不占空间也最巧妙 (Smart) 的方法，就是当鼠标移到该歌曲或音乐名称时就播放，移开就停止播放。这样不仅不占用网页版面，浏览者在使用上也很简单、方便。请依照下面的步骤来进行。

步骤 ❶ 设置歌曲名称与地址

首先将本书所附光盘中的 **\Part2\Audio-list.txt** 复制到硬盘中，解除只读属性后用**记事本**打开，再依照下面的说明进行设置。前面是设置歌曲或音乐文件所在的完整地址。

这些都改为自己歌曲或音乐文件的完整地址，可为浏览器能播放的各种格式，如.mp3、.wav、.mid、.wma等

```
musicSrc[0] = "http://www.……music1.mp3"
musicSrc[1] = "http://www.……music2.wav"
musicSrc[2] = "http://www.……music3.mid"
musicSrc[3] = "http://www.……music4.mp3"
musicSrc[4] = "http://www.……music5.wma"
musicSrc[5] = "…………………………"
```

若有更多可以向下添加

接下来到最下面输入自己的音乐或歌曲名称 (这些就是显示在下拉列表框中的名称)，如下所示。

这些都改成自己的歌曲名称

```
<option selected>歌曲名称1</option>
<option>歌曲名称2</option>
<option>歌曲名称3</option>
<option>歌曲名称4</option>
<option>歌曲名称5</option>
<option>…………</option>
```

若有更多就向下再加，完成后按下 **Ctrl+S** 保存

步骤❷ 加入网页中

现在就可以将这些代码加入网页中，首先将 <script> 与 <\script> 之间的所有代码 (包含 <script> 与 <\script>) 复制后粘贴到网页最前面的 </head> 标签之前 (如果 Dreamweaver 是在代码模式中操作)。然后粘贴下拉列表框代码，先将 <form> 和 </div> 之间的代码选中后 (包含 <form> 与 </div>)，按下 **Ctrl+C** 复制到**剪贴板**，然后在 Dreamweaver 中进行如下操作。

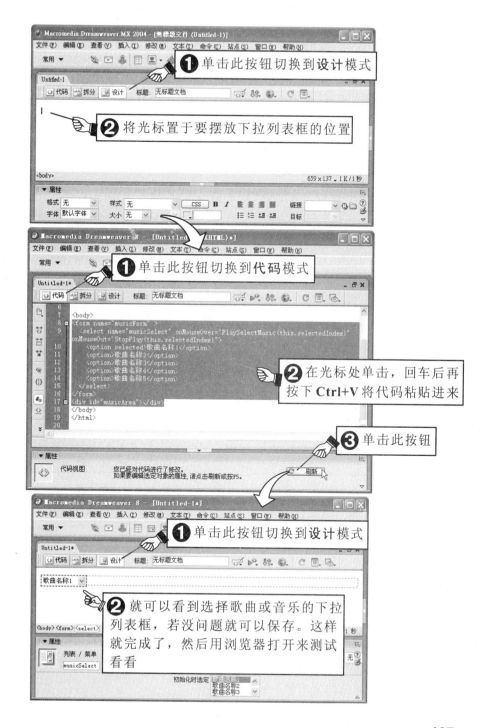

① 单击此按钮切换到**设计模式**

② 将光标置于要摆放下拉列表框的位置

① 单击此按钮切换到**代码模式**

② 在光标处单击，回车后再按下 **Ctrl+V** 将代码粘贴进来

③ 单击此按钮

① 单击此按钮切换到**设计模式**

② 就可以看到选择歌曲或音乐的下拉列表框，若没问题就可以保存。这样就完成了，然后用浏览器打开来测试看看

✎ 打开播放器播放

单击某个文字 (或图片) 或选择要播放的音乐或歌曲，就打开播放器 (如 Windows Media Player) 来播放，可算是最简单的设计，下面同样以单首与多首来分别说明。

单首范例：单击后播放

这个设计非常简单，下面以 Dreamweaver 的操作为例来说明。

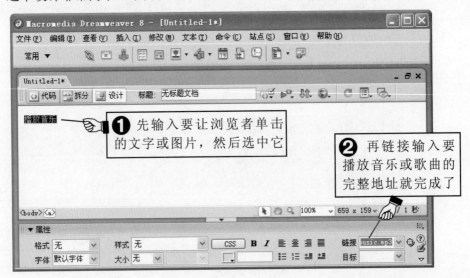

以此种方式也可设计多个同样的文字或图片链接，可以选择播放多首不同的歌曲或音乐。另外，也可以设计成 Flash 按钮的链接 (插入→ 媒体 → Flash 按钮命令)，如此就比较多样化。

多首范例：选择列表中的项目播放

以一首歌曲一个链接的方式 (如同前面播放单首的做法)，也能播放多首歌曲，不过这样太占网页版面了，若要省空间，设计成下拉列表框是比较好的做法。这里小弟设计成当单击下拉列表框中某首歌曲或音乐后，单击播放按钮就打开外部播放器开始播放。请依照下面的步骤来进行。

步骤❶ 设置歌曲名称与地址

首先将本书所附光盘中的 **\Part2\多首外部播放_代码.txt** 复制到硬盘中，解除只读属性后用**记事本**打开，再依照下面的说明来进行设置。最前面是设置歌曲或音乐文件的完整地址。

这些都改为自己歌曲或音乐文件的完整地址，可为浏览器能播放的各种格式，如.mp3、.wav、.mid、.wma等

```
musicSrc[0] = "http://www.……music1.mp3"
musicSrc[1] = "http://www.……music2.wav"
musicSrc[2] = "http://www.……music3.mid"
musicSrc[3] = "http://www.……music4.mp3"
musicSrc[4] = "http://www.……music5.wma"
musicSrc[5] = "………………………………"
```

若有更多可以向下添加

再来到最下面输入自己的音乐或歌曲名称 (这些就是显示在下拉列表框中的名称)，如下所示。

这些都改成你自己的歌曲名称

```
<option selected>歌曲名称1</option>
<option>歌曲名称2</option>
<option>歌曲名称3</option>
<option>歌曲名称4</option>
<option>歌曲名称5</option>
<option>…………</option>
```

若有更多就向下添加，完成后按下 **Ctrl+S** 保存

步骤❷ 加入网页中

现在就可以将这些代码加入网页中。首先将 <script> 与 <\script> 之间的所有代码 (包含 <script> 与 <\script>) 复制后粘贴到网页最前面的 </head> 标签之前 (如果 Dreamweaver 是在代码模式中操作)，然后粘贴下拉列表框的代码，先将 **<form>** 和

</form> 之间的代码选中后 (包含 <form> 与 </form>) 按下 **Ctrl+C** 复制到**剪贴板**，然后在 Dreamweaver 中进行如下操作。

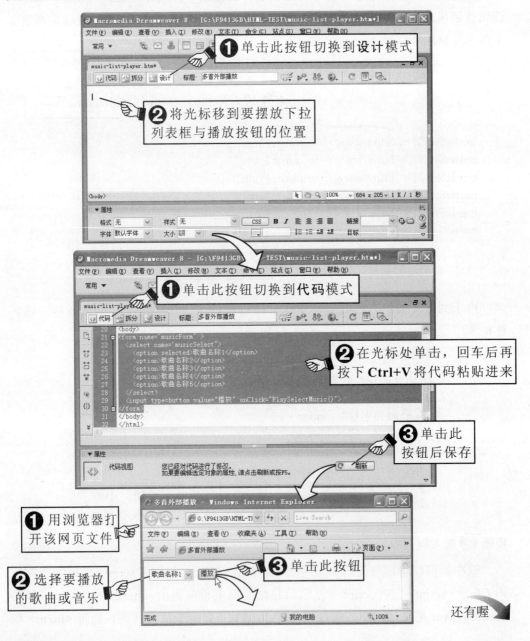

还有喔

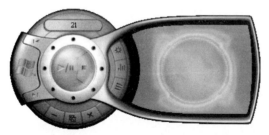
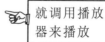

就调用播放器来播放

> **Note** ⚠ 在浏览者的计算机中并不一定是使用 Windows Media Player 来播放，这要看浏览者计算机中是设置由哪个软件来播放此类格式的音频文件而定。

✎ 无法播放的排困解难

若浏览者在浏览网页时，其中歌曲或音乐无法正常播放，通常很可能是下列原因造成的。

⚫ `<embed>` 或 `<object>` 标签中的参数配置错误 (包含要播放文件的地址不正确)，可参考前面各参数的说明来解决。

⚫ 要播放的音乐或歌曲文件有问题，最常见的是链接改变了而找不到或已经不存在，当然就无法播放。

上述两个原因是设计者方面的问题 (也就是读者啦)，而下面几个原因则是浏览者计算机的问题。

⚫ 没有安装相关的播放器或插件，一般而言 Windows 都自带 Windows Media Player，因此 .mp3、.midi、.wav、.wma这些文件的播放应该都不会有问题 (可能有少数计算机在出厂时卸载 Windows Media Player 就会有问题)。但若是要播放 RealAudio (.ra) 就必须安装 RealPlayer 或可播放 .ra 的软件才行。

141

● 喇叭声音太小或设置成静音，这样当然就听不到了。

● 若浏览者计算机中还打开了其他播放音乐或歌曲的软件，则可能是音频设备被这些软件占用，因此无法播放网页中的音乐或歌曲，只要关闭其他使用音频设备的软件就可以解决。

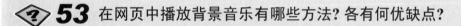

53 在网页中播放背景音乐有哪些方法？各有何优缺点？

54 我想在网页中播放某个视频的音频部分作为背景音乐或歌曲，但画面不让浏览者看到，应怎么做？

55 为何我设计在网页中的背景音乐无法播放？如何解决？

相关问题请见 **Q45**、**Q56**、**Q60**、**Q61**

本技巧适用于：浏览网页时播放背景音乐或歌曲，给浏览者留下深刻印象，加重浏览者对背景音乐或歌曲的记忆，或让浏览者放松心情。

　　许多网页设计者都会想在浏览者一进入网页就自动播放音乐或歌曲，且不显示出控制面板，也就是以背景的方式来播放。在本问题中就详细说明两种常见的做法。

Note 如果想浏览不同网页就播放不同的背景音乐，详见 **Q56** 中的说明；若是要随机播放不同的音乐，详见 **Q57** 中的说明，若是要播放某个网络广播电台当前节目，详见 **Q58** 中的说明。

Note 如果要播放 RealAudio 的文件作为背景音乐(如.rm、.ra)，则详见 **179** 页 背景音乐范例 的说明，本问题中不作讨论。

✎ 方法 ❶ (IE 浏览器适用)

针对 IE 浏览器有一个很简单、快速就能播放背景音乐或歌曲的方法，就是在要播放背景音乐的网页文件前面的 <head> 和 </head> 之间加入类似如下的代码就行了。

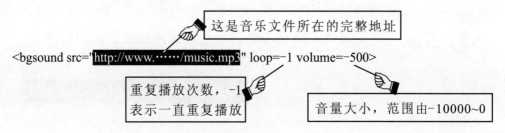

以此方式播放背景音乐只听到音效，完全看不到任何播放控制面板或任何与此音乐有关的东西，可算是完全隐藏的背景播放。而最大的缺点是，仅 IE 浏览器支持此代码，若浏览者使用其他浏览器(如 FireFox)就听不到音效，所以若希望各种浏览器都能播放就要使用下一个方法。

✎ 方法 ❷

一般最常见的做法还是利用 <embed> 标签，其实就是与前面播放单首音乐的做法是一样的，只是设置控制面板隐藏，自动、不断地重复播放就行了，代码如下。

只要将此代码放在 <body> 和 </body> 之间就行了，其中各参数的详细说明可见 **131** 页。

✎ 无法播放的排困解难

　　有关无法播放背景音乐的排困解难，请见 **141 页**✎**无法播放的排困解难**，这里就不赘述了。

56 我想每次进入网页时就随机播放不同的背景音乐或歌曲，应如何设计？

57 我希望在网页中不断连续播放且更换不同的背景音乐或歌曲，应如何实现？

58 如何在网页中播放某个电台当前正在播放的歌曲或音乐(或某个广播节目)？如此不仅省去搜索音乐文件或上传的麻烦，还有不同的音乐或歌曲可以听。

59 如何找出某个网络广播电台的播放地址，并将它放在网页中播放？

相关问题请见 Q53、Q60、Q61

本技巧适用于：背景音乐或歌曲具有多样性，而不是一成不变，甚至每次浏览网站时的背景音乐或歌曲都不相同，让浏览者每次都有不同的感受。

　　相信许多网页设计者都希望自己所设计网页的背景音乐或歌曲能有些变化，而不是一成不变。因此，在本问题中将告诉读者几种播放不同背景音乐的方法，可以选择最适合的来使用。

✎ 方法 ❶ 利用随机数来随机播放

　　利用取随机数的方式来随机播放背景音乐或歌曲，可算是最简单的做法，当然这必须使用 JavaScript 来实现。不过小弟已经设计好了，将本书所附光盘中的 **\Part2\random-music.js** 复制到要播放背景音乐那个网页文件**所在的文件夹中**，解除只读属性，然后使用**记事本**打开，依照下面的说明来修改 (只需改最前面几行代码)。

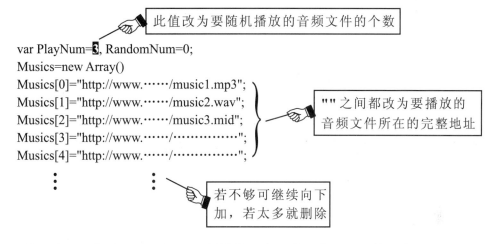

```
var PlayNum=3, RandomNum=0;
Musics=new Array()
Musics[0]="http://www.……/music1.mp3";
Musics[1]="http://www.……/music2.wav";
Musics[2]="http://www.……/music3.mid";
Musics[3]="http://www.……/…………";
Musics[4]="http://www.……/…………";
```

此值改为要随机播放的音频文件的个数

""之间都改为要播放的音频文件所在的完整地址

若不够可继续向下加，若太多就删除

修改完成后保存，然后打开要播放背景音乐的那个网页文件，将下列代码加入 `<body>` 标签的下一行，保存就完成了。可以打开此网页文件测试看看。

<script src=random-music.js></script>

若要利用**框架方式** (Frame) 设计成打开不同网页都会随机播放这些音频文件，则将下列代码保存为 **bgmusic.htm**，然后配合框架网页文件使用就行了，更详细的说明请见 **Q60**。

```
<HTML><HEAD>
</HEAD>
<BODY>
<script src=random-music.js></script>
</BODY></HTML>
```

讨论与研究

此方法虽然在每次打开网页时会随机选一首音乐或歌曲来播放，但对于某些网页设计者而言有下列两个缺点。

● 每次只能播放一首，无法接着播放其他不同的音乐或歌曲。

● 播放完毕后无法重复播放。

所以如果希望每次都可以播放多首音乐或歌曲，而且重复播放，则可使用下一个方法。

✎ 方法 ❷ 使用播放列表

若背景音乐是播放 RealAudio 的文件 (如.ra、.rm)，则可以设置一个播放列表 (扩展名为 .ram)，将所有要播放的文件都设置在其中，如此就可以顺序并重复播放这些文件。因此以同样的方法也可以播放其他格式 (如.mp3、.wav) 的文件，但有下列两点要特别注意。

● 浏览者的计算机中只有安装具有 RealMedia 解码功能的软件，如RealPlayer、暴风影音等，才可以正常播放。这对大多数浏览者的计算机而言应该没问题，大多数浏览者的计算机中都会安装 RealPlayer 或各种支持 RealMedia 解码功能的软件。

● 以此方式播放 .wav、.mp3 文件大概都没问题，但若是 .wma，则有些软件可以 (如暴风影音)而有些不行 (如RealPlayer)，至于 .mid 文件则都不行。因此，为了使大多数浏览者的计算机都能正常播放，最好只选择 .mp3 或 .wav 文件来作为背景音乐。

详细的操作与播放 RealAudio 的文件 (如.ra、.rm) 作为背景音乐是完全一样的，只是换成 .mp3 或 .wav 文件而已。因此可详见 **179 页** 背景音乐范例 ，这里就不再说明。

✎ 方法 ❸ 播放网络电台音乐

如果希望浏览者每次进入网页时都能听到不同的歌曲或音乐，但又不想经常更换背景音频文件，则最简单、方便的方法就是播放网络电台的音乐或歌曲。首先要获取那个网络电台的播放地址 (非该电台的主页地址)，网上搜索可以找到许多。例如，这里小弟到**百度电台联盟**中找出某个网络电台的播放地址，操作如下。

百度电台联盟：**http://list.mp3.baidu.com/radio/index.html**

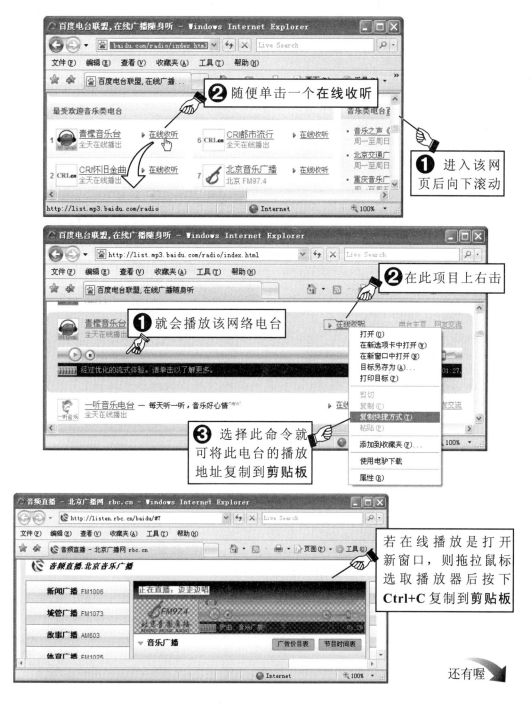

❷ 随便单击一个在线收听

❶ 进入该网页后向下滚动

❶ 就会播放该网络电台

❷ 在此项目上右击

❸ 选择此命令就可将此电台的播放地址复制到**剪贴板**

若在线播放是打开新窗口，则拖拉鼠标选取播放器后按下 **Ctrl+C** 复制到**剪贴板**

还有喔

149

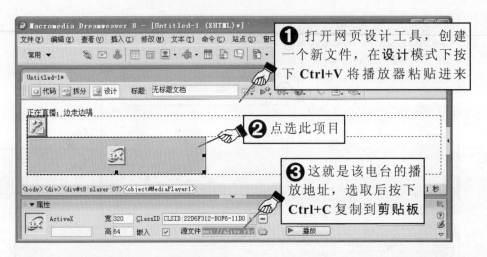

① 打开网页设计工具，创建一个新文件，在**设计**模式下按下 **Ctrl+V** 将播放器粘贴进来

② 点选此项目

③ 这就是该电台的播放地址，选取后按下 **Ctrl+C** 复制到**剪贴板**

现在用**记事本**打开本书所附光盘中的 **\Part2\bgmusic-radio_代码.txt**，将电台播放地址粘贴到如下的位置，然后将所有代码全部复制到网页文件中 <body></body> 标签之间的任何地方就可以了，保存后测试看看。

```
<object id="MediaPlayer" height="0" width="0" classid="clsid:6bf52a52-394a-11d3-b153-00c04f79faa6">
<param name="URL" value="mms://······">
<param name="uiMode" value="none">
<param name="autoStart" value="True">
</object>
```

网络电台播放地址放在这里

特别注意

由于播放地址掌握在相关的电台或网站中，因此并不保证永远有效，这是使用此方法的风险，需了解与注意。

✎ 无法播放的排困解难

有关无法播放背景音乐的排困解难，请见

141 页✎无法播放的排困解难，这里就不赘述了。

60 我希望浏览不同的网页时都可听到同样的背景音乐 (或同样的随机播放音乐或网络电台)，但又不想在每个网页中都加入该音频文件，应该如何做？

相关问题请见 **Q53**、**Q56**、**Q61**

> 本技巧适用于：同一个背景音乐、歌曲或广播的设计可以在多个不同网页中播放，以减少设计与管理上的麻烦。

大多数网页的背景音乐都是设计在某个网页中，一旦离开该网页后就听不到了，如果希望浏览者浏览网站的所有网页时都可以听到同样的背景音乐或歌曲 (或随机变换的音乐、网络电台等)，最简单但也是最笨的方法就是每个网页都做同样的设计。除此之外就是利用框架 (Frame) 来设计，也就是将播放音乐的设计放在一个隐藏的框架中，其他所有的网页都放在另一个框架中，如此就能实现每个网页都播放同样的音乐或歌曲，而不必为每个网页都做同样的设计，步骤如下。

✎ 步骤 **1** 复制文件与重命名

这个框架小弟已经设计好了，所以先将本书所附光盘中的 **\Part2\frame_music.htm** 复制到主页文件所在的文件夹中。然后将主页文件名称重命名为 **main0.htm** (例如，原来主页文件名称为 index.htm 就将它重命名为 main0.htm)，将 frame_music.htm 重命名为**原来的主页文件名称** (例如，原来主页文件名称为 index.htm，就将 frame_music.htm 重命名为 index.htm)，而播放背景音乐的设计就放在单独的 HTML 文件中，文件名必须为 **bgmusic.htm**，然后再进行下一步骤。

✎ 步骤 **2** 修改框架文件内容

现在使用**记事本**打开前一步骤中**重命名** frame_music.htm 后的那个文件 (例如 index.htm)，再依照下面的说明来修改 (只要看 **<head></head>** 之间的代码即可)。

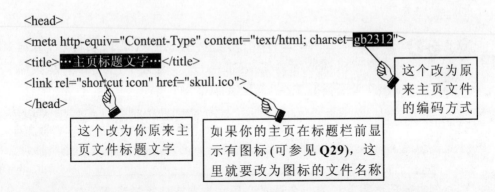

```
<head>
<meta http-equiv="Content-Type" content="text/html; charset=gb2312">
<title>···主页标题文字···</title>
<link rel="shortcut icon" href="skull.ico">
</head>
```

这个改为原来主页文件的编码方式

这个改为你原来主页文件标题文字

如果你的主页在标题栏前显示有图标 (可参见 **Q29**)，这里就要改为图标的文件名称

都修改好后保存，然后**关闭记事本**。

✎ 步骤❸ 测试结果

现在就可以使用浏览器打开主页文件 (也就是前面重命名 frame_music.htm 后的那个文件)。不论进入哪个网页，只要不是打开一个新窗口或新索引标签 (因为这样显示的网页就不在这个框架中)，都可以听到相同的歌曲、音乐或电台音乐。

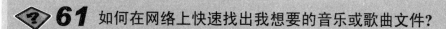

61 如何在网络上快速找出我想要的音乐或歌曲文件?

62 如何将某个网站中的歌曲或音频文件放在我的网页中播放?

63 我在某个网站上看到喜欢的歌曲或音乐,如何找出它的完整地址或将它保存成文件?

相关问题请见 Q53、Q56、Q60

本技巧适用于:快速找出其他网站上歌曲或音乐的完整地址,如此就可以方便地在自己的网页中播放。

大多数网页中播放的歌曲或音乐都是他人制作的(应该没几首是自己作曲写词的),因此如何快速地找到想要播放的歌曲或音乐,进一步获取该歌曲或音乐的完整地址以在自己网页中播放,在本问题中将详细讨论。

✎ 步骤 **1** 搜索音乐或歌曲

一般来说,在网络上搜索音乐或歌曲可分为**网络搜索**、**音乐或歌曲网站搜索**和 **P2P 搜索**三种方法,下面分别说明。

网络搜索

这就是利用网络搜索引擎来搜索歌名(曲名)或演唱者(艺术家)的方法,有可能找到许多但却不是真正想要的——这是很正常的。当然可以多试几种不同的搜索引擎(如谷歌、雅虎、微软 Bing 或我国的百度、搜狐、搜狗等),如果未找到再使用下面介绍的其他方法。

153

若找到想要的歌曲或音乐就将它的完整地址复制到剪贴板或记事本中，如此就可以在网页中使用。如果不知道如何找出它的地址，可见155页 ✎**步骤❷找出真正地址**。

音乐或歌曲网站搜索

到专业的音乐或歌曲网站通常都可以找到想要的音乐或歌曲，例如在搜索引擎中输入**MP3歌曲下载**就可以找到许多网站，或是在各大入口网站 (如百度、谷歌、雅虎、搜狗等) 的音乐或歌曲的分类中也有很多网址，所以这里就不对此进行介绍。

虽然在这些音乐或歌曲网站中比较容易找到想要的，不过由于版权的关系，许多歌曲或音乐可能无法下载或仅一部分能下载，如果仅一部分能下载则可能要再另外搜索；若是无法下载，则只要能获取它的地址还是可以在网页中使用的。如果不知道如何找出它的地址，可见155页 ✎**步骤❷找出真正地址**。

> Warning ⚠️
> 有些网站的音乐或歌曲是为了行销、宣传或推荐，因此它的地址可能一段时间后就无效或换成了其他歌曲或音乐，如果使用了这样的歌曲或音乐需注意此问题。

P2P 搜索

由于大多数人并不太在意版权的问题，所以利用 P2P 软件也能搜索到想要的歌曲或音乐 (例如Foxy、电驴、BT等)，只是下载的文件中可能包含病毒、木马或间谍程序等，这些网络安全方面的问题也需要特别注意。

注意事项
一般以此方式找到的歌曲都是先下载到本地计算机中再播放，而不是通过指向该文件的完整地址来播放。因此，若想将这些音乐应用到自己的网页中，还必须将下载的音乐文件上传到自己的网络空间 (若不知道如何获取自己的网络空间可参见**Q82**)，有了指向该文件的完整地址后才能在网页中使用。

Note

黑客也会利用 P2P 软件来搜索各种隐私或有价值的文件，而且经常还会有意想不到的收获，有关更详细的讨论与说明可详见小弟的黑客攻防系列书籍。

步骤❷ 找出真正地址

当在某个网站找到想要的音乐或歌曲之后，通常都可以依照下面三种方法来找出指向该音频文件的完整地址。

Special Note

要获取其完整地址的音乐或歌曲，都必须能在 MediaPlayer 控件中播放，才能使用下面的方法获取其详细地址。不过现在许多提供下载与试听的网站为了防止歌曲或音乐的完整地址被获取，都自行利用 JavaScript 来设计播放器，如此浏览者就很难找出完整地址，当然也就不可用下面这些方法找出来。

方法❶ 检查播放内容

如果播放该歌曲或音乐时会出现 Windows Media Player 播放器或在该网页上出现播放控制面板，就可以显示该歌曲或音乐的内容，其中就有它的完整地址，操作如下。

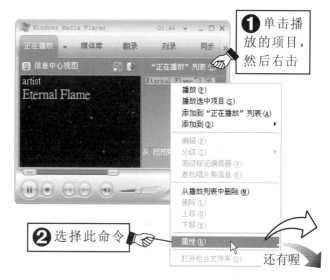

❶单击播放的项目，然后右击

❷选择此命令

还有喔

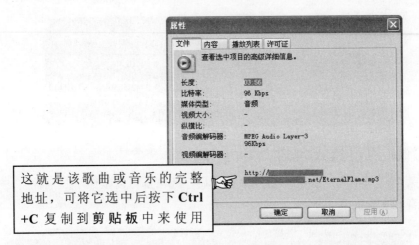

这就是该歌曲或音乐的完整地址，可将它选中后按下 **Ctrl+C** 复制到**剪贴板**中来使用

有些网站上虽然出现 Windows Media Player 播放器控制面板，却不可用快捷菜单，而且也无法查看源码，只好用下一个方法。

方法 ❷ 复制播放器

有许多试听歌曲的网站都会在播放歌曲的网页中出现 Windows Media Player 播放器控制面板，却不可用快捷菜单也无法查看源码，那怎么才能获取该歌曲的地址呢？嘻嘻！既然小弟出手，当然就有办法实现。首先打开网页设计工具 (这里以 Dreamweaver 为例) 设计一个新的 HTML 网页，然后播放你要的歌曲并单击**暂停**按钮，再依照下面的操作来进行。

按下鼠标左键，从控制面板旁边想办法用拖拉的方法选定这个播放器，选好后按下 **Ctrl+C** 复制到**剪贴板**

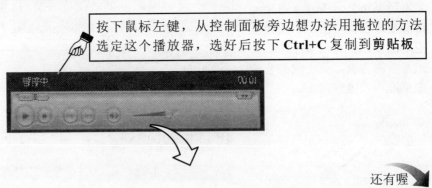

还有喔

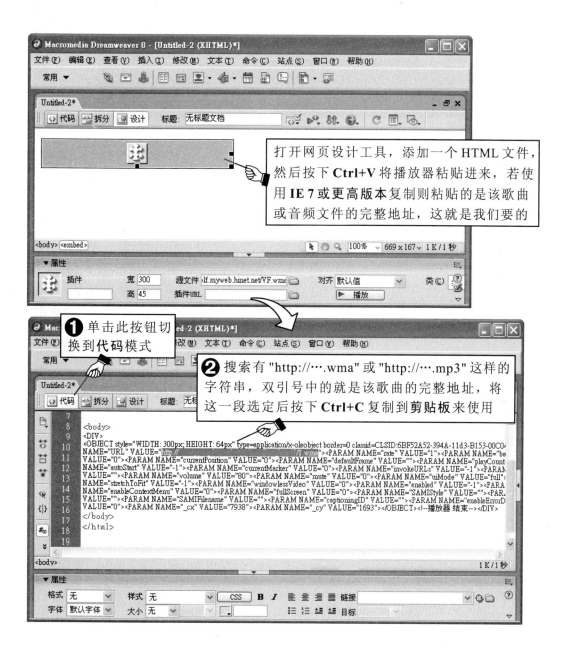

打开网页设计工具，添加一个 HTML 文件，然后按下 **Ctrl+V** 将播放器粘贴进来，若使用 **IE 7 或更高版本**复制则粘贴的是该歌曲或音频文件的完整地址，这就是我们要的

❶ 单击此按钮切换到**代码模式**

❷ 搜索有 "http://….wma" 或 "http://….mp3" 这样的字符串，双引号中的就是该歌曲的完整地址，将这一段选定后按下 **Ctrl+C** 复制到**剪贴板**来使用

> **Tips** 若将此地址指定给下载软件就可以下载该歌曲或音乐，但必须遵守与注意版权问题，特别注意不可以任意散布有版权的歌曲或音乐。

方法❸ 查看源码

若一进入网页就自动播放，而且没有控制面板也不会出现 Windows Media Player，那就是背景音乐。只有查看该网页源文件才可能找出该音乐或歌曲的完整地址，操作如下。

❶ 打开**记事本**，并显示出该网页的 HTML 代码，此网页是繁体中文编码，所以看起来是乱码

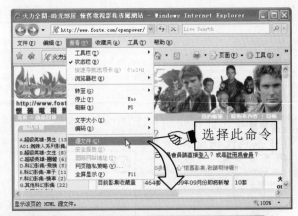

选择此命令

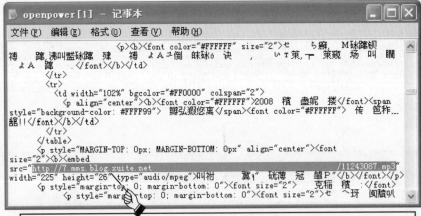

❷ 搜索 **"http://…·.wma"**、**"http://…·.mp3"**、**"http://…·.mid"** 这类包含音乐格式扩展名的字符串，双引号中的就是该歌曲的地址，将这一段选中后按下 **Ctrl+C** 复制到**剪贴板**来使用

✎ 步骤 ❸ 设置在网页中

　　获取音乐或歌曲的完整地址后就可以设置在网页中来播放，这个问题在前面各问题中都已说明，这里就不赘述了。

特别注意

　　由于网络上找到的音乐或歌曲是他人制作的，是保存在其他网络服务器中的，因此要特别注意下列两点。

● 由于歌曲或音乐的版权不是自己的，所以千万不要将它放在自己的网络空间中，而是将指向该歌曲或网站的完整地址拿来使用，如此才不会有法律问题。

● 由于真正的歌曲或音频文件是保存在其他网络服务器中，你只是使用地址而已，因此若该文件被删除或移到其他地方，则你的网页就无法播放此歌曲或音频文件了。

64 如何在网页中播放各类影片 (.wmv、.mpg、.mov、.avi、.asf等格式)？如何自动播放？

65 若希望在网页中播放的影片显示 (或不显示) 控制面板 ("播放"、"暂停"或"停止"等按钮)，应如何实现？如何决定控制面板中哪些对象显示？哪些不显示？

66 Windows Media Player 为何有两种 clsid 值可用在 <object> 标签中？它们有何差异？用哪个比较好？

67 如何在同一个 <object> 标签中播放多种不同的影片？

68 为何设计在网页中的影片无法播放？如何解决？

69 浏览者观看我网页中的影片时经常播放不流畅，断断续续，甚至等待太久，这是什么原因？如何解决？

相关问题请见 Q70、Q74、Q78、Q84

本技巧适用于：在网页中选择最适合的格式与样式来播放影片或动画，可给浏览者留下深刻印象；尽可能解决无法播放或播放缓慢的问题。

在本问题中将详细讨论如何在网页中播放各种格式的影片，显示或隐藏控制面板 (如"播放"、"暂停"或"停止"等按钮)，在网页中播放或另外打开播放工具来播放，无法播放的排困解难等内容。

> 有关 **RealVideo (.rmvb、.rm)** 影片的播放与排困解难详见 **Q70**，而 **Flash (.swf)** 动画、影片或游戏的播放与排困解难详见 **Q74**，这两个都不在本问题中讨论。

✏️ 设计前的准备工作

要在网页中播放影片，当然要先有相应的影片文件才行，也就是 .wmv、.avi、.mpg、.mpeg、.asf、.asx、.mov这些格式的文件，可依照下面步骤来进行。

准备好影片文件

可通过下列几种方法来准备好想要的影片文件。

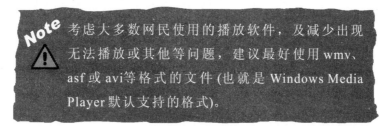

> 考虑大多数网民使用的播放软件，及减少出现无法播放或其他等问题，建议最好使用wmv、asf或avi等格式的文件 (也就是 Windows Media Player 默认支持的格式)。

🔵 已经有要播放的视频文件 (包含自己制作的)，那就直接跳到下一步骤进行。

🔵 从网络上下载获取，许多影片几乎都可以从网络上搜索后下载，若不知道如何下载可详见 **Q78** 中的说明，而必须注意获取的视频文件是否可以放在网页上播放与相关的版权问题。

🔵 获取视频文件的完整地址。若在某个网站有想要的影片，则可以获取指向该视频文件的完整地址 (可复制到剪贴板或记事本中)，然后设置在你的网页中播放，而不必下载该文件。若不知道如何获取完整地址，可详见 **Q80** 中的说明。

Warning

如果提供影片的网站声明不可以以链接(Link)
方式使用该网站的文件，那就不能使用。

讨论与研究

● 一般网页中播放的视频都是短片(也就是时间不会很长)，2~3分钟就算长了，若时间太长则很可能会因为网络阻塞，而让浏览者很难观看完毕或看得很痛苦(因为断断续续)，这点必须特别注意。

● 播放其他网站中的视频，只要获取完整地址就行了，这样不会有版权问题，也不必找空间保存该文件。最大的缺点是，若该视频文件被卸载或修改了地址，你网页中的影片就无法播放或必须重新设置地址。

● 若自己准备视频文件，必须保存到网页空间且有完整的地址(下一步骤有说明)，另外还必须注意版权问题。优点是视频文件掌握在自己手中，不会因为找不到而无法播放。

上传视频文件

如果是播放自己准备的视频文件，则必须要将该文件上传到网络空间(也就是可以有一个地址指向此文件)。一般上传到网页文件所在的空间中，如果网页所在的空间不够或不想放在这里，则可以上传到其他空间。最后一定要记下指向该视频文件的完整地址(可复制到**剪贴板**或**记事本**中)。

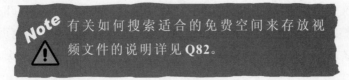

Note

有关如何搜索适合的免费空间来存放视频文件的说明详见**Q82**。

完成上述各项准备工作后就可以开始在网页中设计播放。在网页中播放影片通常有在网页中播放和打开播放程序播放这两种方式，下面分别说明。

✎ 在网页中播放

一般在网页中播放影片都是使用 Windows Media Player 所提供的控件来播放，也就是利用 <object> 标签来播放。不过有些读者可能会问：为何 clsid 值有两种呢 (如下所示)?

> clsid:6bf52a52-394a-11d3-b153-00c04f79faa6 (WMP 7 之后的版本使用)
> clsid:22d6f312-b0f6-11d0-94ab-0080c74c7e95 (WMP 6 与之前版本使用)

从上面的说明可以很容易看出前者是新版，后者是旧版，最主要的差别是旧版对于某些影片可能无法播放 (或需要安装附加的的解码工具)，因此当然要使用新版本的 clsid 才行，而它的代码格式如下：

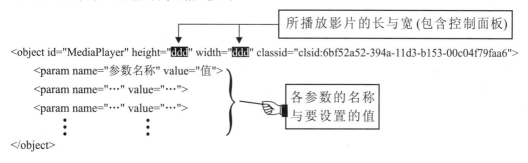

这个 Windows Media Player 控件所提供的参数相当多，不过这里只说明一些大多数网页设计者最常使用的项目，如下表所示。

参 数 名 称	值 与 说 明
URL	欲播放影片的完整地址
uiMode	**full** 显示控制面板所有功能，**mini** 部分按钮无作用，**none** 控制面板所有功能都不显示
autoStart	**true** 自动开始播放，**false** 则不播放

还有喔

163

续表

参 数 名 称	值 与 说 明
EnableContextMenu	**true** 可使用快捷菜单， **false** 则禁止使用
PlayCount	播放次数，从 **1** 开始的整数
mute	**true** 静音， **false** 则取消静音
volumc	音量大小为 **0~100**
rate	播放速度， **0.5** 慢， **1** 正常， **1.5** 快，以此类推

这里有两个项目要再说明一下。

● **PlayCount：** 有些文件中说若此值为 0 则会不断重复播放，不过在小弟的测试中发现只播放一次就停了，并不会一直重复播放。

● **mute：** 若值为 true 则是播放时默认为静音，在控制面板或快捷菜单中还是可以打开音频，因此如果想要彻底静音，则还必须设置 EnableContextMenu=false，uiMode=none 才行 (如果要播放的影片本身就没音效，当然就不必做这些设置，否则就是画蛇添足)。

了解如何使用 Windows Media Player 控件与各参数后，下面就来看两个范例。

一个视频范例

看过前面的说明后就应该明白如何播放某一个影片，使用**记事本**打开本书所附光盘中的 **\Part2\播放影片_代码.txt**，然后依照下面的说明修改。

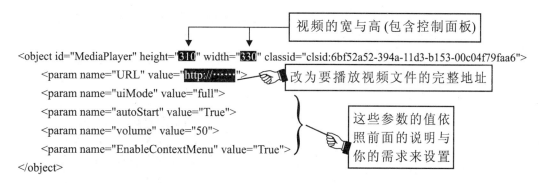

视频的宽与高 (包含控制面板)

```
<object id="MediaPlayer" height="310" width="330" classid="clsid:6bf52a52-394a-11d3-b153-00c04f79faa6">
    <param name="URL" value="http://······">
    <param name="uiMode" value="full">
    <param name="autoStart" value="True">
    <param name="volume" value="50">
    <param name="EnableContextMenu" value="True">
</object>
```

改为要播放视频文件的完整地址

这些参数的值依照前面的说明与你的需求来设置

修改完成后全部选中，按下 **Ctrl+C** 复制到**剪贴板**，然后用网页设计工具打开要播放此视频的那个网页文件，将代码加入此网页文件中 (此处以 Dreamweaver 为例来说明)。

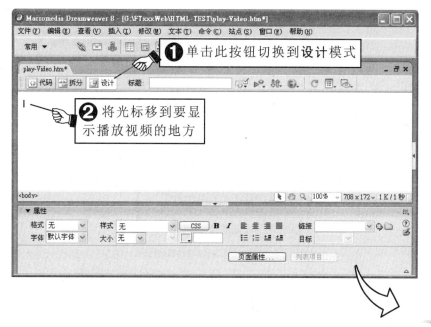

❶单击此按钮切换到**设计模式**

❷将光标移到要显示播放视频的地方

还有喔

165

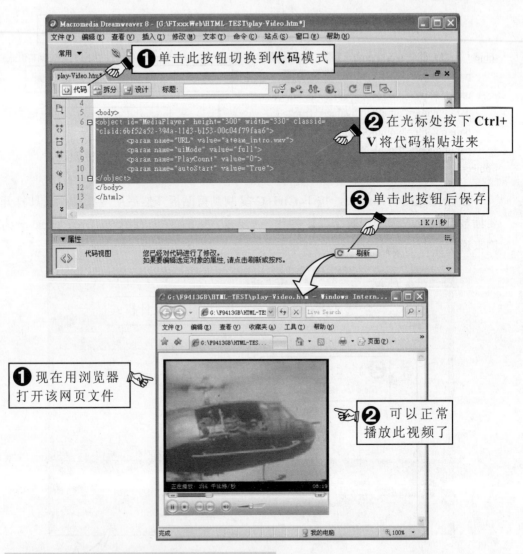

多个影片范例：选择列表中的项目播放

既然有多个影片要播放，当然就要让浏览者选择来播放，而最不占网页版面的设计就是利用**下拉列表框** (ComboBox) 来选择。可依照下面的步骤来进行。

步骤❶ 设置影片名称与地址

首先将本书所附光盘中的 **\Part2\Video-list.txt** 复制到硬盘中，解除只读属性后用**记事本**打开，再依照下面的说明来设置。最前面是设置视频文件的完整地址。

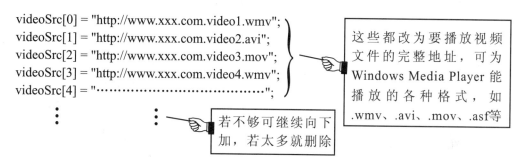

```
videoSrc[0] = "http://www.xxx.com.video1.wmv";
videoSrc[1] = "http://www.xxx.com.video2.avi";
videoSrc[2] = "http://www.xxx.com.video3.mov";
videoSrc[3] = "http://www.xxx.com.video4.wmv";
videoSrc[4] = "…………………………";
```

> 这些都改为要播放视频文件的完整地址，可为 Windows Media Player 能播放的各种格式，如 .wmv、.avi、.mov、.asf等

> 若不够可继续向下加，若太多就删除

再来到最下面输入要播放影片的名称 (这些就是显示在下拉列表框中的名称)，如下所示。

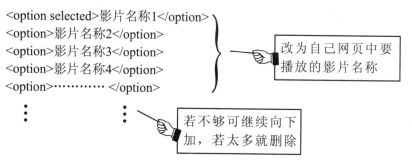

```
<option selected>影片名称1</option>
<option>影片名称2</option>
<option>影片名称3</option>
<option>影片名称4</option>
<option>………… </option>
```

> 改为自己网页中要播放的影片名称

> 若不够可继续向下加，若太多就删除

再来更改影片的大小与播放控制面板，如下所示。

> 影片的宽与高 (包含控制面板)

```
<object id="mediaPlayer" height="310" width="330" classid="clsid:6bf52a52-394a-11d3-b153-00c04f79faa6">
    <param name="URL" value="http://www.xxx.com.video1.wmv">
    <param name="uiMode" value="full">
    <param name="autoStart" value="TRUE">
    <param name="volume" value="50">
    <param name="EnableContextMenu" value="True">
</object>
```

> 改为下拉列表框中第一个要播放影片的完整地址

> 这些参数的值依照前面的说明与你的需求来设置

都修改完成后按下 **Ctrl+S** 保存，这里有一点必须特别注意：在**此例中由于播放影片的大小是固定的，因此要播放影片的大小(原尺寸)最好都一样或不要相差太多**，否则若长宽比差距太大则画面就会变形。

步骤 ❷ 加入网页中

现在就可以将这些代码加入网页中了。首先将 <script> 与 <\script> 之间的所有代码 (包含 <script> 与 <\script>) 复制后粘贴到网页最前面的 </head> 标签之前 (如果 Dreamweaver 是在**代码**模式中操作)，再来粘贴下拉列表框代码，先将 <form> 和 </object> 之间的代码选中后 (包含 <form> 与 </object>) 按下 **Ctrl+C** 复制到**剪贴板**，然后在 Dreamweaver 中进行如下操作。

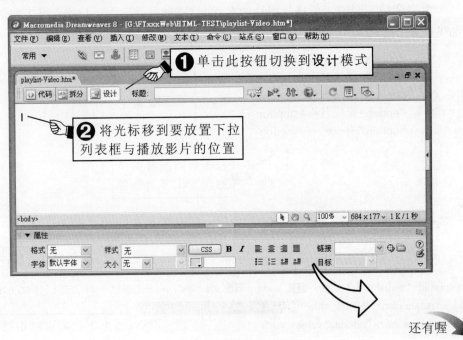

还有喔

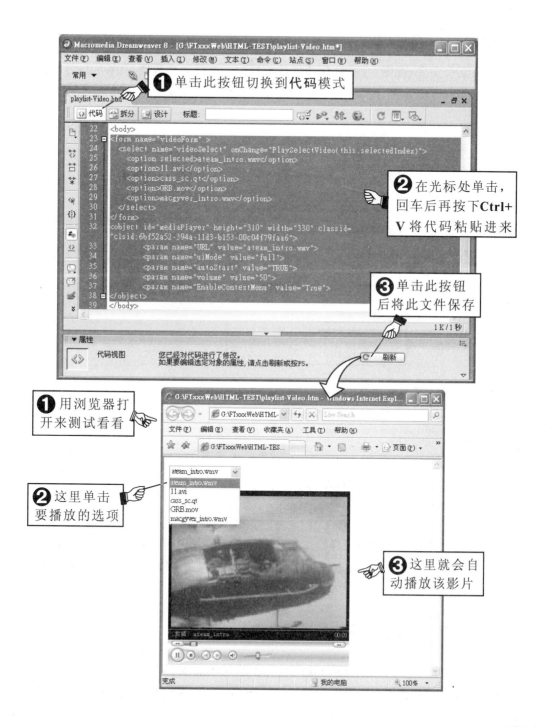

✎ 打开播放器播放

单击某个文字 (或图片) 或选择要播放的影片，就打开播放器 (如Windows Media Player) 播放，这是最简单的设计。下面同样分别针对一个影片与多个影片的播放来说明。

一个视频范例：单击后播放

这个设计非常简单，下面以 Dreamweaver 的操作为例来说明。

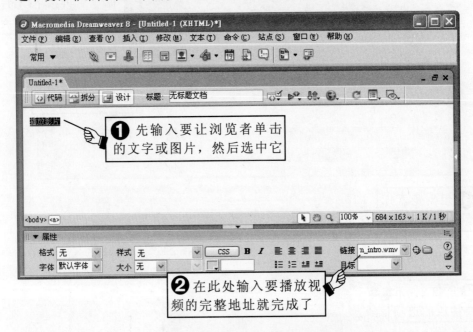

以此方式也可设计多个同样的文字或图片链接，就可以选择播放多个不同的影片。另外，也可以设计成 Flash 按钮的链接 (选择插入→ 媒体→ **Flash 按钮**命令)，如此就比较多样化。

多个影片范例：选择列表中的项目播放

以一个影片一个链接的方式 (如同前一个范例)也能播放多个影片，不过这样太占网页版面，而且也不太好看，因此设计成下拉列表框是比较好的方法，这里设计成当单击下拉列表框中的某个影片后，单击**播放**按钮就打开外部播放器开始播放。依照下面的步骤来进行。

步骤❶ 设置影片名称与地址

首先将本书所附光盘中的 **\Part2\多个影片外部播放_代码.txt** 复制到硬盘中，解除只读属性后用**记事本**打开，再依照下面的说明来进行设置。最前面的是设置视频文件的完整地址。

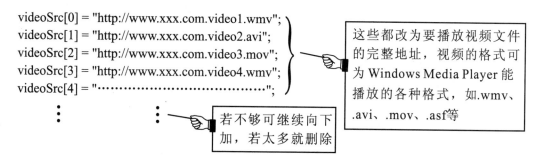

```
videoSrc[0] = "http://www.xxx.com.video1.wmv";
videoSrc[1] = "http://www.xxx.com.video2.avi";
videoSrc[2] = "http://www.xxx.com.video3.mov";
videoSrc[3] = "http://www.xxx.com.video4.wmv";
videoSrc[4] = "…………………………";
```

这些都改为要播放视频文件的完整地址，视频的格式可为 Windows Media Player 能播放的各种格式，如.wmv、.avi、.mov、.asf等

若不够可继续向下加，若太多就删除

再来到最下面输入这些要播放的影片名称 (这些就是显示在下拉列表框中的名称)，如下所示。

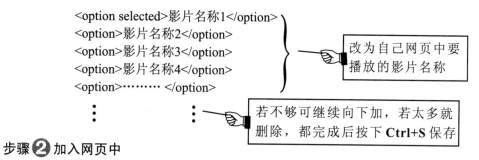

```
<option selected>影片名称1</option>
<option>影片名称2</option>
<option>影片名称3</option>
<option>影片名称4</option>
<option>……… </option>
```

改为自己网页中要播放的影片名称

若不够可继续向下加，若太多就删除，都完成后按下 **Ctrl+S** 保存

步骤❷ 加入网页中

现在就可以将这些代码加入网页中，首先将 <script> 与 <\script> 之间的所有代码 (包含 <script> 与 <\script>) 复制后粘贴到网页最前面的 </head> 标签之前 (如果 Dreamweaver 是在**代码**模式中操作)，再来粘贴下拉列表框代码，先将 **<form>** 和 **</form>** 之间的代码选中后 (包含 <form> 与 </form>) 按下 **Ctrl+C** 复制到**剪贴板**，然后在 Dreamweaver 中进行如下操作。

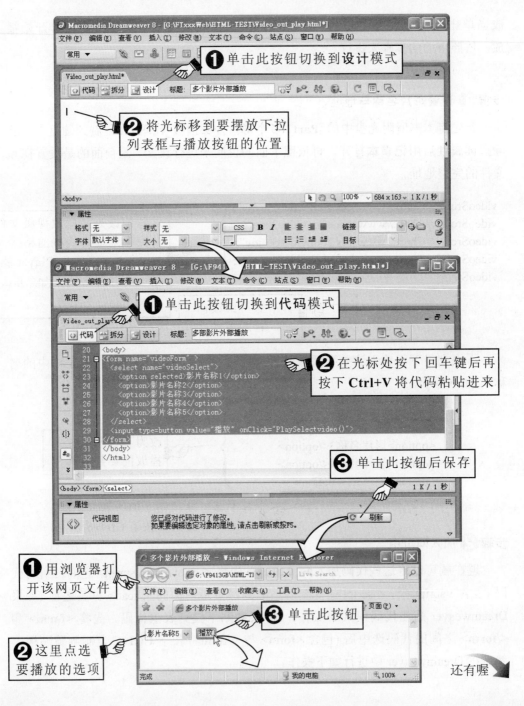

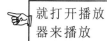

就打开播放器来播放

✎ 无法播放的排困解难

若浏览者在浏览网页时影片无法正常播放，通常可能是下列原因造成的。

● <embed> 或 <object> 标签中的参数配置错误 (包含要播放文件的地址不正确)，重新检查网页中的代码是否有错误。

● 要播放的视频文件有问题，最常见的是链接改变了而找不到，当然就无法播放了。

　　上述两个原因是设计者这方面的问题 (也就是读者啦)，而下面几个原因则是浏览者计算机的问题。

● 没有安装相关的播放器或插件 (插件)，一般而言，由于 Windows 自带 Windows Media Player，因此 .wmv、.asf、.mov、.avi、.mpg等这些文件的播放应该都不会有问题 (若计算机在出厂时卸载了 Windows Media Player 则就会有问题)。但若是要播放 RealVideo (.rm、.rmvb) 就必须安装 RealPlayer 或可播放这类的软件才行 (如暴风影音)，另外有些 .avi 影片必须安装 DivX 或相关的解码器才可正常播放。

● 虽然已安装了相应的解码器，但可能因为版本太旧而无法播放，这类情况在 .avi 影片中颇为常见。

● 安装了两个或更多同类型的解码器 (或播放软件)，造成相互干扰而出现问题，例如，若安装了 RealPlayer 后又安装暴风影音，则 RealPlayer 播放器可能会无法正常使用或有问题。

● 若浏览者计算机中还打开了其他播放影片的软件 (或正在播放其他影片)，则也可能会造成影响而无法播放，所以建议浏览者在播放网页中的影片时最好不要同时播放其他影片 (不论哪种格式)。

✎ 播放不流畅与缓慢中断的排困解难

播放视频通常会比播放音频有更多的问题与困扰，所以这里小弟从网页设计的改善与浏览者端的改善两方面来说明如何处理。

网页设计的改善

所谓网页的解决，当然就是设计者 (也就读者这里) 来解决，下面列出一些最常见的情况。

● 视频文件过大，这肯定是主要原因之一。虽然现在许多人上网的速度都比较快，但并不保证浏览者计算机到视频文件所在的服务器之间的路径都通畅快速，因此只要影片过大 (如10MB 以上)，出现播放不流畅或断断续续都是很正常的，所以视频文件最好不要太大。

● 将视频文件放在对外带宽更大的服务器，如此肯定有助于改善播放不流畅或中断的问题，但如果网页播放的影片是在他人的服务器中，那当然这招就没法用。

● 限制同时播放该影片的浏览者人数，这也是个不错的解决方法，不过要如何统计当前有多少浏览者计算机连接此网页，则要做另外设计，比较简单的方法则是从统计网站来获取 (可参考 **Q4**)。

浏览者端的改善

在浏览者这里也能做一些如下的方式来改善不流畅与播放断断续续的情况。

● 换个时间再看影片，通常在网络最不阻塞的时候 (如早上 3:00~8:00) 一般不会有此问题。

● 在播放影片的同时，浏览者最好不要同时进行太多的其他工作，特别是同时下载文件或进行网络 (或视频) 音频交谈，或是播放其他音频或视频文件，或是很占用 CPU 的操作 (可用**任务管理器**或 **TaskInfo** 之类的工具来检查 CPU 是否被某个程序占用)等之类的行为。

● 有时候安装其他解码器 (或播放器)，或许可以使得播放影片变得更流畅些。

● 使用更快的网络，基本上若浏览者的下载速度小于或等于 2MB，则若提高下载速度则会有助于影片的播放，只是浏览者会为了观赏网站中的影片而换用更高的上网速度 (当然也要花更多的上网费用)，这似乎有些不可能。

✎ 讨论与研究

现在有许多人都喜欢在网上表现自己，甚至有网络直播秀 (Live)，在 **Q84** 中会详细介绍如何在网页中显示一个小窗口来显示网络直播秀。

70 如何在网页中播放 **RealAudio (.ra)** 或 **RealVideo** **(.rmvb、.rm)** 音频或视频文件?

71 若希望在网页中播放 **RealAudio (.ra)** 或 **RealVideo** **(.rmvb、.rm)** 音频或视频文件时显示 (或不显示) 控制面板 ("播放"、"暂停"和"停止"等按钮),应如何实现? 如何决定控制面板中哪些控件显示? 哪些不显示?

72 如何将 **RealAudio** 的音乐设置为背景音乐?

73 为何浏览者无法播放网页中的 **RealAudio** 或 **RealVideo**? 如何解决?

相关问题请见 **Q64、Q74、Q78、Q81、Q84**

本技巧适用于:在网页中以不同的方式播放 **RealVideo** 或 **RealAudio** 多媒体文件,给浏览者留下深刻印象,并提供无法播放或播放迟缓的排困解难。

RealNetworks 是很早就在网络上发展流媒体 (Stream Media) 技术的公司之一,也是少数存活至今、还能与 Bill 老大在网络媒体上分一杯羹的公司。虽然浏览者计算机中必须安装 RealPlayer (或有提供 RealMedia 解码器的播放工具,如暴风影音)才可以在网页中播放 RealAudio (.ra) 音频文件或 RealVideo (.rmvb、.rm) 视频文件,不过现在大多数计算机都安装了这类播放工具,所以应该不是问题。在本问题中将详细讨论如何在网页中播放 RealAudio (.ra) 或 RealVideo (.rmvb、.rm) 文件,显示或隐藏控制面板 (如"播放"、"暂停"或"停止"等按钮),在网页中播放或另外打开 RealPlayer (或其他播放工具) 来播放,无法播放的排困解难等内容。

✎ 设计前的准备工作

首先准备好要播放的 RealAudio (.ra) 音频文件或 RealVideo (.rmvb、.rm) 视频文件 (可统称 RealMedia 文件)，这些工作与准备要播放其他格式的影片是一样的，所以请详见 **161 页**✎设计前的准备工作，这里不赘述了。

当准备工作完成后就可以开始在网页中设计播放了。通常在网页中播放影片可分为在网页中播放和打开 RealPlayer 播放器播放两种，下面分别说明。

✎ 在网页中播放

一般在网页中播放 RealMedia 文件，通常是使用 **<object>** 标签来实现，代码如下。

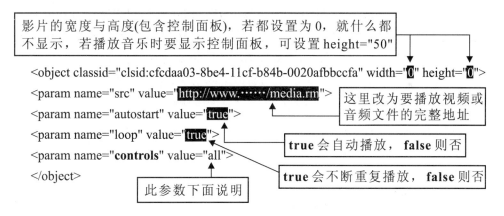

影片的宽度与高度(包含控制面板)，若都设置为 0，就什么都不显示，若播放音乐时要显示控制面板，可设置 height="50"

```
<object classid="clsid:cfcdaa03-8be4-11cf-b84b-0020afbbccfa" width="0" height="0">
<param name="src" value="http://www.……/media.rm">
<param name="autostart" value="true">
<param name="loop" value="true">
<param name="controls" value="all">
</object>
```

这里改为要播放视频或音频文件的完整地址

true 会自动播放，**false** 则否

true 会不断重复播放，**false** 则否

此参数下面说明

RealPlayer 控件中最主要的参数就是 controls，它决定了要显示哪些控件或信息，不过对绝大多数网页设计者而言只有下面三种情况。

● 不设置此参数 (也就是删除 <param name="controls" value="all">)，如此在播放时就会显示画面及其下方的控制面板。

● 设置为 **all** (也就是 <param name="controls" value="all">)，如此就会显示所有的控

件(如画面、控制面板、状态栏、信息栏等)，但如果播放的视频或音频没有包含相关资料，信息栏就不会显示出来(因为没有可显示的)。

○ 设置为 **ImageWindow** (也就是 <param name="controls" value="ImageWindow">)，则所有控件(包含控制面板) **都不会显示**，若播放影片则只显示出画面，若播放音乐则显示 RealPlayer 的图片(所以最好也设置 width="0" height="0"，这样就等于播放背景音乐)。

了解 RealPlayer 控件的使用方式后，下面就来看看几个范例。

单首播放范例

首先将本书所附光盘中的 **\Part2\RealMedia代码.txt** 使用**记事本**打开，然后依照前述的说明与你的需求来修改，修改完成后就全部选中，按下 **Ctrl+C** 复制到**剪贴板**，将其加入网页中，操作如下(此处以 Dreamweaver 为例来说明)。

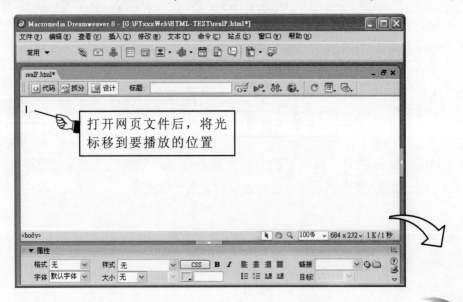

还有喔

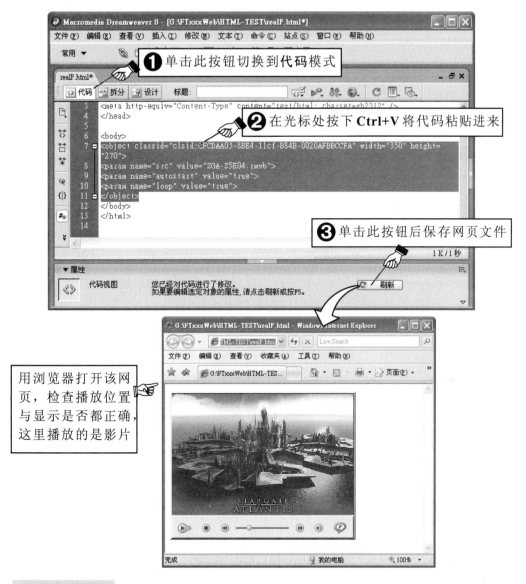

背景音乐范例

要将 RealAudio 音乐或歌曲以背景方式播放，可以将 <object … width="0" height="0"> 长与宽设置为 **0** 就可以了，一开始就播放与重复播放都可参见前面的各参数说明来设置。若是利用框架(Frame) 设计为打开不同网页都会播放此音乐或歌曲，则将下列代码保存为 **bgmusic.htm**，然后配合框架网页文件使用就行了，更详细的说明详见 **Q60**。

```
<HTML><HEAD>
</HEAD>
<BODY>
<object classid="clsid:cfcdaa03-8be4-11cf-b84b-0020afbbccfa" width="0" height="0">
```

RealPlayer 代码放在这儿

```
</object>
</BODY></HTML>
```

多首连续播放

如果希望能播放多首不同的背景音乐或歌曲，则可以使用记事本将要播放的文件完整地址一行一个列出来，最后保存扩展名为 **.ram** 文件就行了 (例如list.ram、bgmusic.ram等)，如下所示。

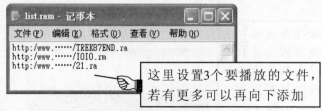

这里设置3个要播放的文件，若有更多可以再向下添加

小弟建议最好先将音乐或歌曲文件放在网络服务器上，如果要测试播放硬盘中的文件，则要指定所在磁盘与详细路径 (如下所示)，否则无法播放。

file://drive:/path1/path2/···/TREK87END.ra
file://drive:/path1/path2/···/IOIO.rm
file://drive:/path1/path2/···/21.ra

该文件所在的磁盘

该文件所在的详细路径

接下来将 <object> 中的 src 值设置为这个 .ram 文件就行了，如下所示。

<object classid="clsid:cfcdaa03-8be4-11cf-b84b-0020afbbccfa" width="0" height="0">
<param name="src" value="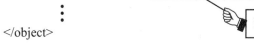http://www.……/list.ram">

</object>

改为该 .ram 文件所在的完整地址

现在将这个代码加入网页中就行了，用浏览器打开此网页就会顺序播放 .ram 文件中指定的歌曲或音乐。若是利用框架方式 (Frame) 来设计打开不同网页都会顺序播放这些音乐或歌曲，则将下列代码保存为 **bgmusic.htm**，然后配合框架网页文件使用就行了，更详细的说明详见 **Q60**。

<HTML><HEAD>
</HEAD>
<BODY>
<object classid="clsid:cfcdaa03-8be4-11cf-b84b-0020afbbccfa" width="0" height="0">

</object>
</BODY></HTML>

上面有 .ram 文件的
<object>…</object>
代码放在这儿

多个文件播放范例：选择列表中的项目播放

若有多个影片或歌曲要播放，就要让浏览者选择要播放的那一个，而最不占网页版面的设计就是利用**下拉列表框** (ComboBox) 来选中，请依照下面的步骤来进行。

步骤 ❶ 设置文件名与地址

首先将本书所附光盘中的 **\Part2\RealMedia-list.txt** 复制到你的硬盘中，解除只读属性后用**记事本**打开，再依照下面的说明进行设置。最前面是设置欲播放视频文件的完整地址。

```
realSrc[0] = "http://www.xxx.com/rmedia1.rmvb";
realSrc[1] = "http://www.xxx.com/rmedia2.rm";
realSrc[2] = "http://www.xxx.com/rmedia3.rm";
realSrc[3] = "http://www.xxx.com/rmedia4.rmvb";
realSrc[4] = "…………………………………………";
```

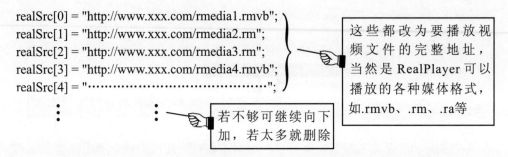

这些都改为要播放视频文件的完整地址，当然是 RealPlayer 可以播放的各种媒体格式，如.rmvb、.rm、.ra等

若不够可继续向下加，若太多就删除

接下来到最下面输入要播放文件的名称 (这些就是显示在下拉列表框中的名称)，如下所示。

```
<option selected>播放文件名称1</option>
<option>播放文件名称2</option>
<option>播放文件名称3</option>
<option>播放文件名称4</option>
<option>……… </option>
```

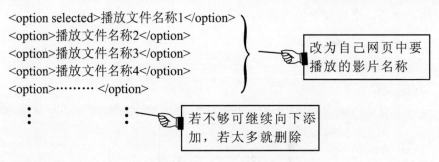

改为自己网页中要播放的影片名称

若不够可继续向下添加，若太多就删除

再来更改播放窗口的大小，如下所示。

视频的宽与高 (包含控制面板)，若播放音频，这里都设置为 **0**

```
<object id="realPlayer" classid="clsid:cfcdaa03-8be4-11cf-b84b-0020afbbccfa" width="300" height="220">
<param name="src" value="http://www.xxx.com/rmedia1.rmvb">
<param name="autostart" value="false">
<param name="loop" value="true">
<param name="controls" value="ImageWindow">
</object>
```

改为下拉列表框中第一个要播放文件的完整地址

若播放音乐或歌曲则将此行删除

都修改完成后按下 **Ctrl+S** 保存，这里有一点必须特别注意：若是播放影片，则此例中由于播放的大小是固定的，因此每一个要播放影片的大小 (原尺寸) 最好都一样或不要相差太多，否则若长宽比差距太大则画面就会变形。

步骤❷ 加入网页中

现在就可以将这些代码加入网页中，首先将 <script> 与 <\script> 之间的所有代码 (包含 <script> 与 <\script>) 复制后粘贴到网页最前面的 </head> 标签之前 (如果 Dreamweaver 是在**代码**模式中操作)，再来粘贴下拉列表框代码，先将 **<form>** 和 **</object>** 之间的代码选中后 (包含 <form> 与 </object>) 按下 **Ctrl+C** 复制到**剪贴板**，然后在 Dreamweaver 中进行如下操作。

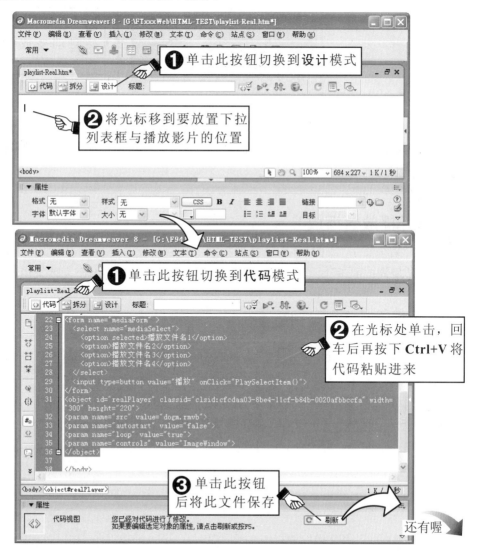

① 用浏览器打开来测试看看

② 这里点选要播放的选项

③ 单击此按钮

④ 这里就会开始自动播放 (此例中是播放影片)

　　在这个范例中不会显示出控制面板，因此浏览者可用快捷菜单来控制影片播放 (播放音乐就不行)。

✎ 打开播放器播放

　　单击某个文字 (或图片) 或选择要播放的项目，就打开播放器 (如RealPlayer) 播放，这是最简单的设计，下面同样分别针对播放一个文件与多个文件来说明。

一个文件范例：单击后播放

　　这个设计非常简单，下面以在 Dreamweaver 中的操作为例来说明。

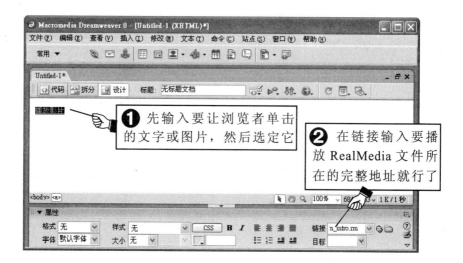

以此种方式也可设计多个同样的文字或图片链接，这样浏览者就可以选择播放多个不同的 RealMedia 文件。另外，也可以设计成 Flash 按钮的链接 (选择**插入 →媒体→ Flash 按钮**命令)，如此就比较多样化。

多个文件范例：选择列表中的项目播放

以一个文件一个链接的方式 (如同前一个范例)也能播放多个不同文件，不过这样太占网页版面了而且也不太能实现，因此设计成下拉列表框是比较好的做法。这里设计成当单击下拉列表框中某个影片后，单击**播放**按钮就打开外部播放器开始播放。依照下面的步骤来进行。

步骤 ① 设置文件名与地址

首先将本书所附光盘中的 **\Part2\多个文件外部播放_代码.txt** 复制到硬盘中，解除只读属性后用**记事本**打开，再依照下面的说明进行设置。最前面是设置要播放RealMedia 文件的完整地址。

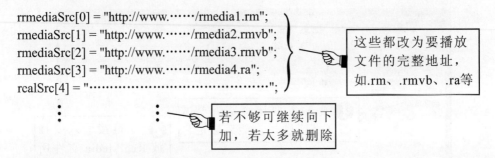

```
rrmediaSrc[0] = "http://www.······/rmedia1.rm";
rmediaSrc[1] = "http://www.······/rmedia2.rmvb";
rmediaSrc[2] = "http://www.······/rmedia3.rmvb";
rmediaSrc[3] = "http://www.······/rmedia4.ra";
rcalSrc[4] = "······························";
```

这些都改为要播放
文件的完整地址，
如.rm、.rmvb、.ra等

若不够可继续向下
加，若太多就删除

接下来到最下面输入这些要播放项目的名称 (这些就是显示在下拉列表框中的名称)，如下所示。

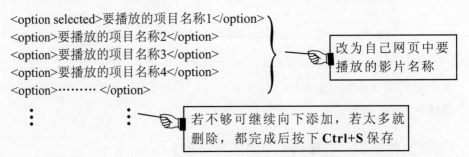

```
<option selected>要播放的项目名称1</option>
<option>要播放的项目名称2</option>
<option>要播放的项目名称3</option>
<option>要播放的项目名称4</option>
<option>········· </option>
```

改为自己网页中要
播放的影片名称

若不够可继续向下添加，若太多就
删除，都完成后按下 **Ctrl+S** 保存

步骤 ❷ 加入网页中

现在就可以将这些代码加入网页中，首先将 <script> 与 <\script> 之间的所有代码 (包含 <script> 与 </script>) 复制后粘贴到网页最前面的 </head> 标签之前 (如果 Dreamweaver 是在**代码**模式中操作)，再来粘贴下拉列表框代码，先将 **<form>** 和 **</form>** 之间的代码选中后 (包含 <form> 与 </form>) 按下 **Ctrl+C** 复制到**剪贴板**，然后在 Dreamweaver 中进行如下操作。

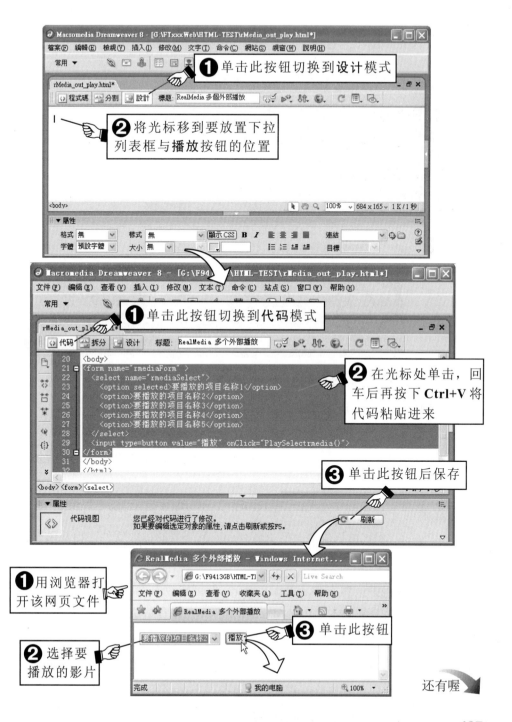

就调用播放器来播放所选择的项目

Note 在浏览者的计算机中并不一定是使用 RealPlayer 来播放，这要看浏览者计算机中设置了哪个软件来播放此类格式的视频文件 (例如暴风影音)。

✎ 无法播放的排困解难

如果无法播放 RealMedia 文件，则可能是下列原因造成的。

● 要播放的文件有问题，这个应该由网页设计者 (也就是读者啦) 检查与解决。

● 浏览者的计算机必须安装具有 RealMedia 解码器的播放软件，一般是安装 RealPlayer，但也可以安装具有 RealMedia 解码器的播放软件，如暴风影音。

● 浏览者计算机中虽然安装了 RealPlayer，但可能版本太旧而无法播放，建议浏览者下载与安装最新版本 (http://cn.real.com/)。

● 浏览者计算机中可能安装两种 (或两种以上) 具有 RealMedia 解码器的播放软件，造成相互干扰而无法播放，建议浏览者将其中一个卸载后再试试，若还是不行则将这些软件都卸载后重启动，再重新安装其中一个播放软件 (最常使用的那个) 应该就没问题了。

其他的可能原因可参见 **141** 页✎无法播放的排困解难与 **173** 页✎无法播放的排困解难，这里就不赘述了。

74 如何在网页中播放 Flash 动画、影片、游戏或音乐? 应怎么做?

75 如何在网页中显示一个可爱的 Flash 动态时钟?

76 在网页中播放 Flash 文件有哪些参数可使用? 各有何意义?

77 为何我在网页中设计的 Flash 影片、影片、游戏或音乐无法播放? 如何解决?

相关问题请见 Q64、Q70、Q78、Q82、Q85

本技巧适用于: 在网页中播放 Flash 格式的各种影片、游戏、动画或音乐, 添加网页的可看性, 也给浏览者留下印象, 并提供无法正常播放的排困解难。

　　Flash 是 Macromedia 公司很早就针对动画而设计的产品, 在 Internet 大行其道后也自然地转换到网络的支持与应用上, 并成为此领域的领导者, 甚至无任何产品与之抗衡。当然 Bill 老大视其为眼中钉、肉中刺, 希望有朝一日由微软的产品取而代之, 也因此让 Macromedia 公司提高忧患意识。前几年与 Adobe 合并, 成为 Adobe 旗下的产品, 也让 Bill 老大更加扼腕。

　　OK! 看完软件大公司之间的恩怨情仇后, 回到我们的主题。现在几乎所有的浏览器都会自带播放 Flash 的 ActiveX 控件, 因此不是问题。在本问题中将详细讨论如何在网页中播放 Flash (.swf) 文件、播放参数说明、打开新窗口播放、无法播放的排困解难等内容。

> **Note** ⚠ 绝大部分的 Flash 文件都是生成 .swf 格式的文件来播放，很少用 .flv 或 .fla 来播放的，所以此处我们也以 .swf 文件来说明。

> **Note** ⚠ 虽然这里有 Flash 动画、影片或游戏之分，这是从 Flash 文件播放时所表现出来的意义来归类，对于 Flash 文件本身而言并没有明显的区别，基本上都是看成相同的 .swf 文件。

✎ 设计前的准备工作

首先要准备好要播放的 Flash 文件，这些工作与准备要播放其他格式的影片是一样的，所以请详见 **161 页** ✎**设计前的准备工作**，这里就不再赘述。

> **Note** ⚠ 若要播放的 Flash 文件(不论是影片、动画或游戏)是在其他网站中，就必须获取该文件的完整地址，若不知如何做可见 **Q80** 中的说明。

当准备工作完成后就可以开始设计在网页中播放。下面分别提出三个范例来进行说明。

✎ 范例❶ 一般播放

一般而言在网页中播放 Flash 文件，通常是使用 **\<object\>** 标签来实现，代码说明如下。

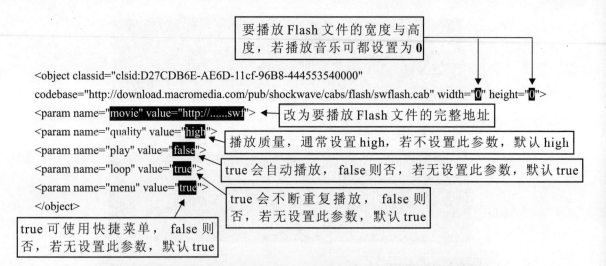

要播放 Flash 文件的宽度与高度，若播放音乐可都设置为 **0**

```
<object classid="clsid:D27CDB6E-AE6D-11cf-96B8-444553540000"
codebase="http://download.macromedia.com/pub/shockwave/cabs/flash/swflash.cab" width="0" height="0">
<param name="movie" value="http://......swf">
<param name="quality" value="high">
<param name="play" value="false">
<param name="loop" value="true">
<param name="menu" value="true">
</object>
```

改为要播放 Flash 文件的完整地址

播放质量，通常设置 high，若不设置此参数，默认 high

true 会自动播放，false 则否，若无设置此参数，默认 true

true 会不断重复播放，false 则否，若无设置此参数，默认 true

true 可使用快捷菜单，false 则否，若无设置此参数，默认 true

Note ⚠ 当然也可以使用 <embed> 标签来播放，不过 <object> 标签所支持的参数比较多，而且每个参数一行也易看易懂，因此建议使用 <object> 标签。

现在就可以将本书所附光盘中的 **\Part2\Flash_代码.txt** 使用**记事本**打开，然后依照前述的说明与需求来修改，修改完成后就全部选定，按下 **Ctrl+C** 复制到**剪贴板**，然后加入网页中，操作如下 (此处以 Dreamweaver 为例来说明)。

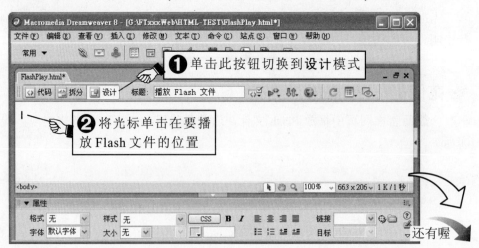

❶ 单击此按钮切换到**设计模式**

❷ 将光标单击在要播放 Flash 文件的位置

还有喔

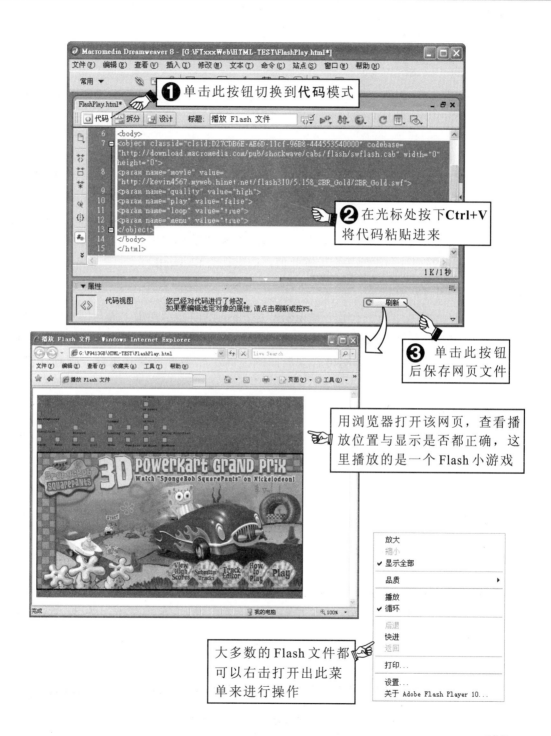

❶ 单击此按钮切换到**代码模式**

❷ 在光标处按下**Ctrl+V**
将代码粘贴进来

❸ 单击此按钮
后保存网页文件

用浏览器打开该网页，查看播放位置与显示是否都正确，这里播放的是一个 Flash 小游戏

大多数的 Flash 文件都可以右击打开出此菜单来进行操作

更多参数说明

在 <object> 中可以设置好几个参数，除了前述范例中的几个参数外，下面再提出几个较常用的来说明。

● **scale**：当 width 与 height 设置为百分比时此值才有效。它有三个值，**Showall** 是在指定区域内显示所有 Flash 画面并维持原来长宽比；**Noborder** 是以原来 Flash 长宽比尽可能填满指定区域，但太长或太宽的边会被切掉；**exactfit** 是不管原来的长宽比而将 Flash 画面塞满指定区域，如此画面比例将会失真。如果 width 与 height 设置为百分比但却没设置此值，则**默认为 Showall**。

● **wmode**：它主要有三个值，**Window** 是 Flash 画面显示在最上面与网页中其他控件没有互动；**Opaque** 是在 Flash 画面后面的所有控件都无法看到；**Transparent** 是 Flash 画面背景为透明可看到后面的控件。如果没设置此属性，则**默认值为 Window**。

● **bgcolor**：设置 Flash 画面的背景色，#RRGGBB (为十六进制 RGB 值)，若设置了此值则会替换原来 Flash 画面原有的背景色，但对网页背景色则无影响。

● **align**：设置 Flash 画面的对齐方式，值可为 **Default**、**L**、**R**、**T**、**B**，即对齐方式为 左、右、上、下。

● **salign**：这是配合 scale 参数配置的调整对齐，值可为 **Default**、**L**、**R**、**T**、**B**、**TL**、**TR**、**BL**、**BR**，即对齐方式为左、右、上、下、左上、右上、左下或右下。

所有参数使用的方式都如下所示，将下列代码加入 </object> 标签之前就行了。

```
<param name="参数名称" value="值">
```

有关更详细的讨论与其他参数说明，可进入下面网站中下载与安装帮助文件，然后单击 **使用 Flash** → **发布** → **编辑 Flash HTML 设置** → **参数和属性** 命令来查看。

Http://livedocs.adobe.com/flash/8/

✎ 范例 ❷ 下拉列表框播放

若有多个 Flash 文件要播放，就要让浏览者选择要播放哪一个，而最不占网页版面的设计就是利用下拉列表框 (ComboBox) 来选定。而考虑到不同 Flash 画面长宽比例不尽相同，所以打开一个新窗口来播放是比较简单又省事的做法，请依照下面的步骤来进行。

步骤 ❶ 设置文件名与地址

首先将本书所附光盘中的 **\Part2\flash-list.txt** 复制到硬盘中，解除只读属性后用**记事本**打开，再依照下面的说明来进行设置，最前面是设置 Flash 文件所在的完整地址。

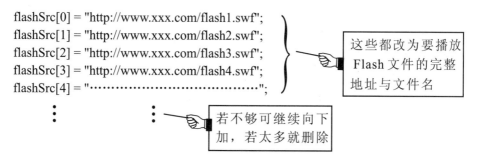

```
flashSrc[0] = "http://www.xxx.com/flash1.swf";
flashSrc[1] = "http://www.xxx.com/flash2.swf";
flashSrc[2] = "http://www.xxx.com/flash3.swf";
flashSrc[3] = "http://www.xxx.com/flash4.swf";
flashSrc[4] = "··························";
```

这些都改为要播放 Flash 文件的完整地址与文件名

若不够可继续向下加，若太多就删除

再来到最下面输入要播放文件的名称 (这些就是显示在下拉列表框中的名称)，如下所示。

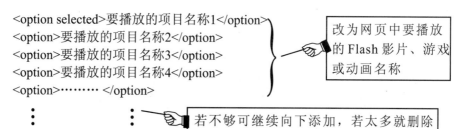

```
<option selected>要播放的项目名称1</option>
<option>要播放的项目名称2</option>
<option>要播放的项目名称3</option>
<option>要播放的项目名称4</option>
<option>········</option>
```

改为网页中要播放的 Flash 影片、游戏或动画名称

若不够可继续向下添加，若太多就删除

都修改完成后按下 **Ctrl+S** 保存，然后进行下一步骤。

步骤❷ 加入网页中

现在就可以将这些代码加入网页中。首先将 <script> 与 </script> 之间的所有代码 (包含 <script> 与 </script>) 复制后粘贴到网页前面的 </head> 标签之前 (如果 Dreamweaver 是在代码模式中操作)。然后粘贴下拉列表框代码，先将 **<form>** 和 **</form>** 之间的代码选定后 (包含 <form> 与 </form>) 按下 **Ctrl+C** 复制到**剪贴板**，然后在 Dreamweaver 中进行如下操作。

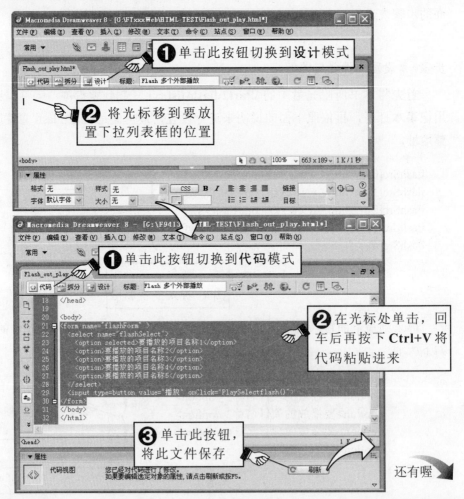

❶ 用浏览器打开来测试看看

❷ 这里单击要播放的项目

❸ 单击此按钮

就会在新窗口中播放该 Flash 文件 (此例中播放的是小游戏)

✎ 范例❸ 播放 Flash 时钟

Flash 除了可制作影片、动画和游戏外，还可以设计成动态的时钟，如此就可以放在网页上显示。如果没有 (或不会设计) 这样的 Flash 时钟，该怎么办呢? 没问题，已经有人设计好许多可爱的小猫、小狗 Flash 时钟，可在网页中直接使用。可以到小弟的网站下载 FlashClock.zip (http://www.faqdiy.cn/)，解压缩后可使用浏览器或 Flash 播放器来选择要使用哪一个 Flash 时钟，然后依照下面说明来进行。

● 将要使用的 Flash 时钟文件上传到自己的网络空间，或于显示此 Flash 文件的那个网页所在的网络空间中，**并记下此 Flash 文件的完整地址**。

● 用**记事本**打开本书所附光盘中的 **\Part2\Flash代码.txt**，将 Flash 时钟文件的完整
地址加入并设置相关参数，如下所示。

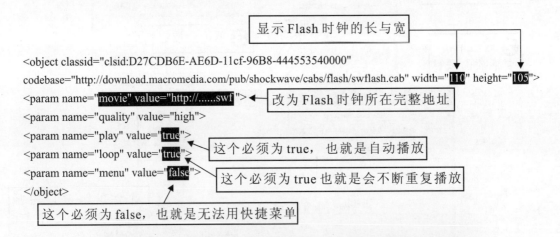

显示 Flash 时钟的长与宽

```
<object classid="clsid:D27CDB6E-AE6D-11cf-96B8-444553540000"
codebase="http://download.macromedia.com/pub/shockwave/cabs/flash/swflash.cab" width="110" height="105">
<param name="movie" value="http://......swf">
<param name="quality" value="high">
<param name="play" value="true">
<param name="loop" value="true">
<param name="menu" value="false">
</object>
```

改为 Flash 时钟所在完整地址

这个必须为 true，也就是自动播放

这个必须为 true 也就是会不断重复播放

这个必须为 false，也就是无法用快捷菜单

Note
由于这个 Flash 时钟必须不断播放才可正确显示当前时间，因此 play 参数配置为 true (也就是一开始就自动播放)，而 menu 参数则设置为 false (也就是让浏览者无法用快捷菜单来停止播放)。

● 修改完成后将这些代码复制到**剪贴板**，然后将它加入要显示这个 Flash 时钟的网
页文件中就完成了，详细操作可参见 **191** 页 ✐**范例❶一般播放**，这里就不
再赘述。

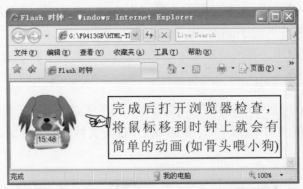

完成后打开浏览器检查，将鼠标移到时钟上就会有简单的动画 (如骨头喂小狗)

✎ 无法播放的排困解难

若浏览者无法正确播放 Flash 影片、动画、游戏或音乐，则很可能是下列原因造成的。

- 浏览者计算机中没有安装 Flash 插件或其他可播放 Flash 文件的软件 (如Flash Player、暴风影音等)。

- 浏览者计算机中所安装的 Flash 插件或可播放 Flash 文件软件的版本太旧。

- 浏览者计算机中默认播放的 Flash 插件或软件不适合，例如暴风影音可播放 Flash 影片或动画，但播放某些游戏时可能有问题，甚至无法显示。

通常安装 Adobe Flash 插件或播放器不会出现这样的问题。

- Flash 影片、动画、游戏或音乐本身有问题，这就要由网页设计者 (也就是读者啦) 来解决，如果播放他人设计或其他网站中的 Flash 文件，那就只好换其他 Flash文件来播放了。

另外，还有些一般性的原因可参见 **173 页**✎**无法播放的排困解难**，此处就不再赘述。

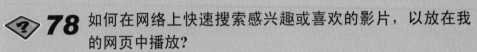

78 如何在网络上快速搜索感兴趣或喜欢的影片，以放在我的网页中播放？

79 在某个网站 (如Google Video、YouTube) 上看到某个影片，希望将其放到我的网页中播放，该怎么做？

80 如何获取某个网站上某个影片的真正地址？

相关问题请见 **Q63、Q82**

> 本技巧适用于：搜索与获取其他网站影片的完整地址，如此就可以将其放在自己的网页中播放，不必自己准备影片与网络空间来存放，可谓一举两得。

在前面的问题中讨论过如何在网页中播放各种格式的影片 (如.wmv、.swf、.rmvb、.Flash等)，其中必须包含欲播放视频文件所在的完整地址，但如果视频文件位于其他网站中，对某些视频要获取完整的地址就要费点功夫，在本问题中将与你详细讨论此问题。

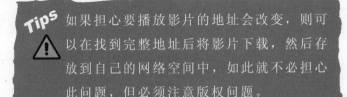

Tips 如果担心要播放影片的地址会改变，则可以在找到完整地址后将影片下载，然后存放到自己的网络空间中，如此就不必担心此问题，但必须注意版权问题。

✎ 获取影片地址

一般而言要获取某个网站视频文件的完整位置并不是很困难，先将播放的影片暂停，然后在影片上右击，查看属性应该可以找出该视频文件的地址，如下操作。

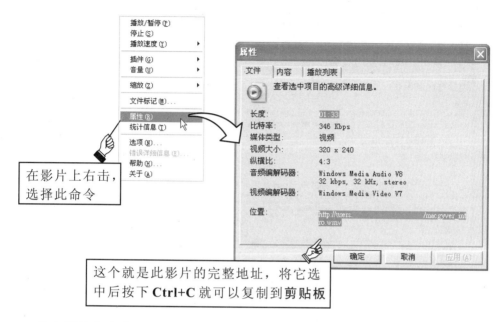

在影片上右击，
选择此命令

这个就是此影片的完整地址，将它选
中后按下 **Ctrl+C** 就可以复制到**剪贴板**

若在影片上右击后出现如下图所示的菜单，则该影片是 Flash 文件，要找出它的地址则略麻烦些，需检查此网页的源码，操作如下。

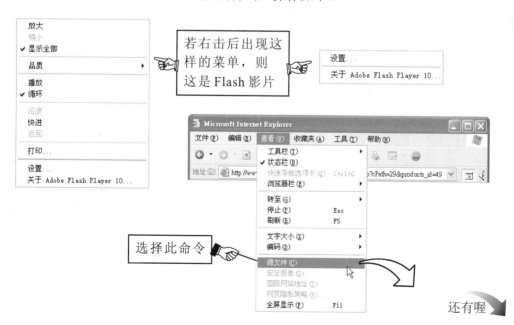

若右击后出现这
样的菜单，则
这是 Flash 影片

选择此命令

还有喔

❶ 打开**记事本**显示此网页的 HTML 代码

❷ 搜索扩展名为 .swf、.wmv、.rm、.rmvb 的文件，找到后将 **src="…"** 双引号中的内容全部复制到**剪贴板**，这就是此 Flash 影片的完整地址

✎ 搜索影片与获取地址

如果要在 Internet 中搜索适合的影片来放在网页中播放，则小弟再向你推荐两个知名度高而且包含许多影片的网站 (Google Video 与 YouTube)。下面分别说明。

Google Video

既然这是大名鼎鼎谷歌的网站 (http://video.google.com/)，当然所包含的各类影片就非常多，当前格式都是 Flash 动画影片，可利用该网站中的搜索功能找到想要的影片，然后再依照下面的操作来获取该影片的完整地址。

❶ 先进入想要播放那个影片所在的网页

❷ 单击这里就会全部选定此代码，然后按下 **Ctrl+C** 复制到**剪贴板**

❶打开**记事本**，按下 **Ctrl+V** 将前面复制的代码粘贴进来

其中有些参数可以自行更改，例如 width 与 height 可依此影片在网页中的设计来调整播放窗口大小

❷ 将 **\<embed>** 和 **\</embed>** 之间的代码全部选定后按下 **Ctrl+C** 复制到**剪贴板**，这段代码就可以粘贴进网页中，播放此影片

　　上述获取影片地址的操作在本书写作时是没问题的，但如果 Google Video 网站的设计改变的话，就并不表示可以一直使用此操作来获取完整的影片地址，这点请特别注意。

YouTube

这是个颇为知名的影片数据库网站 (http://www.youtube.com/)，在被谷歌收购后知名度就更大了，所包含影片种类非常多，当前格式都是 Flash 动画影片，可利用该网站中的搜索功能找到想要的影片，然后再依照下面的操作来获取该影片的完整地址。

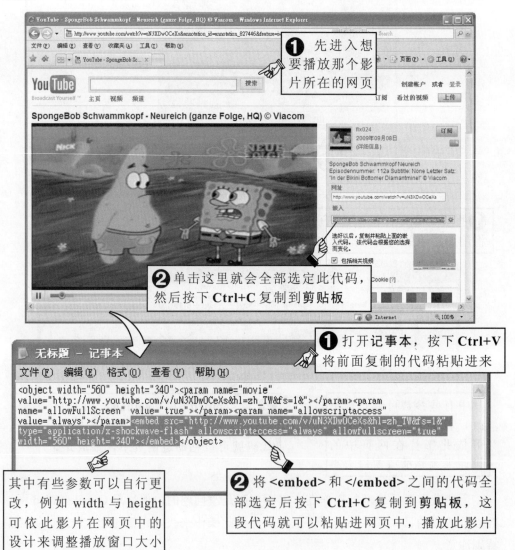

最后将这个完整地址选定后按下 **Ctrl+C** 复制到**剪贴板**就可使用了。同样，上述获取影片地址的操作在本书写作时是没问题的，不过若该网站改变设计则有可能此方法就不可用，因此并不表示可以永远使用此操作来获取完整的影片地址。

特别注意

播放其他网站提供的影片虽然省事不少，但也有下列两个问题需特别注意。

● 该影片并不保证会一直在该网站中，若该网站已不提供该影片当然就无法播放。

● 该网站并非一成不变，因此该影片的地址有可能因为该网站更改设计 (或其他原因) 而改变，如此你的网页就无法播放该影片了，所以要不定时检查该影片是否可以正常播放，若不行则重新找出该影片的新地址。

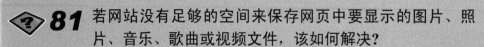

81 若网站没有足够的空间来保存网页中要显示的图片、照片、音乐、歌曲或视频文件，该如何解决？

82 如何快速搜索可让我保存图片、照片、音乐、歌曲或视频文件的网络空间？

83 许多提供保存图片、照片、音乐、歌曲或视频文件的网站都有各种限制，要如何找出限制最少、最适合我使用的网站？

相关问题请见 **Q63**、**Q80**

本技巧适用于：快速搜索可使用的免费网络空间来存放各种多媒体文件或图片，解决网站网络空间或带宽不够的问题。

除非网站文件是放在自己架设的 Web 服务器中，否则大多数的网页设计者很可能都会遇到网页空间不够的问题，特别是要保存大量图片、照片、音乐、歌曲或视频文件，更容易出现此问题。因此，在本问题中小弟将介绍如何快速找到适合自己使用的网络空间来解决此问题。

✎ 理想空间的条件

在搜索适合使用的网络空间之前，当然要先列出所期望的最佳条件，下面应该是所有网页设计者公认的最佳网络空间。

● 免费当然是最重要的，若是需要费用则完全不考虑。

● 至少要有 50MB，当然是愈多愈好，这样就不必担心空间不够的问题。

● 对任何保存在此网络空间的文件必须提供一个指向该文件的唯一且完整的地址，如此才能通过这个地址来指向与使用该文件。

● 可使用 FTP 方式上传文件，如此又快又方便。

● 该网络空间与 Internet 的连接速度不能太慢，否则浏览网页的浏览者会等待许久，甚至失去等待观看的耐心。

● 所有浏览网页的浏览者都必须可以存取该网络空间，这对于位于中国香港、中国澳门和中国台湾的浏览者应该不成问题，但是对于内地的浏览者 (某些省)可能会因为被阻挡而无法连接到该网络空间，而造成保存在此空间的图片、照片、音频文件、视频文件等无法显示或播放。

● 该网络空间会稳定持续地提供服务，不会在短期内关站或变成要收费等状况，虽然这样的情况很难判断，不过一般而言大公司似乎比较不太可能会有这样的情状发生。

事实上这也很难说，小弟曾租用过某网站空间 100MB，由于不贵所以一次付三年租金，结果到期的前一年突然停止对所有用户的服务，实在很气人。

✎ 几个不错的免费空间

虽然不太可能找到完全具备上面这些条件的网络空间，不过在小弟的努力下还是尽力找出了几个差强人意的网络空间以供读者使用 (当然都是免费的，而且都有指向个别文件的地址)，下面分别说明。

至少在本书写作时下列这些免费空间的网站都依照下面所说的在提供服务，但并不表示永远都不会改变，因此若有不符合下列情况出现时请不要责怪小弟说的不对。

● 许多人都知道谷歌有个超大的免费邮箱 (已达 6GB)，不过却不知道另外还有一个100MB 网络空间可使用，只要你已经有谷歌邮箱就可以直接登录这个网站 http://pages.google.com/ (同样使用 E-mail 帐户与密码就可登录)，不过必须使用该网页提供的上传方式，不可用 FTP 上传。另外该站规定，上传的文件最大不可超过 2MB，不过小弟测试后似乎无此问题，8MB 的文件也可以上传，不过该网站有严格的流量限制，超过所限制的流量后就无法读取此空间中的文件，必须等待一段时间后才可解除，所以此空间最好不要保存太大的文件或是许多浏览者都会使用的文件 (特别是各种视频文件)。

● Freewebs 是个不错而且免费的空间网站 (http://www.webs.com/)，小弟使用它也很多年了，也很快，只要注册后就有 48MB 空间可使用，文件大小不限。但需在注册完成一星期后才可上传超过 1MB 的文件，另外每个月有 500MB 的流量限制，这点是不好的 (不过可申请多个帐户来勉强解决此问题)，而免费用户一次只可上传一个文件，也不可用 FTP 上传，还有上传的文件最好不要有版权的，否则被该站发现可能会将该文件删除或关闭你的帐户 (虽然可以再申请一个新帐户，但总是麻烦)。

 我国有些省或地区可能无法连接到 Freewebs，因此如果网页的浏览者许多是在国内的话，可能就不可用 Freewebs 的空间。

● **http://imageshack.us/**，这是一个只能存放图片的网站，文件不可超过 **1.5MB** (对大多数网页使用的图片而言够用)，不需注册就可上传图片并获取多种链接地址

(可用在网页、博客和讨论区) 与缩图, 不过这样无法管理你上传的图片。总之这个网站对于需要大量空间存放图片的用户而言非常有用而且方便, 小弟也建议多加利用。

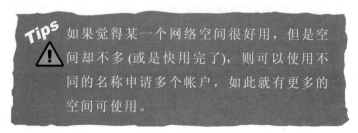

如果觉得某一个网络空间很好用, 但是空间却不多 (或是快用完了), 则可以使用不同的名称申请多个帐户, 如此就有更多的空间可使用。

✎ 讨论与研究

⦿ 对于某些地区的浏览者 (通常是我国内地) 可能会有无法连接某些网络空间的问题, 建议可以搜索浏览者所在国家的免费空间来使用, 例如在谷歌、百度、搜狐等中 输入**免费空间** (或付费空间) 就可以找到许多, 然后从中找出最适合你的来使用, 详细的操作各网站都不同, 这里就不说明。

⦿ 大多数的免费空间都不大, 若加上流量限制, 则网页中要播放的影片就很不适合保存在这类的网络空间中, 视频文件愈来愈不适合 (因为需要更大的空间保存与使用更多的流量)。此时可以考虑利用某些多媒体博客网站所提供的影片播放功能来解决此问题, 详见 **Q84** 中的说明。

⦿ 有些黑客也会搜索适合的网络空间来作为组合式木马上传被黑者信息或文件, 黑客下达指示给木马使用。不过许多提供保存图片或多媒体文件的网络空间无法作为这样的用途, 黑客必须寻找可支持 HTTP下载与 FTP 上传而且可保存任何格式文件的网络空间才行。有关组合式木马的设计、研究与相关防护请详见小弟的《**黑客任务之华山论木马**》。

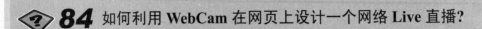
84 如何利用 WebCam 在网页上设计一个网络 Live 直播?

85 如何简单、快速,又省时、省力、省钱地在网页中加入一个 Live 直播?

86 如何利用多媒体博客在网页中加入 Live 直播?

相关问题请见 **Q64、Q70、Q74**

本技巧适用于:利用多媒体博客在网页中提供网上 Live 直播,不仅可快速累积浏览人数,也有助于提高网站知名度与浏览者的向心力。

　　网络世界中的各方面发展可说是进步神速,日新月异,其中也包含了博客。传统的博客以图文并茂的日志为主,不过这几年开始出现以图片、音乐、影片、Live 直播为主的多媒体博客,这与网页设计有何关系呢? 当然有啊。任何博客内容最终都是以网页的方式表现出来,多媒体博客当然也不例外。因此就可以将其中的内容显示在我们的网页中,其中最主要的就是影片播放与 Live 直播,在本问题中就详细与你讨论该方面的内容。

✎ 设计前的了解

　　设计前先了解一下,在网页中播放影片或 Live 直播中,多媒体博客可以扮演什么样的角色,我们如何利用它。

播放影片

　　将网页中欲播放的影片保存在多媒体部落中,通常可避免空间不够用 (多媒体部落所提供的空间都比较大)与流量限制问题 (一般而言多媒体博客通常没有限制流量或可允许使用的流量较大)，这两项可算是利用多媒体部落来播放影片的最大优点。

由于许多媒体博客并不提供指向保存在该博客中某个文件的完整地址 (不过本问题中小弟推荐的 Stickam 则提供播放代码)，因此保存在多媒体博客中的影片就必须放在网页中播放，而且会显示该博客提供的控制面板 (甚至还可能会有广告)，当然也无法调用外部播放器来播放。另外，若该博客某些地区被封锁，则位于该地区的浏览者就无法看到播放的影片，这些是使用此方法的缺点。

Live 直播

要在网页上某个区域摆放一个 Live 直播影片，最简单、方便而且能使之较流畅播放的做法就是利用多媒体博客，如下图所示。

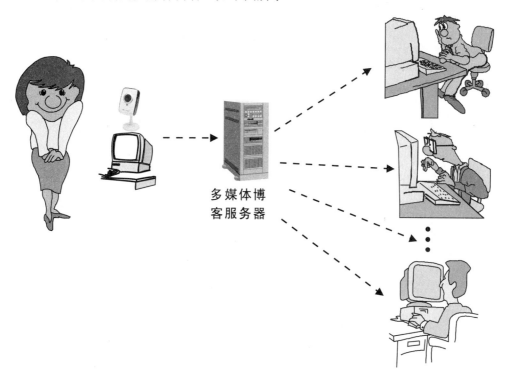

多媒体博客服务器

由上图可以看出若有更多的浏览者观看 Live 直播，就会占用更多的带宽，因此如果你是 WebCam 连接的计算机直接与浏览者的计算机连接观看，则观看 Live 直播的浏览者愈多就愈不流畅，甚至无法观看 (除非 WebCam 连接的计算机与 Internet 之间的上传速度可以明显提高才有改善)。所以先将 Live 直播上传到多媒体博客服务器，再由多媒体博客服务器发送给各浏览者观看，如此肯定会比较流畅，因为多媒体博客服务器与 Internet 连接的速度肯定快许多，而且会随着使用该博客客户的添加而加大带宽 (这是该站的生意，当然要这样做)，所以对大多数网页设计者而言利用此方法在网页上做 Live 直播可算是省钱、省力又省时的做法。

✎ 选择、申请与登录多媒体博客

Stickam 可算是多媒体影音博客的先驱之一，除了比较热门外还提供 WebCam 网络直播，因此这里以它为例来说明这方面的内容。首先要申请一个多媒体影音博客帐户，进入 http://www.stickam.com/viewJoin.do，然后依照下面的操作来进行。

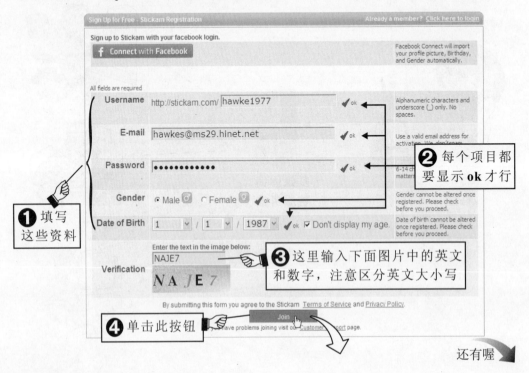

212

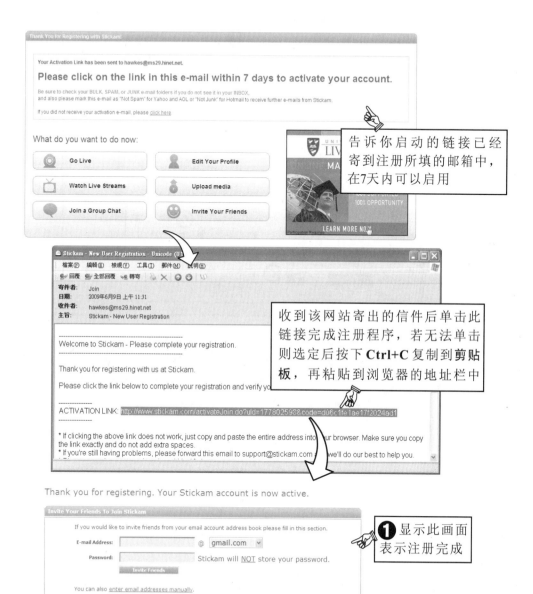

告诉你启动的链接已经寄到注册所填的邮箱中，在7天内可以启用

收到该网站寄出的信件后单击此链接完成注册程序，若无法单击则选定后按下**Ctrl+C**复制到**剪贴板**，再粘贴到浏览器的地址栏中

❶ 显示此画面表示注册完成

❷ 单击此按钮就可进入此帐户设置的网页中

还有喔

前述的操作是本书写作时的申请步骤，但并不表示永远都是如此。如果有任何改变请自行参考网站上的说明操作，也不要怪小弟说的不对，因为该网站何时改变申请程序的操作，小弟也不知道。

Stickam 可以上传各种图片、音乐或歌曲、各种影片与 Live 直播，不过这里是要应用在网页中，所以只讨论后面两项，下面分别说明。

✎ 上传与播放影片

在本书写作时 Stickam 中可以上传 AVI、MOV、WMV、FLV、MPEG这几种格式的影片，显示的尺寸为 320×240、160×120和120×90 三种，而每个视频文件**不可以超过 200MB** (对大多数一小段影片而言肯定是够用了，总不能放个电影吧)，操作如下。

Note 前述的操作是本书写作时的上传与播放影片方式，但并不表示永远都是如此，如果有任何改变请自行参考网站上的说明进行操作。

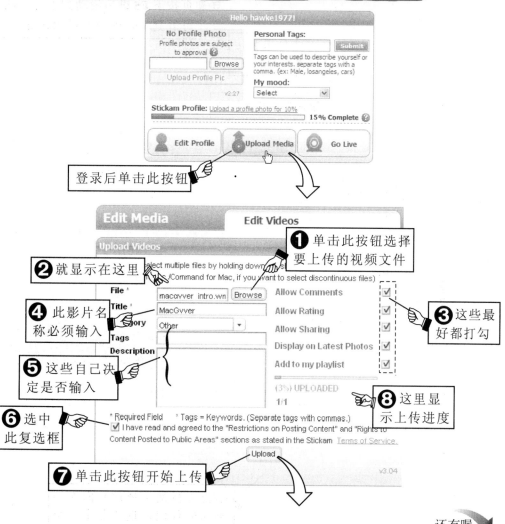

登录后单击此按钮

❶ 单击此按钮选择要上传的视频文件

❷ 就显示在这里

❸ 这些最好都打勾

❹ 此影片名称必须输入

❺ 这些自己决定是否输入

❻ 选中此复选框

❼ 单击此按钮开始上传

❽ 这里显示上传进度

还有喔

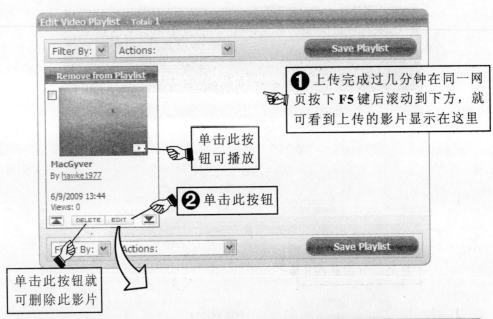

❶ 上传完成过几分钟在同一网页按下 **F5** 键后滚动到下方，就可看到上传的影片显示在这里

单击此按钮可播放

❷ 单击此按钮

单击此按钮就可删除此影片

这里提供两个播放画面大小不同的代码，选择其中一个后按下 **Ctrl+C** 复制到**剪贴板**

由于 Stickam 给每个帐户的空间为 500MB，因此不论上传多少图片、音乐或视频文件，全部加起来不可以超过 500MB，否则就无法再上传任何文件，这点请特别注意。

现在就可以将这段代码粘贴要播放此影片的网页中，通常除了 width 与 height 要配合网页设计修改外，其他都不必更改。在播放时若将鼠标移到画面中就会显示暂停、停止、全屏播放、静音、播放进度这些项目，如下图所示。

将鼠标移到画面中就会显示各控制按钮与播放进度

其实这样的播放方式与 Google Video 或 Youtube 是一样的，都是将视频文件上传到该网站后，再以 Flash <embed> 标签的方式来播放。

✎ Live 直播设计

由于 Stickam 可以将 WebCam 图像放到多媒体播放器中播放，所以利用此功能，就可以在网页中进行自己的网络 Live 直播。请依照下面的步骤来进行。

步骤 ❶ 检查与确定 WebCam

首先将 WebCam 连接到计算机并打开电源 (如果需要的话)，然后检查它是否可以正常使用，如果认为百分之百没问题就可以跳到下一步骤继续。这里可以使用

Windows Live Messenger (即 MSN) 来检查它是否可使用 (当然也可以使用其他可以使用 WebCam 的工具或软件来检查)，操作如下。

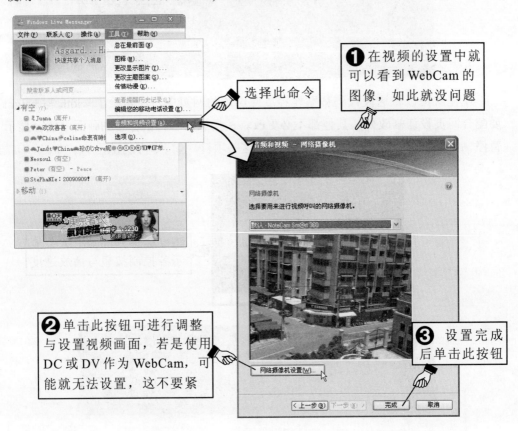

如果无法看到 WebCam 图像，则请检查连接线、驱动程序是否都没问题，一定要能正常使用才可进行下一步骤。

步骤 ② 其他程序禁用 WebCam

为了避免出现可能的干扰或影响，最好将会使用到 WebCam 的软件全部都关闭，特别是各种实时通讯软件 (例如Windows Live Messenger、雅虎通、Skype、QQ、ICQ等)。

步骤❸ 登录 Stickam 与启用 WebCam

现在就可以打开浏览器，登录 Stickam 中并启用网络直播 **(Go Live)** 功能，操作如下。

> **Note** 下面的操作是本书写作时的设置与使用Live直播操作，但并不表示永远都是如此，如果有任何改变请自行参考网站上的说明进行操作。

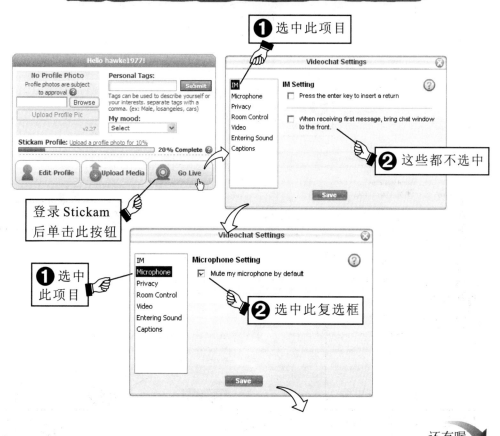

还有喔

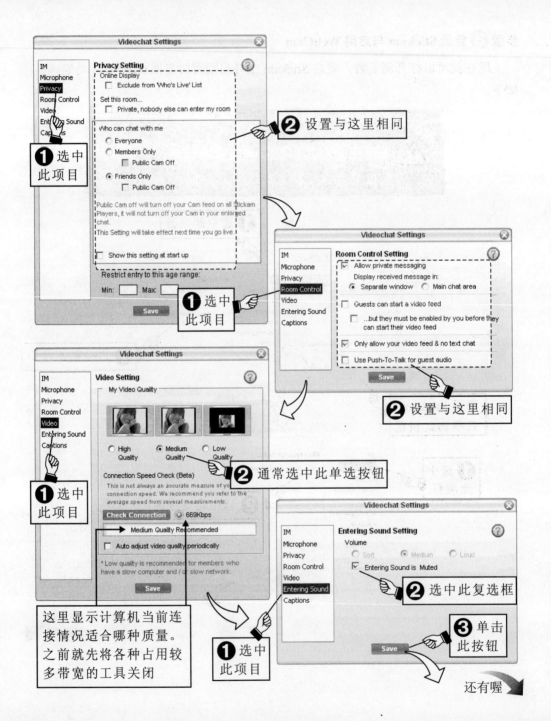

❷ 设置与这里相同

❶ 选中此项目

❶ 选中此项目

❷ 设置与这里相同

❷ 通常选中此单选按钮

❶ 选中此项目

这里显示计算机当前连接情况适合哪种质量。之前就先将各种占用较多带宽的工具关闭

❶ 选中此项目

❷ 选中此复选框

❸ 单击此按钮

还有喔

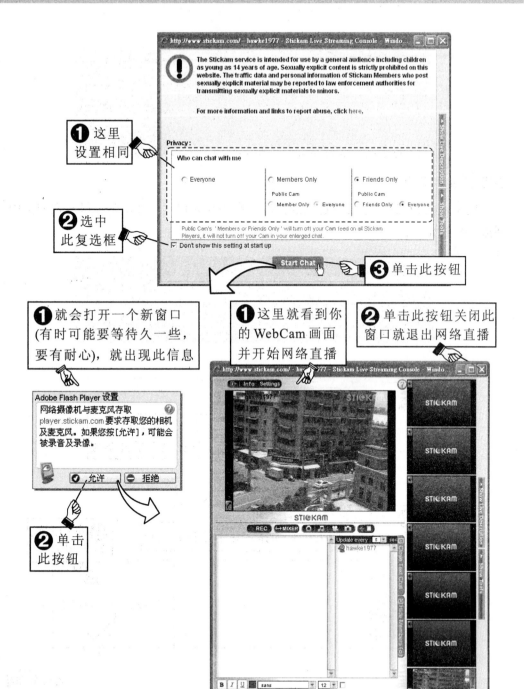

❶ 这里
设置相同

❷ 选中
此复选框

❸ 单击此按钮

❶ 就会打开一个新窗口
(有时可能要等待久一些,
要有耐心), 就出现此信息

❶ 这里就看到你
的 WebCam 画面
并开始网络直播

❷ 单击此按钮关闭此
窗口就退出网络直播

Adobe Flash Player 设置
网络摄像机与麦克风存取
player.stickam.com 要求存取您的相机
及麦克风。如果您按[允许],可能会
被录音及录像。

允许   拒绝

❷ 单击
此按钮

如果没有打开新窗口显示 WebCam 画面，则很可能是安装并启用阻挡弹出窗口 (Popup Window) 的工具造成的，因此必须暂时将它关闭，如此就能正常显示出来。

步骤④ 加入网页中

现在要在 Stickam 中设置适当的播放大小与获取代码，如此就可以放在网页中播放，操作如下。

下面的操作是本书写作时的设置操作与播放代码，但并不表示永远都是如此，如果有任何改变请自行参考网站中的说明操作。

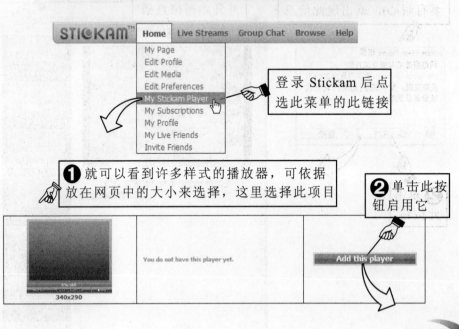

登录 Stickam 后点选此菜单的此链接

❶ 就可以看到许多样式的播放器，可依据放在网页中的大小来选择，这里选择此项目

❷ 单击此按钮启用它

还有喔

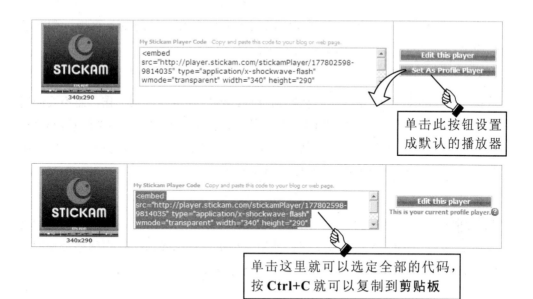

单击此按钮设置
成默认的播放器

单击这里就可以选定全部的代码，
按 **Ctrl+C** 就可以复制到**剪贴板**

　　现在就可以将这段代码粘贴到要进行 Live 直播的网页中，通常除了 **width** 与 **height** 配合网页设计修改外，其他都不必更改，而在进行 Live 播放时也会显示相关控件项目与信息，如下图所示。

在网页中就可以看到
这样的 Live 直播窗口

讨论与研究

● Stickam 网站可能考虑带宽问题，所以打开一个新的浏览窗口想看看自己网页上的 Live 直播，却无法看到。所以如果很想看看自己的Live 直播，那就要使用另一台计算机上网来浏览网页才行了。

● 连接 WebCam 进行网络 Live 直播的计算机，最好只进行这项工作，而不要同时进行其他工作，以免占用大量 CPU 时间的工作；也不要同时上传文件 (特别是很大的文件)、语音或 WebCam 与他人交谈、使用网络电话等，以免占用许多网络带宽，使浏览者很难流畅地观看网络 Live 直播。

● 观看网络 Live 直播的浏览者计算机，最好不要同时下载文件 (特别是很大的文件)、语音或 WebCam 与他人交谈、使用网络电话等以免占用许多网络带宽的操作，很可能会使观看不流畅，甚至停滞而无法观看。

● 由于任何可以浏览网页的人都可以欣赏到网络 Live 直播，因此必须注意自己的隐私，若网络 Live 直播只希望给某个人或某些人观看，那就不要在网页上播放，改用支持 WebCam 功能的实时通讯软件 (例如Windows Live Messenger) 比较好。

● Live 直播除了带宽问题外，画面质量也是相当重要的因素，基本上 WebCam 的画面质量都不怎么好，其中镜头差是主因之一，而这又与价格有直接的关系，所以若改用 DC 或 DV 来作为 WebCam 则肯定可以明显提高画面质量。另外，光线也是原因之一，若是在室内则光线要愈强愈好，若在室外而且有太阳则是最佳的，但切记不要背光 (不论室内室外都一样)，若必须背光则可以打开背光 (Back-Light) 功能来降低影响。通常 WebCam 并没有降低背光影响的功能，某些 DC 与 DV 才有。

✎ 无法播放(或播放困难)的排困解难

网络 Live 直播最大的问题就是播放相当缓慢，甚至停滞或不动，而这都与网络带宽有关，前面都已讨论过了，其他无法播放的原因与 Flash 影片无法播放是一样的，所以请参见 **199 页**✎**无法播放的排困解难**，这里就不再赘述。

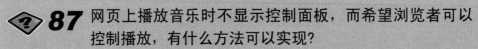

87 网页上播放音乐时不显示控制面板，而希望浏览者可以控制播放，有什么方法可以实现？

88 如何设计当鼠标移到某个项目(文字或图片)上就会自动播放音乐或歌曲，而移出该项目就自动停止？

本问题没有相关问题

本技巧适用于：利用鼠标的移动来控制网页上音乐或歌曲的播放与停止，让浏览者觉得简单、方便。

在本章前面多个问题中详细讨论了在网页中播放音乐或歌曲的多种方法，其中若不显示控制面板，那浏览者要如何停止或播放呢？这里做一个简单设计，就是当鼠标移到某个元素(文字或图片)上时就自动播放歌曲或音乐，移开该元素就停止播放，如此就不必显示控制面板而达到最基本的播放与停止的操作。请依照下面的步骤来进行。

> *Note* 这里以 Windows Media Player 所支持播放的歌曲或音乐来说明，如.mp3、.wav、.mid、.wma这些格式的文件。

✎ 步骤 ❶ 选择代表元素

播放音乐或歌曲时不显示控制面板，那么总要显示一个文字(可用 <span> 标签)或图片(可用 <img> 标签)，用来实现将鼠标移到上面就播放，移开就停止，基本上使用 <span> 与 <img> 标签都可以实现。不过当鼠标移到单纯的文字或图片上时虽然会自动开始播放，但鼠标的形状并不会改变，这会使浏览者感觉有些怪怪的，因此小弟建议将文字或图片设计成**链接** (Link) 比较好，如此对浏览者而言当鼠标变

成 🖑 时就会自动播放，若变成 🖑 就停止播放，这样对操作的感觉会比较好。另外，虽然设置成链接但单击后并不会显示其他网页，所以链接的地址设置为 #，如此就算浏览者单击它也没关系。

📝 步骤❷ 修改与复制代码

此处设计成文字链接，所以使用 <a> 标签，先将本书所附光盘中的 **\Part2\ClickControl_代码.txt** 复制到硬盘中，然后解除只读属性后用**记事本**打开，依照下面的说明来修改。

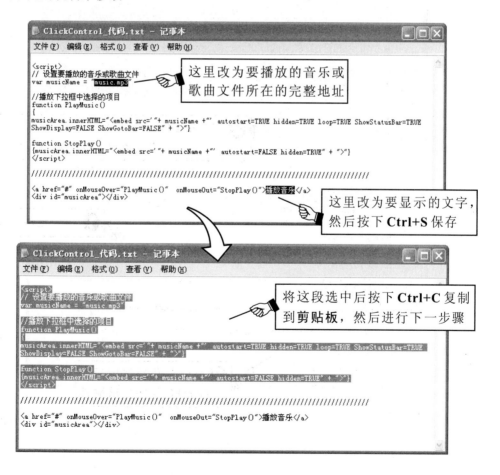

✎ 步骤❸ 加入网页中与测试

现在就可以将前述代码加入网页中，使用网页设计工具打开网页，然后依照下面的操作来进行(此处以 Dreamweaver 为例来说明)。

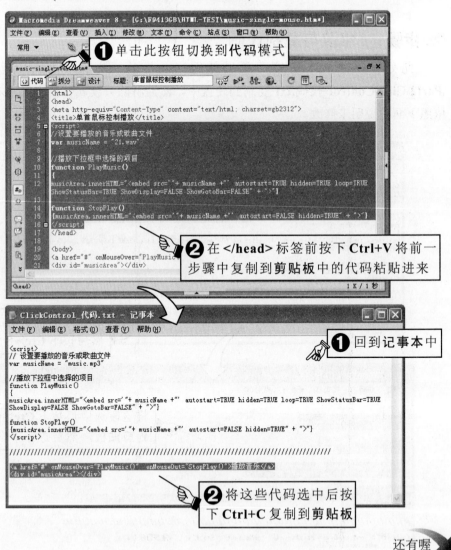

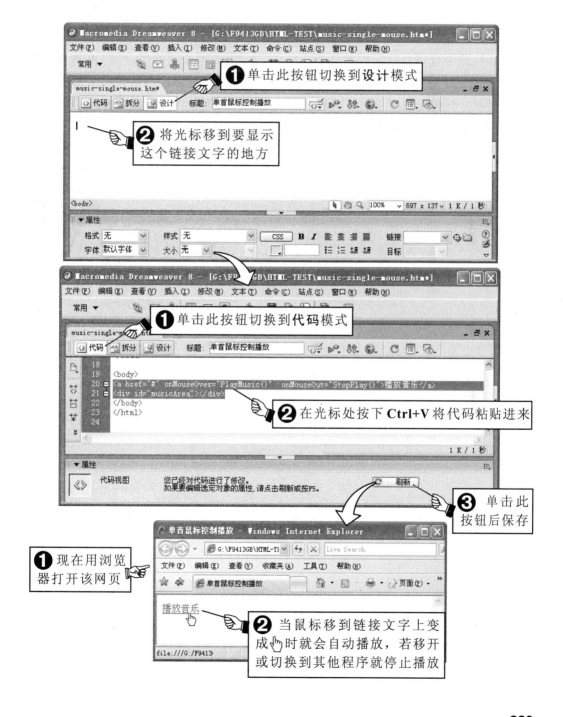

❶ 单击此按钮切换到**设计**模式

❷ 将光标移到要显示这个链接文字的地方

❶ 单击此按钮切换到**代码**模式

```
18
19    <body>
20    <a href="#" onMouseOver="PlayMusic()" onMouseOut="StopPlay()">播放音乐</a>
21    <div id="musicArea"></div>
22    </body>
23    </html>
24
```

❷ 在光标处按下 **Ctrl+V** 将代码粘贴进来

❸ 单击此按钮后保存

❶ 现在用浏览器打开该网页

❷ 当鼠标移到链接文字上变成 时就会自动播放，若移开或切换到其他程序就停止播放

✎ 讨论与研究

本问题中说明如何播放单首歌曲或音乐，但如果要播放多首呢？其实在 **135** 页 多首范例：选择列表中的项目播放 中已经有这样的设计了，请参考那里的说明。另外，有关无法播放的排困解难则与显示控制面板的播放是一样的，请详见 **141** 页 ✎ 无法播放的排困解难。

PART 3

资料检查验证技巧、条件限制与综合应用

Technique of Verify and Check for Input Data in Form

全民搞网页——博客|个人站|网店|论坛
必知必会120问

程秉辉
排困解难 *DIY* 系列

许多网页中都需要让浏览者单击项目或输入各种形式的资料，不过面对浏览者可能输入的各种情况，如何设计最佳的选择或输入方式，以降低后续处理时的检查、判断与负担，甚至避免创建错误是许多网页设计者所努力的目标，所以在本章中将详细讨论与研究下列主题。

- 对各种浏览者输入资料栏位设计限制条件与实时检查，以降低或免除后续的验证或错误处理。

- 针对输入固定格式的资料设计实时检查验证的方法，如此浏览者就无法或很难输入错误的资料。

- 确定适合设计成选择而不是输入的资料，来避免验证检查与浏览者输入错误的问题。

- 互动式下拉列表框、列表与相关文字说明、图片的互动式设计操作与详细说明。
  ……

89 当网页中需要浏览者选择或输入资料时，要如何设计才能降低检查资料正确性的工作？

90 在设计让浏览者输入资料的表单 (Form) 时，设计者经常为了检查输入资料的正确与否而烦恼，有什么方法可以不必检查？或是有哪些更简单、方便的设计？

91 如何添加某些条件，以限制浏览者输入的资料 (例如，只可输入数字、只可输入 7 个字符等)，如此就不必在输入资料后进行更多的判断与检查？

92 如何对输入资料时，依照需求设计出各种不同限制 (例如，只可 (或不可) 输入文字、数字或英文，只可 (或不可) 输入中文，只可输入特定的文字、数字或符号等)？

93 如何将输入的资料限制在固定长度或某个范围内？

94 对于输入固定格式的资料 (如身份证号码、产品或物品型号等)，如何实时检查浏览者输入的格式是否正确？

95 如何依照需求来自定义各种资料格式的实时验证过滤器？

96 如何判断浏览者输入的电子邮箱的格式是否正确？

相关问题请见本章中其他问题

本技巧适用于：尽可能使用选择的方式来减少浏览者用键盘输入资料的操作，如此不仅让浏览者更简单方便地输入资料，也降低输入错误的几率与后续的检查工作，这样对网页设计者与浏览者都很有帮助。

在网页设计中浏览者输入资料的检查与验证 (不论是否设计在表单 (Form) 中) 是很重要的一部分，若在设计时考虑周到而且运用一些技巧，则不仅可以使输入资料的检查更加简单、方便，也有助于为后台处理减少许多困扰与麻烦。然而众多网页相关设计书籍中却几乎没有对这方面的设计做较为深入的说明，最多只是蜻蜓点水。因此在本问题中小弟进行完整详细的讨论，希望能彻底帮你解决输入资料检查与验证的各种疑难问题。

> Important ⚠
>
> 网页中资料输入检查验证的设计经常被许多网页设计者所忽略 (或不重视)，或只是做很基本的检查设计，特别是网页设计的初学者。然而这样的结果轻则出现错误，造成内部处理问题，重则可能会被黑客利用而进行跨站攻击，因此必须仔细设计，不可大意。

有关黑客如何利用各种网页设计中的检查漏洞、设计上的问题或代码使用上的漏洞 (如SQL 注入) 等，来进行跨站攻击或入侵，以偷取各种信息。这方面的详细实作说明与有效防护，请详见小弟黑客攻防系列书籍 (http://www.faqdiy.cn/)。

✎ 输入资料的设计与验证流程

降低输入资料验证的困扰与麻烦最重要的原则就是**可以设计成选择的方式输入就不要设计成用键盘输入**，如此可以大大减少许多不必要的资料验证设计，而对于必须由浏览者输入资料的文本框，则可以依照该资料的特性事先做某些限制或规定，这样有助于简化资料输入后的判断与检查，依据这些原则可以总结出当设计一个输入资料的栏位时可以依照下面的流程图来进行。

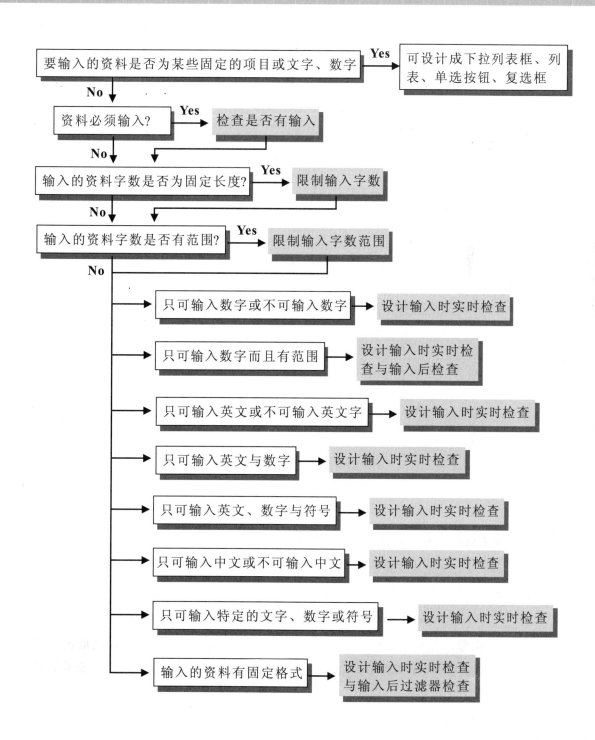

下面就对流程图中各环节进行详细的讨论与研究。

✎ 选择资料代替输入资料

前面说过一个重要的原则：若可以设计成选择的方式输入就不要设计成输入的方式，因为只要输入资料就会需要对该资料进行各种检查与验证，所以如果要输入的资料是固定的某些项目或文字、数字，就可以设计成选择的方式，如此资料就不会有错误，也就不需要检查，如设计成下图所示的方式。

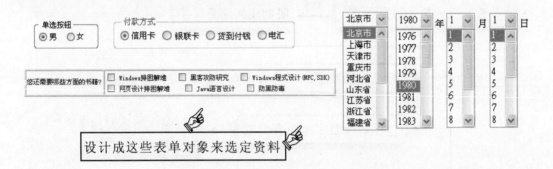

设计成这些表单对象来选定资料

不过在表单 (Form) 中的下拉列表框、列表、单选按钮、复选框都可以用来选择资料，什么情况下用哪种表单对象？而哪些类型的资料适合设计成选择的方式呢？这些问题小弟独立在 **Q98** 中用范例做更详细、更深入的讨论，并提供多种相关代码，让你可以快速、简单、方便地加入网页中。

✎ 资料的验证与检查——实时、集中和后台

对于其他无法设计成以选择方式来输入的资料，就必须让浏览者自行输入，如此就必须对输入的资料进行捡查，通常有三种方法，下面分别说明。

● **实时检查**：就是当在栏位中一输入完资料 (通常是失去焦点时) 就立刻进行检查，若不正确则将光标 (也就是焦点，Input Focus) 重新移回此栏位上，要求重新输入。

● **集中检查**：当浏览者单击提交资料 (或确定) 按钮后，由 onSubmit 调用处理函数来对所有输入的资料进行检查，若发现不正确或错误的资料就显示信息告诉浏览者，并要求重新输入。

● **后台检查**：在网页中完全不检查各栏位资料的正确性，将所有浏览者输入的资料送到后台去检查(通常是由 ASP 或 CGI 程序进行检查)。但是，若输入的资料有问题则较难立刻反馈给浏览者，也会为后台服务器增加负担。

上面三种做法都有网页设计者在使用。不过小弟个人是极力主张使用第一种方法——实时检查，如此不仅当有错误时可立刻反馈给浏览者，强迫浏览者一定要输入正确才可继续，而且保证送出的资料是肯定没有错误的 (但浏览者是男性却故意输入女性，这类错误网页设计者是无法判断的)。

面对各种可能输入资料的错误，可以设计一些限制或条件来减少，甚至避免浏览者输入错误，这样肯定有助于降低后续的验证检查的负担与不必要的困扰与麻烦。下面就针对一些常见的输入情况进行说明，并提供相关的代码供参考。

✎ 资料检查的说明与正确观念

在进行各种常见的资料检查与设置限制或条件之前，需先了解下面几点。

● 各种资料的检查与判断处理，最好的方法当然是使用 JavaScript，不过有些网页制作的书是教读者使用 Dreamweaver 中的**行为**来做，虽然也是可以，但能实现的功能相当有限，而且错误信息都是英文的，竟然还告诉读者若看得懂可进入代码模式修改成中文信息，这实在是转简为繁 (也很烦)。因为 Deramweaver 创建的代码又臭、又长，看起来又费力。若可以看懂的话，不如自己编代码，真是本末倒置。

● 小弟极力主张实时检查输入的资料，而不要最后才检查(如单击 Submit 按钮后)，甚至让后台服务器处理。因此检查程序多设置在 onChange 或 onBlur 的动作中处理，虽然在其他事件(Event)中也能处理，不过 onBlur 可以捕获到没有输入资料的状况，因此这里就统一在 **onBlur 动作中设置检查处理的函数**(若有例外会再说明)。

● 对于输入资料有限制或有条件的实时检查(如只可或不可输入数字、只可或不可输入中文等)，应设置在当按键放开时进行检查(也就是 onKeyUp 事件)。由于在 onChange 与 onBlur 中必须等到该栏位输入完成后(例如，失去焦点或按下回车键)才能调用处理函数来检查，而 **onKeyUp 则是每按下一个键放开后就会进行检查**，如此只要按下一个该栏位不允许的按键(例如，只可输入数字，但浏览者却输入了英文)，就可以立刻删除它。这样不仅可以实现实时检查，而且让浏览者知道哪些可以输入而哪些不行，更重要的是，这样输入的资料就不会有错误，甚至之后也不必再进行检查，可算是最佳的设计方式。

那可以用 onKeyDown 吗? 答案是 No，不行的。因为它是在按键被按下还未放开时就进行检查，但此时按下去的字符尚未显示在栏位中，也就是说 value 属性中并没有包含刚按下的这个字符，所以设置用 onKeyDown 检查是不行的，必须在 OnKeyUp 检查才可以，这样了解了吧? 若还是不懂的话，改用 onKeyDown 试看看就知道了。

✎ 资料必须输入的检查

由浏览者自行输入资料很容易会出现一种情况: 某个栏位的资料没有输入(不论是有意或无意的)，当然对于某些栏位的资料或许可以不必输入，不过在大多数情况下还是应该要输入的(否则设计这个栏位有何用)。所以网页设计者必须检查某个栏位浏览者是否输入了资料(最好是实时检查)，若没有就强迫其输入，之后才可继续(将光标重新指回该栏位)。有关更详细的讨论与操作，小弟独立到 **Q101** 中说明，这里就不再研究。

✎ 输入的字数有限制

有些输入的资料都是有固定长度的，不可多也不可少，例如身份证号码、邮政编码、手机号码等，所以可以对输入这些资料的栏位进行限制，例如手机号码必须输入 11 位数字，因此第 12 位数字就无法输入，若输入不满 11 位数字则要求重新输入。请依照下面步骤来设计。

步骤 ❶ 复制与修改代码

先将本书所附光盘中的 **\Part3\固定输入字符数_代码.txt** 与 **\Part3\fixed_char_num.js** 复制到要设计的网页文件**所在的文件夹中**，将两个文件都解除只读属性后，使用**记事本**打开**固定输入字符数_代码.txt**，依照下面的说明来修改 (此代码是以输入中国大陆手机号码为例)。

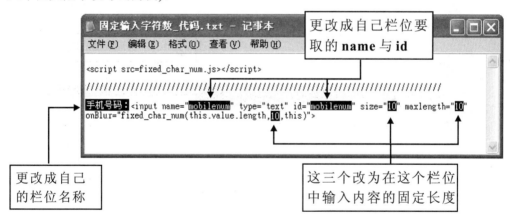

修改完成后按下 **Ctrl+S** 保存，进入下一步骤，**不要关闭记事本**。

步骤 ❷ 加入网页与测试

使用网页设计工具将网页文件打开，然后依照下面的操作来进行 (此处以 Dreamweaver 为例来说明)。

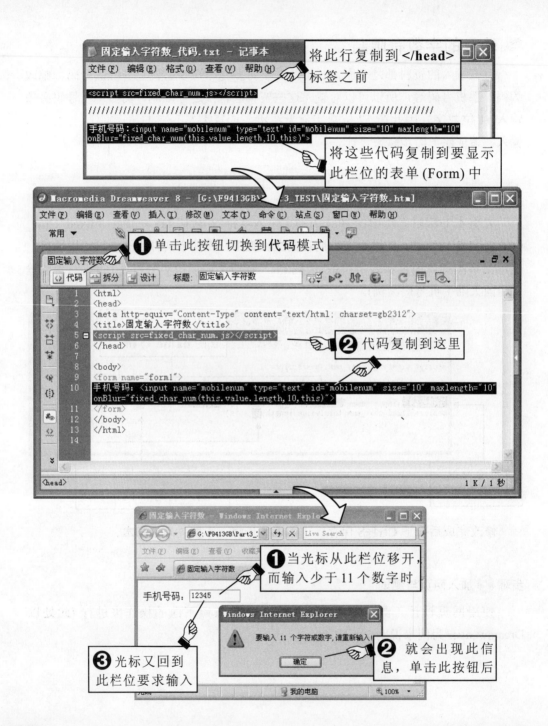

固定输入字符数_代码.txt - 记事本

文件(F) 编辑(E) 格式(O) 查看(V) 帮助(H)

将此行复制到 **</head>**
标签之前

```
<script src=fixed_char_num.js></script>

//////////////////////////////////////////////////////////////

手机号码:<input name="mobilenum" type="text" id="mobilenum" size="10" maxlength="10" onBlur="fixed_char_num(this.value.length,10,this)">
```

将这些代码复制到要显示
此栏位的表单(Form)中

Macromedia Dreamweaver 8 - [G:\F9413GB\...3_TEST\固定输入字符数.htm]

文件(F) 编辑(E) 查看(V) 插入(I) 修改(M) 文本(T) 命令(C) 站点(S) 窗口(W) 帮助(H)

常用 ▼

❶ 单击此按钮切换到**代码模式**

固定输入字符数

代码 拆分 设计   标题: 固定输入字符数

```
1  <html>
2  <head>
3  <meta http-equiv="Content-Type" content="text/html; charset=gb2312">
4  <title>固定输入字符数</title>
5  <script src=fixed_char_num.js></script>
6  </head>
7
8  <body>
9  <form name="form1">
10 手机号码: <input name="mobilenum" type="text" id="mobilenum" size="10" maxlength="10"
   onBlur="fixed_char_num(this.value.length,10,this)">
11 </form>
12 </body>
13 </html>
14
```

❷ 代码复制到这里

<head>   1 K / 1 秒

固定输入字符数 - Windows Internet Explore

G:\F9413GB\Part3_...   Live Search

文件(F) 编辑(E) 查看(V) 收藏夹...

固定输入字符数

❶ 当光标从此栏位移开,
而输入少于 11 个数字时

手机号码: 12345

Windows Internet Explorer

⚠ 要输入 11 个字符或数字,请重新输入!

确定

❸ 光标又回到
此栏位要求输入

❷ 就会出现此信
息,单击此按钮后

我的电脑   100%

程序说明

当光标移出该栏位时就会调用 fixed_char_num() 函数来检查，而该函数是在 fixed_char_num.js 中，基本上不必修改，但这里还是简单说明一下。

```
function fixed_char_num(inputn,min,it)
{
  if (inputn == "") return; //若一定要输入资料则删除此行
  if (inputn != min)  //少于 min 就不行
    {alert("要输入 "+ min +" 个字符或数字,请重新输入!!");
    it.focus(); //将焦点转回该栏位
    }
}
```

> 如果此栏位必须输入，即不可以空，就删除此行代码

> 这里可改为自己要显示的信息，就此例而言，因为只可输入数字，所以可将"字符"二字删除

✎ 输入字数有范围限制

有些资料虽然长度不固定，却被限制在一定范围内，这通常属于有一定格式但长度不固定的资料。例如，家中的电话号码 (区码 3 码，电话 8 码)、中文姓名 (2~6 个汉字)、物品数量 (0~4 个字符，也就是数目 0~9999，依物品种类而定，可能会更多或更少)等，若输入的字符数不符合要求，都会要求浏览者重新输入。请依照下面步骤来设计。

步骤❶ 复制与修改代码

先将本书所附光盘中的 **\Part3\输入字数范围限制_代码.txt** 与 **\Part3\range_char_num.js** 复制到要设计的网页文件**所在的文件夹中**，将两个文件都解除只读属

性后，使用**记事本**打开**输入字数范围限制_代码.txt**，依照下面的说明来修改 (此代码是以输入中文姓名为例)。

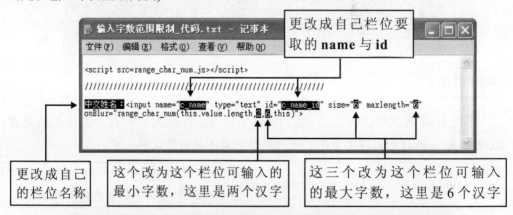

> **Note** 中文 (日文、韩文也一样) 与英文字母或数字，都视为一个字符，而不是两个字符，这点请特别注意。

步骤❷ 加入网页与测试

使用网页设计工具将网页文件打开，然后依照下面的操作来进行 (此处以 Dreamweaver 为例来说明)。

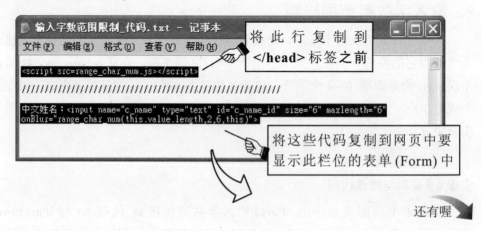

还有喔

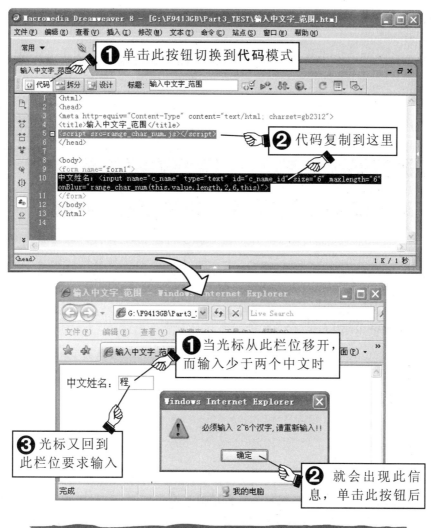

由于此栏位对应的 <input> 标签中设置了 maxlength="6"，也就是无法输入超过 6 个中文、字符或数字，所以不必检查输入的字数。

程序说明

当光标移出该栏位时就会调用 range_char_num() 函数来检查，而该函数是在 range_char_num.js 中，基本上不必修改，但这里还是简单说明一下。

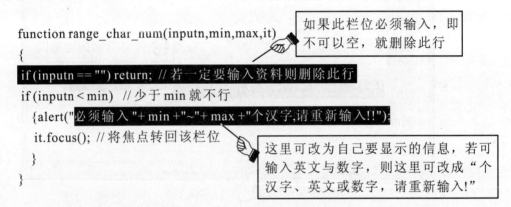

```
function range_char_num(inputn,min,max,it)
{
  if (inputn == "") return; // 若一定要输入资料则删除此行
  if (inputn < min)  //少于 min 就不行
    {alert("必须输入 "+ min +"~"+ max +"个汉字,请重新输入!!");
     it.focus(); //将焦点转回该栏位
    }
}
```

如果此栏位必须输入，即不可以空，就删除此行

这里可改为自己要显示的信息，若可输入英文与数字，则这里可改成"个汉字、英文或数字，请重新输入!"

只可 (或不可) 输入数字

有许多只可输入数字 (或不可输入数字)的资料，例如电话号码、邮政编码、物品数量等 (不可输入数字的则有中英文姓名)，若输入非数字的字符 (或输入数字)，则要求浏览者重新输入。请依照下面步骤来设计。

步骤 1 复制代码

先使用记事本将本书所附光盘中的 \Part3\只可或不可输入数字_代码.txt 打开，然后选择要使用的代码并将其复制到剪贴板，操作如下。

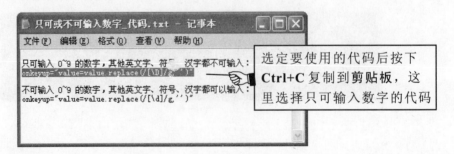

选定要使用的代码后按下 Ctrl+C 复制到剪贴板，这里选择只可输入数字的代码

步驟❷ 貼入代碼

接下來使用網頁設計工具打開網頁，將此代碼粘貼到希望只能 (或不能) 輸入數字的那個欄位中 (此處以 Dreamweaver 為例來說明)。

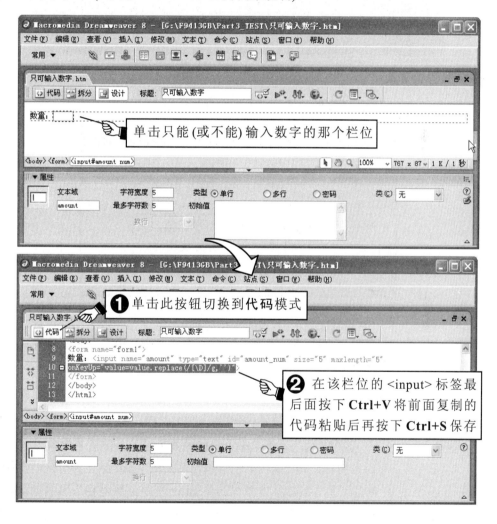

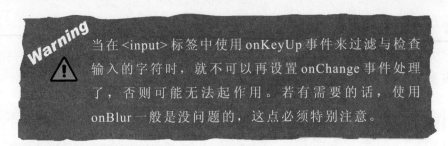

Warning

当在 <input> 标签中使用 onKeyUp 事件来过滤与检查输入的字符时，就不可以再设置 onChange 事件处理了，否则可能无法起作用。若有需要的话，使用 onBlur 一般是没问题的，这点必须特别注意。

步骤 ③ 测试结果

现在使用浏览器打开该网页测试看看是否正确，如下所示。

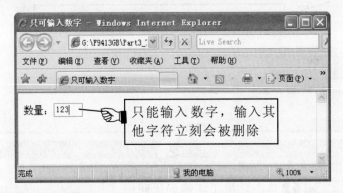

此例介绍的是只可以输入数字，因此若浏览者输入英文、符号、中文都会立刻被删除；反之，若是使用不能输入数字的代码，则输入 0~9 都会立刻被删除，其他英文、符号、中文就没问题。

代码说明

这是在 onKeyUp 事件中利用 **value.replace()** 函数来过滤与删除不允许输入的字符，这招相当好用而且简单，每输入一个字 (包含粘贴的字) 就会立刻检查，直接设置在 <input> 标签中就行了，不必再另外写 JavaScript 程序，算是相当酷的做法，在后面其他不同的条件或限制中也都是用类似的方法实现的。

✎ 只可输入数字而且有范围

前面讨论过只可以输入数字的栏位，而许多只可输入数字的栏位同时也有数字范围的限制，例如数量、年龄、邮政编码等，对于这样的栏位就必须检查浏览者所输入的数字是否在允许的范围内，若超出此范围则要求浏览者重新输入。请依照下面步骤来设计。

步骤❶ 复制与修改代码

先将本书所附光盘中的 **\Part3\范围数字_代码.txt** 与 **\Part3\range_number_check.js** 复制到要设计的网页文件**所在的文件夹中**，将两个文件都解除只读属性后，使用**记事本**打开**范围数字_代码.txt**，依照下面的说明来修改 (此代码是以输入 1~500 的数字为例)。

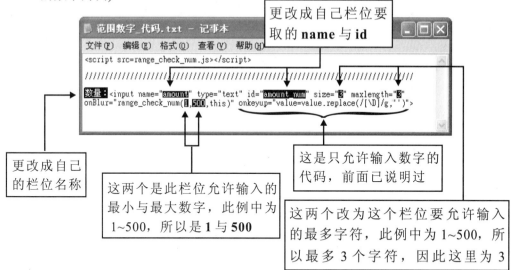

修改完成后按下 **Ctrl+S** 保存，进入下一步骤，但**不要关闭记事本**。

步骤❷ 加入网页与测试

使用网页设计工具将网页文件打开，然后依照下面的操作来进行 (此处以 Dreamweaver 为例来说明)。

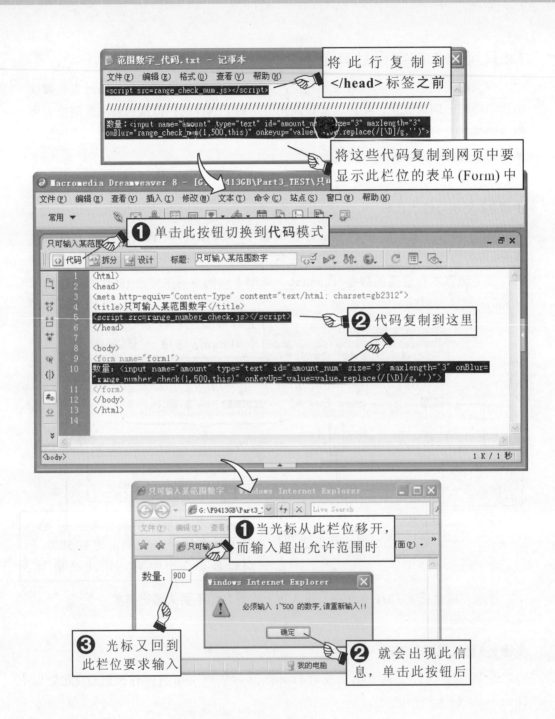

程序说明

当光标移出该栏位时就会调用 range_number_check() 函数来检查，而该函数是在 range_number_check.js 中，基本上不必修改，但这里还是简单说明一下。

```
function range_number_check(min,max,it)
{
if ((it.value < min)||(it.value > max))
    {alert("必须输入 "+min+"~"+max+" 的数字,请重新输入!!");
    it.focus(); //将焦点转回该栏位
    }
}
```

该程序相当简单，最多是将这里显示的信息改为想要显示的文字

✎ 只可 (或不可) 输入英文

某些栏位可能只允许 (或不允许) 输入英文，其他数字、符号、中文则不可以 (或可以)，例如英文姓名、英文代号或代码等，因此若输入不允许的字则会立刻被删除，设计步骤如下。

步骤 ❶ 复制代码

先使用**记事本**将本书所附光盘中的 **\Part3\只可或不可输入英文_代码.txt** 打开，然后选择要使用的代码并将其复制到**剪贴板**，操作如下。

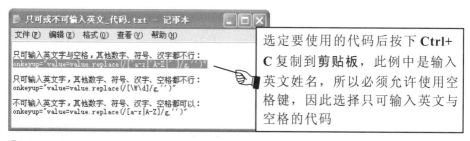

选定要使用的代码后按下 **Ctrl+ C** 复制到**剪贴板**，此例中是输入英文姓名，所以必须允许使用空格键，因此选择只可输入英文与空格的代码

步骤 ❷ 粘贴代码

接下来使用网页设计工具打开网页，将此代码粘贴到希望只能 (或不能) 输入英文的那个栏位中 (此处以 Dreamweaver 为例来说明)。

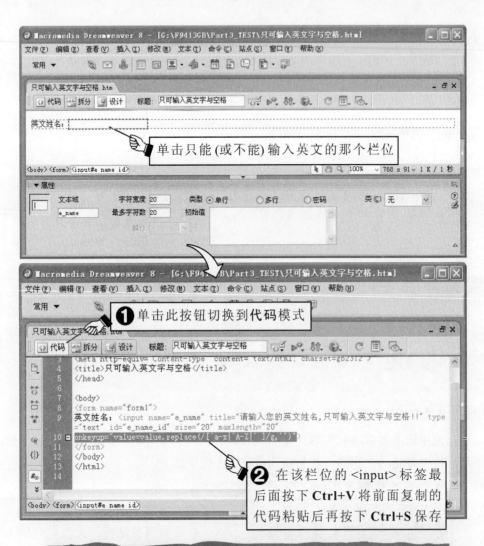

单击只能(或不能)输入英文的那个栏位

❶ 单击此按钮切换到代码模式

❷ 在该栏位的 <input> 标签最后面按下 **Ctrl+V** 将前面复制的代码粘贴后再按下 **Ctrl+S** 保存

Warning

当在 <input> 标签中使用 onKeyUp 事件来过滤与检查输入的字符时，就不可以再设置 onChange 事件处理了，否则可能无法起作用，若有需要的话，使用 onBlur 一般是没问题的，这点需特别注意。

步骤③ 测试结果

现在使用浏览器打开该网页测试看看是否正确，如下所示。

此例介绍的是只可以输入英文与空格，因此若浏览者输入数字、符号、中文都会立刻被删除；反之，若是使用不能输入英文的代码，则输入任何大小写英文都会立刻被删除，而其他英文、符号、中文就没问题。

代码说明

这里的代码也是在 <input> 标签中利用 onKeyUp 事件来实时过滤与检查浏览者所输入的字是否合法，而不必另外再写 JavaScript 程序来检查，可算是简单、方便又好用的做法。

✎ 只可 (或不可) 输入英文与数字

某些栏位文本框只允许输入英文与数字 (或包含空格)，其他字符都不行 (或是不可输入英文与数字，其他字符都可以)，如英文地址 (或中文地址)，因此若输入不允许的字符则会立刻被删除，设计步骤如下。

步骤❶ 复制代码

先使用记事本将本书所附光盘中的 **\Part3\只可或不可输入英文与数字_代码.txt** 打开，然后选择要使用的代码并将其复制到**剪贴板**，操作如下。

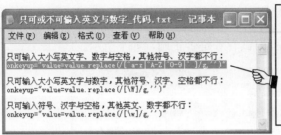

选定要使用的代码后按下 **Ctrl+C** 复制到**剪贴板**，此例中是输入英文地址，所以必须允许使用空格键，因此选择只可输入英文、数字与空格的代码

步骤❷ 粘贴代码

接下来使用网页设计工具打开网页，将此代码粘贴到希望只能 (或不能) 输入英文、数字与空格的那个栏位中 (此处以 Dreamweaver 为例来说明)。

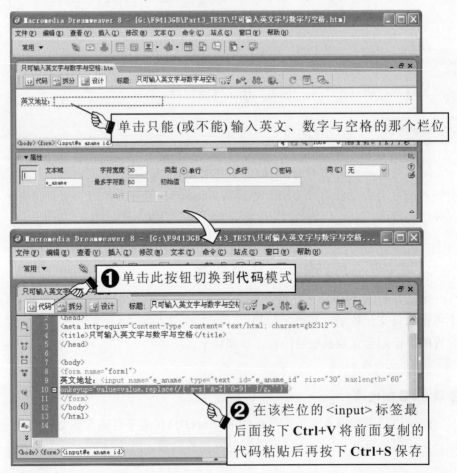

单击只能 (或不能) 输入英文、数字与空格的那个栏位

❶ 单击此按钮切换到**代码模式**

❷ 在该栏位的 \<input\> 标签最后面按下 **Ctrl+V** 将前面复制的代码粘贴后再按下 **Ctrl+S** 保存

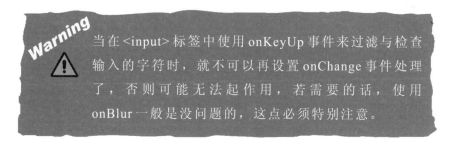

Warning

当在 <input> 标签中使用 onKeyUp 事件来过滤与检查输入的字符时，就不可以再设置 onChange 事件处理了，否则可能无法起作用，若需要的话，使用 onBlur 一般是没问题的，这点必须特别注意。

步骤 ③ 测试结果

现在使用浏览器打开该网页测试看看是否正确，如下所示。

只能输入英文、数字与空格，输入其他字符都会立刻被删除

此例介绍的是只可以输入英文、数字与空格，因此若浏览者输入符号、中文都会立刻被删除；反之，若是使用不能输入英文与数字的代码，则输入任何大小写英文与数字都会立刻被删除，其他符号、中文与空格就没问题。

✎ 只可 (或不可) 输入中文

有些栏位限制用户只可 (或不可) 输入中文，那要如何实现实时检查，只要浏览者输入非中文 (或中文) 就立刻删除呢? 下面就分别说明。

只可输入中文

在网页中有些要求浏览者输入的资料必须为中文，而不可以输入英文、数字或符号，例如中文姓名、中文地址 (数字与空格也可以)、物品或产品名称、地名等，因此除了中文 (或空格) 以外的所有字符都会被自动删除，设计步骤如下。

步骤❶ 复制代码

先使用记事本将本书所附光盘中的 **\Part3\只可或不可输入中文_代码.txt** 打开，然后选择要使用的代码并将其复制到**剪贴板**，操作如下。

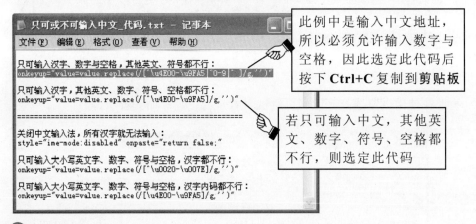

此例中是输入中文地址，所以必须允许输入数字与空格，因此选定此代码后按下 **Ctrl+C** 复制到剪贴板

若只可输入中文，其他英文、数字、符号、空格都不行，则选定此代码

步骤❷ 粘贴代码

接下来使用网页设计工具打开网页，将此代码粘贴至希望只能输入汉字、数字与空格的那个栏位中 (此处以 Dreamweaver 为例来说明)。

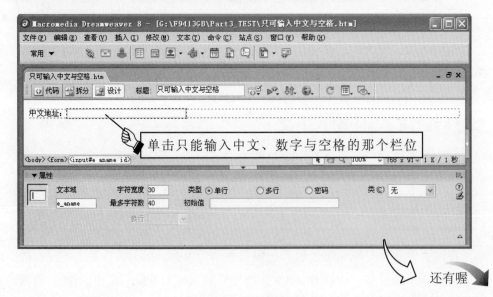

单击只能输入中文、数字与空格的那个栏位

还有喔

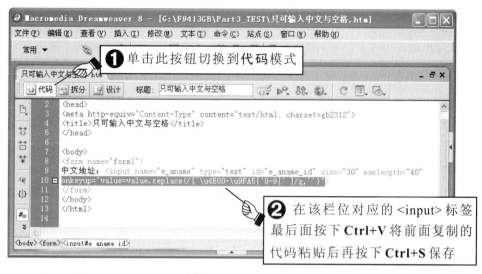

❶ 单击此按钮切换到代码模式

❷ 在该栏位对应的 <input> 标签最后面按下 Ctrl+V 将前面复制的代码粘贴后再按下 Ctrl+S 保存

> **Warning**
>
> 当在 <input> 标签中使用 onKeyUp 事件来过滤与检查输入的字符时，就不可以再设置 onChange 事件处理了，否则可能无法起作用，若需要的话，使用 onBlur 一般是没问题的，这点必须特别注意。

步骤 ❸ 测试结果

现在使用浏览器打开该网页测试看看是否正确，如下所示。

只能输入中文、数字与空格，输入英文或符号都会立刻被删除

在此例介绍的是可以输入汉字、数字与空格，因此若浏览者输入符号、英文都会立刻被删除。

不可输入中文 (只可输入英文、数字与符号)

在许多情况下，某些栏位是不允许输入中文的，例如英文姓名、英文地址、产品代号、出生年月日、各类电话号码、邮政编码、购买数量、证件号码等 (有些可设计成下拉列表框就不必考虑是否输入中文的问题)。而既然不可输入中文，那就等于是只能输入英文、数字、符号这些字符，这里小弟提供三种不同的代码来实现，下面分别说明。

● **关闭中文输入法**：既然不允许输入中文则让浏览者无法打开中文输入法是个不错的方法，如此除了中文以外，其他英文、数字、符号都可以输入，而此方法对于不允许输入繁体中文、日文、韩文也有同样的效果；另外，不可输入中文当然也包含不能用粘贴 (Paste)，所以也必须对此栏位禁用粘贴 (Paste) 功能，代码如下 (设置在 <input> 标签中)。

style="ime-mode:disabled" onpaste="return false;"

　　禁止打开中文输入法　　　禁用粘贴 (Paste) 功能

● **只允许英文、数字、符号与空格的内码**：对绝大多数栏位而言，不允许输入中文就等于只可输入英文、数字、符号与空格，因此可以在 onKeyUp 事件中设置只允许 ASCII 码为 20H~7EH 的字符 (也就是英文大小写、数字与符号的内码)，其他的内码都不允许，如此当然也就实现禁用中文的目的了 (此法也可适用于不允许输入繁体中文、日文、韩文)，代码如下 (设置在 <input> 标签中)。

onkeyup="value=value.replace(/[^\u0020-\u007E]/g,'')"

　　　　　　　　　只允许 0020H~007EH ACSII 码的字符

● **禁用中文内码**：在前面只可输入中文的设计中，我们在 onKeyUp 事件中设置只允许 **4E00H~9FA5H** 内码的字符输入，因此用同样的方式，可以禁止这些内码的字符输入来实现禁止输入中文的目的 (此法在大多数情况下也可适用于禁止输入繁体中文、日文、韩文，但可能有少数内码无法过滤)，代码如下 (设置在 <input> 标签中)。

onkeyup="value=value.replace(/[\u4E00-\u9FA5]/g,'')"

禁止 0020H~007EH 这些内码的字符输入

现在就可以选择最适合需求的代码应用到网页中，步骤如下。

步骤 ① 复制代码

先使用记事本将本书所附光盘中的 **\Part3\只可或不可输入中文_代码.txt** 打开，然后依照前述的说明选择要使用的代码并将其复制到**剪贴板**，操作如下。

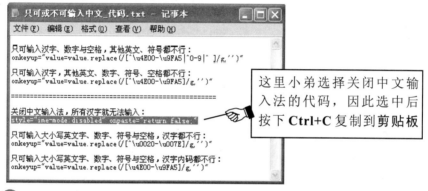

这里小弟选择关闭中文输入法的代码，因此选中后按下 **Ctrl+C** 复制到**剪贴板**

步骤 ② 粘贴代码

接下来使用网页设计工具打开网页，将此代码粘贴至希望禁止输入汉字的那个栏位中 (此处以 Dreamweaver 为例来说明)。

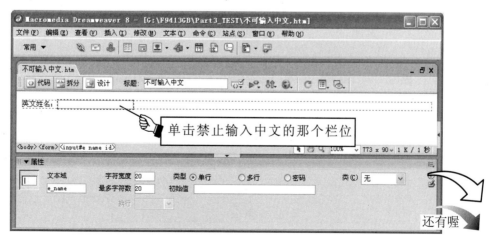

单击禁止输入中文的那个栏位

还有喔

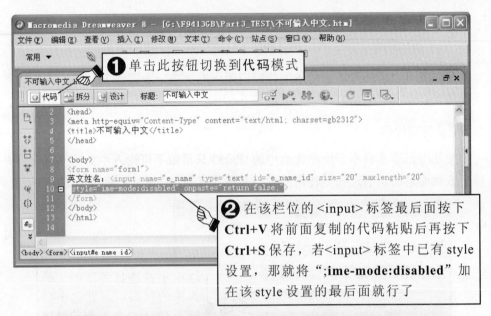

① 单击此按钮切换到**代码模式**

```
2    <head>
3    <meta http-equiv="Content-Type" content="text/html; charset=gb2312">
4    <title>不可输入中文</title>
5    </head>
6
7    <body>
8    <form name="form1">
9    英文姓名: <input name="e_name" type="text" id="e_name_id" size="20" maxlength="20"
10   style="ime-mode:disabled" onpaste="return false;">
11   </form>
12   </body>
13   </html>
14
```

② 在该栏位的 <input> 标签最后面按下 **Ctrl+V** 将前面复制的代码粘贴后再按下 **Ctrl+S** 保存，若<input>标签中已有 style 设置，那就将 ";ime-mode:disabled" 加在该 style 设置的最后面就行了

Warning

当在 <input> 标签中使用 onKeyUp 事件来过滤与检查输入的字符时，就不可以再设置 onChange 事件处理了，否则可能无法起作用，若需要的话，使用 onBlur 一般是没问题的，这点必须特别注意。

步骤 ③ 测试结果

现在使用浏览器打开该网页测试看看是否正确，如下所示。

英文姓名: Hawke Cheng

只允许输入英文、数字、符号与空格，中文输入法则无法输入

在此例介绍的是使用关闭中文输入法的方式来禁止输入汉字，因此其他英文、数字、符号与空格都可以正常输入。

✎ 只可输入特定的文字、数字或符号

前面讨论过好几个在 onKeyUp 事件中利用 value.replace() 函数，以实时的方式来过滤与限制浏览者输入的内容，可算是相当棒的做法。同样的，我们也可以以此方式来设置只可 (或不可) 输入某些特定的英文、数字或符号，来检查或限制某些栏位所要求输入的特殊资料，例如只允许输入数字 1、3、5、7、9以及符号@、#等，则代码如下：

onkeyup="value=value.replace(/[^1|^3|^5|^7|^9|^@|^#]/g,'')"

允许输入的字符前面加上 "^"，不同的字符间以 "|" 分隔

而禁止输入英文大小写A、S、Y、K及符号&、*等的代码如下：

onkeyup="value=value.replace(/[A|a|S|s|Y|y|K|k|&|*]/g,'')"

禁止输入的字符间以 "|" 分隔

由上面的两个代码中可以看出，若**禁止输入某个字符**，则在 **[ ]** 中输入该字符即可，而不同的字符间以 "|" 分隔；若是**允许输入的字符**则在每个字符前加上 "^"就行了，同样以 "|" 分隔，以此方式，就可以针对某个栏位设计出任何可以 (或禁止) 输入的字符，最后将此代码 **onkeyup="value=value.replace(/[………]/g,'')"** 加入该栏对应的 **<input>** 标签最后面就行了。

> ⚠ **Warning**
>
> 当在 <input> 标签中使用 onKeyUp 事件来过滤与检查输入的字符时，就不可以再设置 onChange 事件处理了，否则可能无法起作用，若需要的话，使用 onBlur 一般是没问题的，这点必须特别注意。

下面介绍一个只可以输入一般符号，其他英文、数字、中文、空格都不可以输入的设计，步骤如下。

步骤 ❶ 复制代码

先使用**记事本**将本书所附光盘中的 **\Part3\只可或不可输入符号_代码.txt** 打开，然后选择要使用的代码并将其复制到**剪贴板**，操作如下。

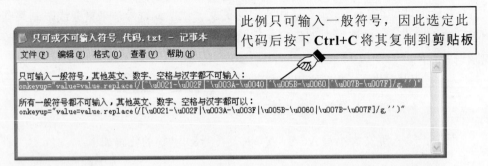

此例只可输入一般符号，因此选定此代码后按下 **Ctrl+C** 将其复制到**剪贴板**

步骤 ❷ 粘贴代码

接下来使用网页设计工具打开网页，将此代码粘贴到希望只能输入汉字与空格的那个栏位中 (此处以 Dreamweaver 为例来说明)。

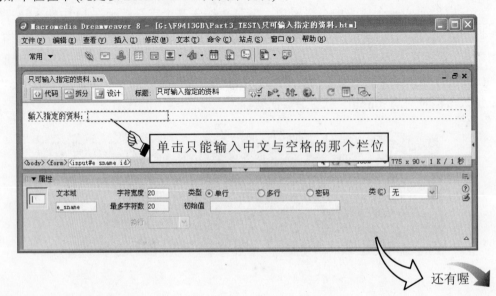

单击只能输入中文与空格的那个栏位

还有喔

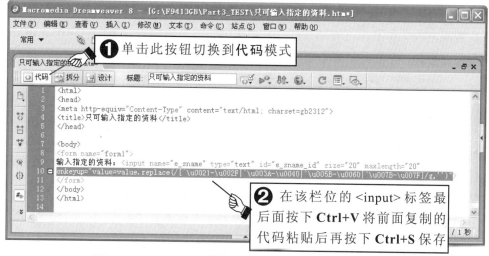

● 单击此按钮切换到**代码模式**

② 在该栏位的 <input> 标签最后面按下 **Ctrl+V** 将前面复制的代码粘贴后再按下 **Ctrl+S** 保存

Warning

⚠️ 当在 <input> 标签中使用 **onKeyUp** 事件来过滤与检查输入的字符时，就不可以再设置 **onChange** 事件处理了，否则可能无法起作用，若需要的话，使用 **onBlur** 一般是没问题的，这点必须特别注意。

步骤 ❸ 测试结果

现在使用浏览器打开该网页测试看看是否正确，如下图所示。

只能输入一般符号，输入英文、中文、数字与空格都会立刻被删除

✎ 输入的资料有固定格式

有些栏位限制输入资料的格式，但无法设计成下拉列表框，例如车牌号、产品或物品型号等。对于这类资料的检查可以设计一个 JavaScript 小程序，当该栏位失

去输入焦点时 (onBlur 事件) 进行检查浏览者所输入的资料格式是否符合该栏位的要求，若不正确就将光标再转回该栏位，要求浏览者重新输入，下面以**中国台湾地区的身份证号码与产品或物品型号**两个范例来说明。

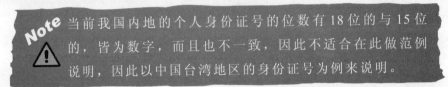

> Note ⚠
> 当前我国内地的个人身份证号的位数有 18 位的与 15 位的，皆为数字，而且也不一致，因此不适合在此做范例说明，因此以中国台湾地区的身份证号为例来说明。

中国台湾地区身份证号码

当前中国台湾地区身份证号码的格式为第一个是英文字 (大写) 后面接 9 位数字 (例如A123456789)，所以它的格式如下：

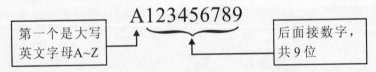

第一个是大写英文字母A~Z

后面接数字，共9位

所以浏览者若输入的资料不符合此格式就会要求重新输入，设计步骤如下。

步骤 ❶ 复制与了解代码

先将本书所附光盘中的 **\Part3\输入身份证号码_代码.txt** 与 **\Part3\id_format_check.js** 复制到要设计的网页文件**所在的文件夹中**，将两个文件都解除只读属性后，使用**记事本**打开**输入身份证号码_代码.txt**，说明如下。

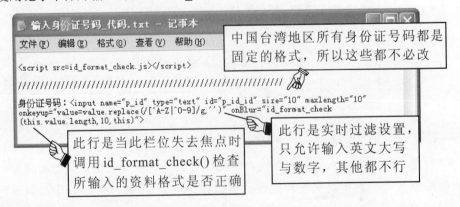

步骤 ❷ 加入网页与测试

使用网页设计工具将网页文件打开，然后依照下面的操作来进行 (此处以 Dreamweaver 为例来说明)。

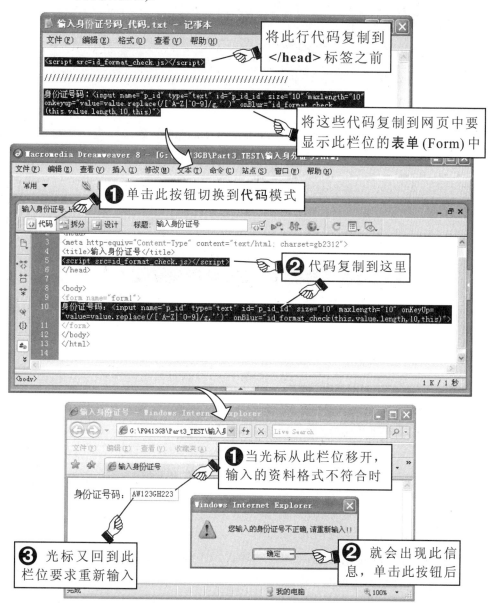

此方式只能检查浏览者输入的身份证号码格式是否正确，无法验证该身份证号码是否存在，更无法确认是否为浏览者本人的身份证号码，这些都必须与相关单位的数据库连接才能检查出来。对绝大多数网页设计者而言，这是不可能实现的。

程序说明

当光标移出该栏位时就会调用 id_format_check() 函数来检查，而该函数是在 id_format_check.js 中，基本上不必修改，但下面还是简单说明一下。

```
function id_format_check(inputn,min,it)
{
if (inputn == "") return; //若一定要输入则删除此行
if (inputn != min)  //不等于 min 就不行
   {alert("必须输入 "+ min +" 个字符与数字,请重新输入!!");
   it.focus(); //将焦点转回该栏位
   return;
   }

idExp = /^[A-Z]\d{9}$/
if (it.value.search(idExp))
   {alert("您输入的身份证号不正确,请重新输入!!");
   it.focus(); //将焦点转回该栏位
   }
}
```

若此栏位必须输入内容，则可将此行删除

检查是否输入了 10 个字符

若不足 10 个字符就出现此信息，可改为想要显示的文字

检查输入的资料是否符合身份证号码格式

若不符合就出现这个信息，可改为想要显示的文字

产品或物品型号

大多数产品或物品型号都有固定的格式，通常是英文加数字，所以这里举一个范例，产品或物品的代码如下所示。

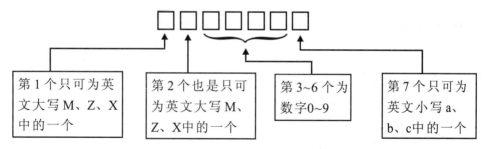

一共为 7 个包含英文与数字格式的代码，因此**正则表达式**可以设计如下。

$$/\^[M|Z|X][M|Z|X]\backslash d\{4\}[a|b|c]\$/$$

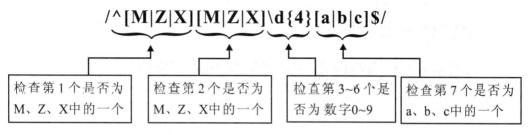

所以当浏览者输入的资料不符合此格式就会要求重新输入，设计步骤如下。

步骤 ❶ 复制与修改代码

先将本书所附光盘中的 **\Part3\输入产品型号_代码.txt** 与 **\Part3\pid_format_check.js** 复制到要设计的网页文件**所在的文件夹**中，将两个文件都解除只读属性后，使用**记事本**打开 **\Part3\输入产品型号_代码.txt**，说明如下。

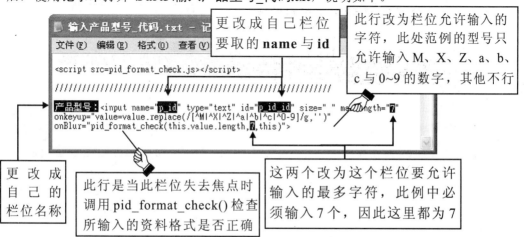

修改完成后按下 **Ctrl+S** 保存，进入下一步骤，但不要关闭记事本。

步骤❷ 加入网页与测试

使用网页设计工具将网页文件打开，然后依照下面的操作来进行 (此处以 Dreamweaver 为例来说明)。

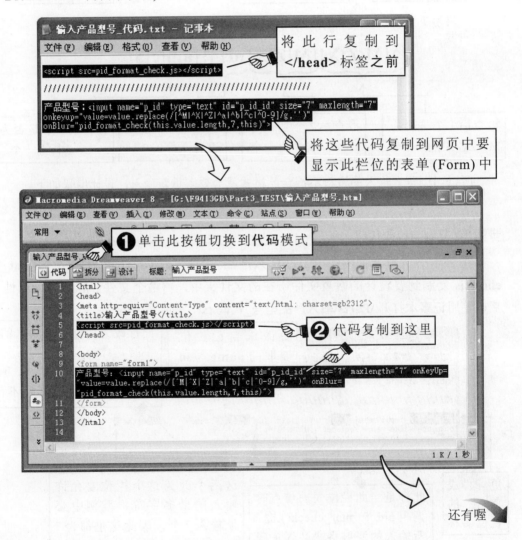

❶当光标从此栏位移开，若输入的资料格式不符合时

❷就会出现此信息，单击此按钮后

❸光标又回到此栏位要求重新输入

程序说明

　　当光标移出该栏位时就会调用 pid_format_check() 函数来检查，而该函数是在 pid_format_check.js 中，基本上不必修改，但下面还是简单说明一下。

```
function pid_format_check(inputn,min,it)
{
if (inputn == "") return; // 若一定要输入资料则删除此行
if (inputn != min)  // 不等于 min 就不行
   {alert("必须输入 "+ min +" 个字符与数字,请重新输入!");
   it.focus(); // 将焦点转回该栏位
   return;
   }

idExp = /^[M|Z|X][M|Z|X]\d{4}[a|b|c]$/
if (it.value.search(idExp))
   {alert("您输入的产品型号不正确,请重新输入!");
   it.focus(); // 将焦点转回该栏位
   }
}
```

若必须在此栏位中输入内容，则将此行删除

检查是否有输入 7 个字符

若不足 7 个字符就出现此信息，可改为想要显示的文字

检查输入的资料是否符合产品或物品型号的格式

若不符合就出现这个信息，可改为想要显示的文字

讨论与研究——自定义资料格式过滤器

在前面的两个范例中学习到，若输入的资料有固定的格式，就可以设计一个过滤器做实时检查，然而各种固定格式的资料不尽相同，甚至可能有很大的差异，那网页设计者如何针对自己网页的资料格式来设计出它的过滤器 (Filter) 呢? 首先要先了解前述范例中的过滤器是利用**正则表达式** (Regular Expressions) 组合出来的，然后将浏览者输入的字符串与这个过滤器进行比较，以此来判断所输入的资料格式是否正确。

也就是说，若要自定义资料格式过滤器就必须先了解**正则表达式**的符号与意义，然后才可以组合出符合资料格式的过滤器。下表列出一些在比较资料格式中最常用的正则表达式符号与说明。

符 号	说 明
^	从输入资料的最前面字符开始比较
$	比较到输入资料的最后一个字符
{n}	比较前面指定的字符条件 n 次，n 为正整数，例如 \d{n} 就是比较是否为 n 个 0~9 的数字
{n,}	比较前面指定的字符条件至少 n 次，n 为正整数，例如 \w{n,} 就是比较是否只少有 n 个 A~Z 、a~z 或 0~9 的字符
{n,m}	比较前面指定的字符条件至少 n 次，最多 m 次，例如 \d{n,m} 就是比较 0~9 数字的字符数是否大于或等于 n，小于或等于 m
[x|y|z]	比较字符是否为 x,y,z 其中一个，"|" 表示或
[^x|y|z]	比较字符是否不为 x,y,z 其中一个，"|" 表示或
/d	比较字符是否为 0~9 的数字
/D	比较字符是否不为 0~9 的数字
/w	比较字符是否为 A~Z 、a~z 或 0~9
/W	比较字符是否不为 A~Z 、a~z 或 0~9

当了解这些符号与意义后，现在再来看前面**产品**或**物品型号**的那个正则表达式，应该就很容易理解了，如下所示。

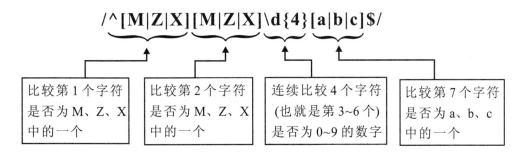

也就是资料格式过滤器的正则表达式都设置在"**/^**"和"**$/**"之间，下面再举两个例子。

范例1

此例自定义的格式是 两个英文-四个数字，很类似台湾地区的车牌号码 (例如 AA-1234)，只是第二个英文字必须为小写 (a~z) 而不是大写，格式说明与过滤器的**正则表达式**如下所示。

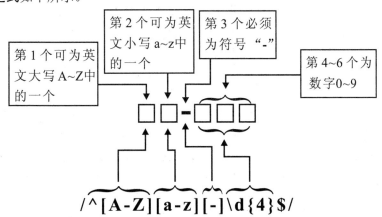

范例2

这是一个符号、数字和英文交错的资料格式，而且对数字也有限制 (例如#23A-475)，格式说明与过滤器的**正则表达式**如下所示。

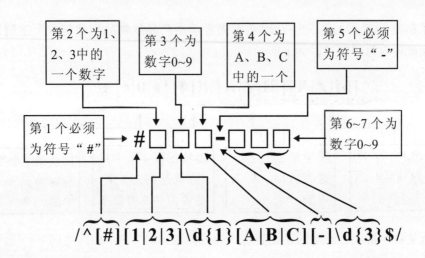

/^[#][1|2|3]\d{1}[A|B|C][-]\d{3}$/

讨论与研究

- 在前面所有的范例中都没提到资料格式中有汉字的情况，其实这也不难设计。绝大多数固定资料格式中的汉字也是固定某个 (或某几个)字，因此直接将汉字放在正则表达式中就行了。例如前述第一个范例最前面再加上要输入汉字**品**或**正** (例如品Az-1234)，则过滤器的正则表达式设计如下所示。

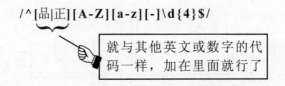

/^[品|正][A-Z][a-z][-]\d{4}$/

> 就与其他英文或数字的代码一样，加在里面就行了

- 有些产品型号或物品代号的数字可能有一个范围，若全部都是数字则很容易解决，就看成纯数字来判断其是否在可允许的范围内就行了 (也就是 **247 页**✎只可**输入数字而且有范围**)。但若有文字、符号或中文就比较麻烦，其中若是位数都为 9 的就比较好设计，例如允许范围是 000~499，则正则表达式设计如下。

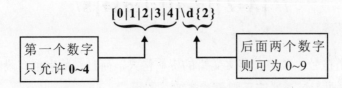

[0|1|2|3|4]\d{2}

> 第一个数字
> 只允许 **0~4**

> 后面两个数字
> 则可为 **0~9**

但如果是 000~500 就会变得很麻烦，因为第一个数字 0~4 时，第 2~3 个数字都可为 0~9，但若第一个数字是 5 则第 2~3 个数字就只可为 0，这就无法用一个正则表达式来解决，需要另外编写 JavaScript 程序来判断，此处小弟就不再详细说明，留给读者作为功课自行研究。

✎ 检查邮件信箱的正确性

许多网页中都会要求浏览者输入电子邮件信箱，所以必须检查它的正确性才行，设计步骤如下。

步骤 ❶ 复制与修改代码

先将本书所附光盘中的 **\Part3\输入邮箱_代码.txt** 与 **\Part3\check_email.js** 复制到要设计的网页文件**所在的文件夹中**，将两个文件都解除只读属性后，使用**记事本**打开 **输入邮箱_代码.txt**，说明如下。

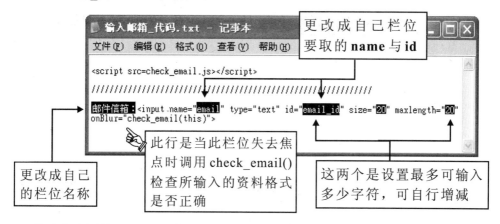

修改完成后按下 **Ctrl+S** 保存，进入下一步骤，但**不要关闭记事本**。

步骤 ❷ 加入网页与测试

使用网页设计工具将网页文件打开，然后依照下面的操作来进行 (此处以 Dreamweaver 为例来说明)。

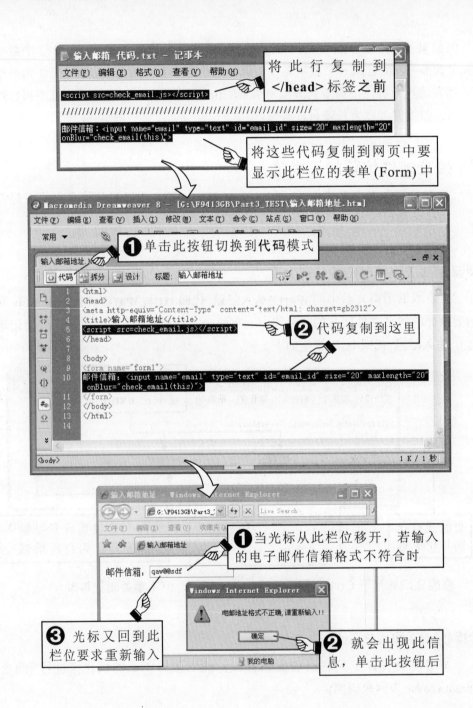

输入邮箱_代码.txt - 记事本

文件(F) 编辑(E) 格式(O) 查看(V) 帮助(H)

`<script src=check_email.js></script>`

将此行复制到 `</head>` 标签之前

`//////////////////////////////////////////////`

邮件信箱 : `<input name="email" type="text" id="email_id" size="20" maxlength="20" onBlur="check_email(this)">`

将这些代码复制到网页中要显示此栏位的表单 (Form) 中

Macromedia Dreamweaver 8 - [G:\F9413GB\Part3_TEST\输入邮箱地址.htm]

文件(F) 编辑(E) 查看(V) 插入(I) 修改(M) 文本(T) 命令(C) 站点(S) 窗口(W) 帮助(H)

常用 ▼

输入邮箱地址.

代码 拆分 设计 标题: 输入邮箱地址

❶ 单击此按钮切换到代码模式

```
1  <html>
2  <head>
3  <meta http-equiv="Content-Type" content="text/html: charset=gb2312">
4  <title>输入邮箱地址</title>
5  <script src=check_email.js></script>
6
7  </head>
8  <body>
9  <form name="form1">
10 邮件信箱: <input name="email" type="text" id="email_id" size="20" maxlength="20"
   onBlur="check_email(this)">
11 </form>
12 </body>
13 </html>
14
```

❷ 代码复制到这里

`<body>` 1 K / 1 秒

输入邮箱地址 - Windows Internet Explorer

G:\F9413GB\Part3_ ▼ × Live Search

文件(F) 编辑(E) 查看(V) 收藏夹(A)

输入邮箱地址

邮件信箱: qaw@@sdf

❶ 当光标从此栏位移开，若输入的电子邮件信箱格式不符合时

Windows Internet Explorer

⚠ 电邮地址格式不正确，请重新输入!!

确定

❸ 光标又回到此栏位要求重新输入

❷ 就会出现此信息，单击此按钮后

我的电脑

此方式只能检查邮件信箱格式的正确性，无法验证浏览者所输入的邮箱是否真的可以使用，这点请特别注意。

程序说明

当光标移出该栏位时就会调用 check_email() 函数来检查，而该函数是在 check_email.js 中，基本上不必修改，不过下面还是简单说明一下。

```
function check_email(it)
{
 if (it.value == "") return;   // 若此栏位一定要输入资料则删除此行
 if (it.value.search(/^\w+((-\w+)|(\.\w+))*\@[A-Za-z0-9]+((\.|-)[A-Za-z0-9]+)*
          \.[A-Za-z0-9]+$/) == -1)
    {alert("电邮地址格式不正确,请重新输入!!");
     it.focus(); // 将焦点转回该栏位
    }
}
```

若必须在此栏位中输入则可将此行删除

检查输入的资料是否为邮箱格式

若不符合就出现这个信息，可改为想要显示的文字

✎ **讨论与研究**

在本问题中详细讨论了各种常见输入资料时限制的设计，相信应该可以满足大多数网页设计者的需求。不过仍然有些不足之处，所以下面列出其他相关的问题以供参考与应用。

● 本问题中由于多种不同的资料检查可能要调用多个外部的 JavaScript 程序，如果网页中的表单需要调用两个 (或更多) 外部程序则可以将这些程序全部放在一个文件中，如此在 HTML 文件中只要调用一个文件就行，如下所示。

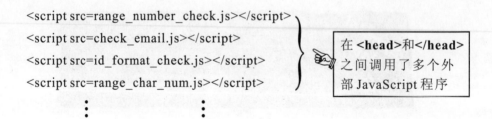

```
<script src=range_number_check.js></script>
<script src=check_email.js></script>
<script src=id_format_check.js></script>
<script src=range_char_num.js></script>
```

在 **\<head\>** 和 **\</head\>** 之间调用了多个外部 JavaScript 程序

可以将这些文件中的 JavaScript 程序全部保存为一个 .js 文件，例如，小弟就将本问题中的所有 JavaScript 程序保存在本书所附光盘中的 **\Part3\CheckData.js** 中，如此在网页文件中只要调用此文件就行了，如下所示。

```
<script src=CheckData.js></script>
```

在 **\<head\>** 和 **\</head\>** 之间只要加入这行就行了

● 有许多资料可以设计成下拉列表框、列表、单选按钮、复选框等方式，而不必让用户输入，如此就不需要对输入的资料进行检查与验证，也不会为后台处理带来负担，更详细的讨论与说明见 **Q97**。

● 有些栏位要求浏览者一定要输入资料，不可以为空，所以要做检查，有关各种资料的检查与判断在 **Q101** 中有更深入的说明。

● 有些资料在输入后可能会影响到表单 (Form) 中其他栏位中的资料或某个值，例如，输入购买的产品数目后自动计算出总金额，这类的情况在 **Q105** 中有详细范例说明。

97 将网页中浏览者要输入的资料设计成用选取式的输入而不用键盘输入，这样有哪些好处？

98 哪些类型的资料适合设计成选取而不用键盘输入，如此可避免验证检查与浏览者输入错误的问题？

99 下拉列表框、列表、单选按钮、复选框都可以用在选取资料设计上，什么情况下用哪种比较适合呢？如何决定？

100 某个下拉列表框中的项目被选定后 (例如选定上海市) 会决定另一个下拉列表框中可选定的项目 (例如上海市中的各行政区域)，这种互动式下拉列表框应如何设计？

相关问题请见 **Q89**、**Q101**、**Q103**、**Q105**

> 本技巧适用于：将输入的资料设计成选定的方式，不仅让浏览者容易使用，也省去资料的验证检查与出错，可谓一举数得。

在前一个问题中有一个非常重要的观念：在网页中输入资料时若能设计成选择的方式就绝对不要设计成让浏览者用按键输入，如此将具有下列多项优点。

● 不会有资料输入错误的问题。

● 不需要另外设计资料的检查与验证。

● 降低后台服务器处理的负担与出现错误的可能。

● 不会因为资料输入错误而为黑客提供进行跨站攻击或其他手法的机会。

所以在本问题中将详细讨论如何尽可能地将欲输入的资料设计成选择的方式，设计成哪种表单对象最佳 (下拉列表框、列表、单选按钮、复选框等)，并提供相关的代码以供参考使用。

✎ 适合选择的资料

其实大多数欲输入的资料都可以设计成选择式的，只是设计的方法与麻烦程度不同而已，下面列出一些参考原则。

● 输入的资料固定在某个范围或某些值，不会 (或很少) 改变，例如月份 (1~12)、日期 (1~31)、省份县市、路街名、生肖、星座、血型、产品或项目名称、尺寸、大小等。

● 输入的资料可归纳成数个较粗略的类别或等级，而且不必输入更详细的信息，例如职业、产品、评论、感想、学历等。

● 有些输入的资料，其大项目下还有中项目，中项目下来有小项目，以此类推，例如产品类别 -> 产品项目、省市 -> 县市 -> 乡镇、单位组织的架构等，如下图所示。

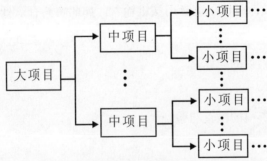

● 通常这类资料最适合设计成互动式的下拉列表框 (或列表)，也就是当某个最上面的项目被选择时 (如产品类别)，与该项目相关的才会显示在另一个下拉列表框中

(例如该产品类别的项目)，这就是互动式下拉列表框，如下图所示 (后面会详细说明如何设计这样的下拉列表框并提供代码)。

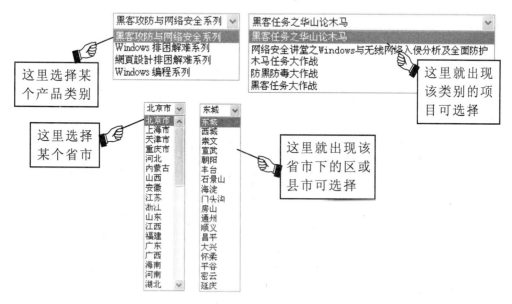

● 一般认为完整的地址较难设计成用选择式的，其实不然，只是比较麻烦，因为必须设计成互动式下拉列表框，如下所示。

这会自动出来的，不是由浏览者输入

可以看出，这样设计的麻烦在于必须找出每个省市下的各行政区与各县市名称，还有其下的各街道路名，甚至几段到几号，然后设计到网页中的JavaScript程序内，所以是可以实现的，就是比较麻烦。不过让浏览者在输入地址时几乎没有错误的机会。

✎ 选择适合的表单对象 (含优缺点)

在表单 (Form) 中有下拉列表框、列表、单选按钮、复选框等表单对象可用来设计选定资料，但什么样的资料要用哪种表单对象才是最适合的呢？又各有何优缺点？下面分别说明。

下拉列表框 (Combo Box)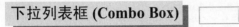

此表单对象可适用于大多数的资料，一次可选择一个项目，而且不占用网页版面，特别对于互动式资料的设计特别有用。缺点是无法直接看到所有的可选项目，必须打开才可看到。

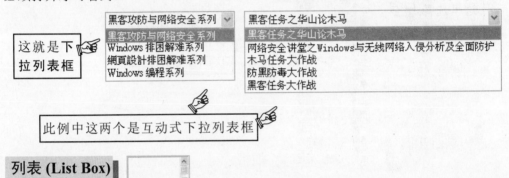

列表 (List Box)

它与下拉列表框很类似，一次可选择一个项目，一次显示三个项目不太占用网页版面。缺点是无法直接看到所有的可选项目，必须向下 (或向上) 滚动才可依序看到。由于列表的优点不如下拉列表框多，缺点与下拉列表框的差不多，因此大多数网页设计者较少使用它，如下图所示。

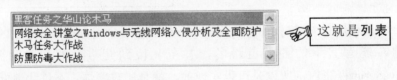

单选按钮 (Radio Button)

它可以让浏览者一眼看到所有可选择的项目，但一次只能选一个，若项目太多就会占用太多网页版面，通常适合于不超过 10 个项目的情况，最适合 2~5 个项目，每个项目的文字不宜太多，如下图所示。

这就是单选按钮组

复选框 (Check Box)　☐复选框

这是一次可以选择多个项目的表单对象，若项目太多就会占用太多网页版面，通常适合于不超过 10 个项目的情况，每个项目的文字也不宜太多，如下图所示。

| 您还需要哪些方面的书籍? | ☐ Windows排困解难 | ☐ 黑客攻防研究 | ☐ Windows程序设计 (MFC,SDK) |
| | ☐ 网页设计排困解难 | ☐ Java语言设计 | ☐ 防黑防毒 |

这就是用复选框设计的问卷

下面就讨论一些常见的资料选择设计并提供相关代码，以便可以快速、简单、方便地加入自己的网页中。

✎ 各类日期

输入各类日期在网页中很常见的，例如出生年月日，月与日都很固定的那几个数字，所以很容易设计成下拉列表框，而年的输入状况会比较多，一般分为下列两类。

● 生日年份是最常见也是比较麻烦的，若要适用绝大多数人的需求，则应该允许可输入当前年份到之前的 100 年 (例如本书写作时是 2009，则可输入的范围为 1910~2009，因为可能有人活到 100 岁啊)，不过这样设计成下拉列表框就很长 (1910~2009，有100 个值)；但如果只允许输入某个年龄范围就会少许多，例如只允许输入 6~12 岁则年份为 1997~2003 就行了，设计成下拉列表框就不会很长。

● 除了生日年份外，大多数年份的输入通常是当前年份的前后几年，所以不难设计成下拉列表框。

总的来说，在大数的情况下输入日期还是很适合设计成下拉列表框的。可以将

本书所附光盘中的 **\Part3\日期下拉框_代码.txt** 复制到硬盘中，解除只读属性后使用记事本打开，然后依照自己的需求来更改年份的值 (通常月与日都不必改，除非有特别要求)，说明如下。

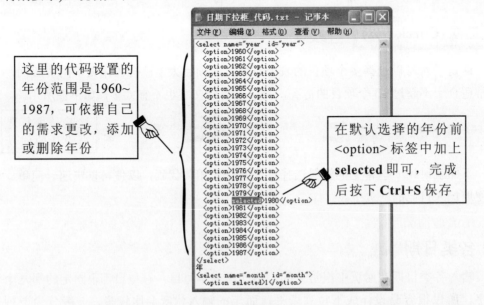

这里的代码设置的年份范围是1960~1987，可依据自己的需求更改，添加或删除年份

在默认选择的年份前 <option> 标签中加上 **selected** 即可，完成后按下 **Ctrl+S** 保存

将所有代码选定后按下 **Ctrl+C** 复制到**剪贴板**中，然后粘贴到网页中要输入日期的那个表单 (Form) 中即可，这些操作都很简单就不详细说明。若要在 JavaScript 中获取下拉列表框中当前选定的年月日，可使用下列代码 (year_num 是年，month_num 是月，day_num 是日)。

```
var year_num=document.form1.year.options[document.form1.year.selectedIndex].text;
var month_num=document.form1.month.options[document.form1.month.selectedIndex].text;
var day_num=document.form1.day.options[document.form1.day.selectedIndex].text;
```

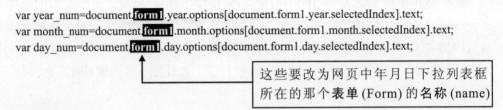

这些要改为网页中年月日下拉列表框所在的那个**表单** (Form) 的**名称** (name)

讨论与研究

● 这个输入日期的下拉列表框中有个问题，就是没有考虑有些月份没有 31 日以及 2 月仅 28 日或 29 日的情况，这样当然就不行，不过这也不难解决，将这三个下

拉列表框设计成互动式的就行了，例如选 4、6、9、11 月时日期只到 30，而选 2 月时则判断是否为润年而设置日期下拉列表框到 28 或 29 可选，可参考后面的产品类别与子项目 (互动式下拉列表框应用)，这里不再说明。

⬤ 除了下拉列表框外，另外还有一个让浏览者选择日期但不占网页空间的方法，那就是以日历方式显示日期 (就像 Windows 中的日历那样)，让浏览者单击来输入日期，不过这样的设计比下拉列表框麻烦多了，本书中就暂不讨论。

✎ 性别、生肖、星座、血型

这类资料的设计最简单了，性别仅两种，血型有四种，都很适合设计成单选按钮 (如下图所示)。可以使用**记事本**打开本书所附光盘中的 **\Part3\性别单选按钮_代码.txt** 或**血型单选按钮_代码.txt**，由于不必修改，所以将所有代码选定后按下 **Ctrl+C** 复制到**剪贴板**中，然后粘贴到网页中要输入性别或血型的那个表单 (Form) 中即可，这些操作都很简单就不详细说明。

而星座与生肖有 12 种，所以不适合设计成单选按钮，使用下拉列表框是比较好的 (如下页图所示)，可以使用记事本打开本书所附光盘中的 **\Part3\星座下拉框_代码.txt** 或**生肖下拉框_代码.txt**，由于不必修改，所以将所有代码选定后按下 **Ctrl+C** 复制到**剪贴板**中，然后粘贴到网页中要输入星座或生肖的那个表单 (Form) 中即可，这些操作都很简单，就不详细说明。

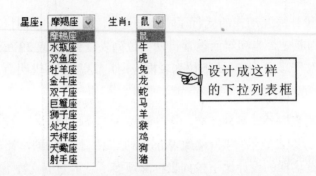

设计成这样的下拉列表框

若要在 JavaScript 中获取下拉列表框中当前选定的星座或生肖，可使用下列代码 (horoscope_name 是星座名称，sx_name 是生肖名称)。

var horoscope_name=document.**form1**.horoscope.options[document.form1.horoscope.selectedIndex].text;
var sx_name=document.**form1**.sx.options[document.form1.sx.selectedIndex].text;

这些要改为网页中星座或生肖下拉列表框所在的那个**表单 (Form) 的名称 (name)**

单选按钮的样式设计

传统上单选按钮的设计就如同 性别：⦿男 ○女 ，但若希望设计成 性别 ⦿男 ○女 ，就要略费一点功夫。这里小弟以本书所附光盘中的 **\Part3\性别单选按钮_代码.txt** 为例，在前后分别加入 <fieldset>和</fieldset> 标签，而性别的前后分别加上 **<legend>**和 **</legend>** 标签，如下所示。

<fieldset>
<legend> 性别 **</legend>**
<label><input type="radio" name="SexGroup1" value="male" checked>男</label>
<label><input type="radio" name="SexGroup1" value="female">女</label>
</fieldset> ◄── 加上这几个标签 (反白处)

在网页中就会显示成这样

性别
⦿男 ○女

咦? 为何会这么长呢? 不可以缩短吗? 至少在本书写作时 HTML 代码中无法对

<fieldset> 标签做长度的设置，那要怎么办呢？这样实在很不好，后面空了一大块。没关系，我们可以在 <fieldset></fieldset> 外围加一个没有边框的表格就可解决此问题，如下所示。

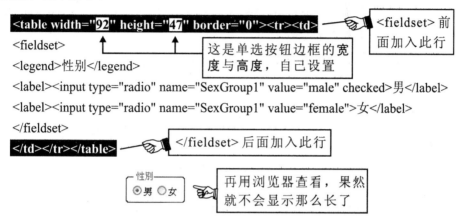

```
<table width="92" height="47" border="0"><tr><td>
<fieldset>
<legend>性别</legend>
<label><input type="radio" name="SexGroup1" value="male" checked>男</label>
<label><input type="radio" name="SexGroup1" value="female">女</label>
</fieldset>
</td></tr></table>
```

<fieldset> 前面加入此行

这是单选按钮边框的**宽度与高度**，自己设置

</fieldset> 后面加入此行

性别
◉男 ○女

再用浏览器查看，果然就不会显示那么长了

所以将这些代码 <table>···</td></tr></table> 全部加入网页中要放置选项按纽组的地方即可。

✎ 职业、类别、评论、感想、学历

这类资料可以很细也可以很粗略，要看网页的需求而定，一般都会有 5~6 个项目或更多，而且项目的文字也会比较多，因此设计成下拉列表框比较好。这里小弟提供一个粗略职业分类的下拉列表框代码供参考使用。先将本书所附光盘中的 **\Part3\职业下拉框_代码.txt** 复制到硬盘中并解除只读属性，然后用**记事本**打开，依照自己的需求来更改其中的项目名称，说明如下。

这里的名称依据自己的需求更改，也可添加或删除

在默认选择项目的 <option> 标签中加上 **selected** 即可，完成后按下 **Ctrl+S** 保存

将所有代码选定后按下 **Ctrl+C** 复制到**剪贴板**中，然后粘贴到网页中要输入职业的那个表单 (Form) 中即可，这些操作都很简单就不详细说明。若是类别、评论、感想则修改项目中的文字与最上方 <select> 标签中的 name 与 id 值就行了。若要在 JavaScript 中获取下拉列表框中当前选定的职业，可使用下列代码 (occupation_name 是职业名称)。

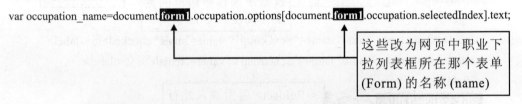

var occupation_name=document.**form1**.occupation.options[document.**form1**.occupation.selectedIndex].text;

这些改为网页中职业下拉列表框所在那个表单 (Form) 的名称 (name)

Note 若各类别项目下还有更详细的项目(子类别项目)，那就必须设计成互动式下拉列表框，可见下面的说明。

✎ 产品类别与子项目 (互动式下拉列表框应用)

在某些情况下当浏览者单击 A 下拉列表框中某个项目后，会改变 B 下拉列表框中可选择的项目，并且要求浏览者也必须选择 B 下拉列表框中的某个项目才行，而 A 与 B 就称为互动式下拉列表框。这样的应用颇为常见，最典型的就是选择产品类别 -> 产品项目，此处小弟也以此为例来解说如何在自己的网页中设计互动式下拉列表框。首先将本书所附光盘中的 **\Part3\产品互动下拉框_范例.htm** 复制到硬盘中，然后使用网页设计工具打开它 (此处以 Dreamweaver 为例来说明)，然后依照下面的操作说明来进行。

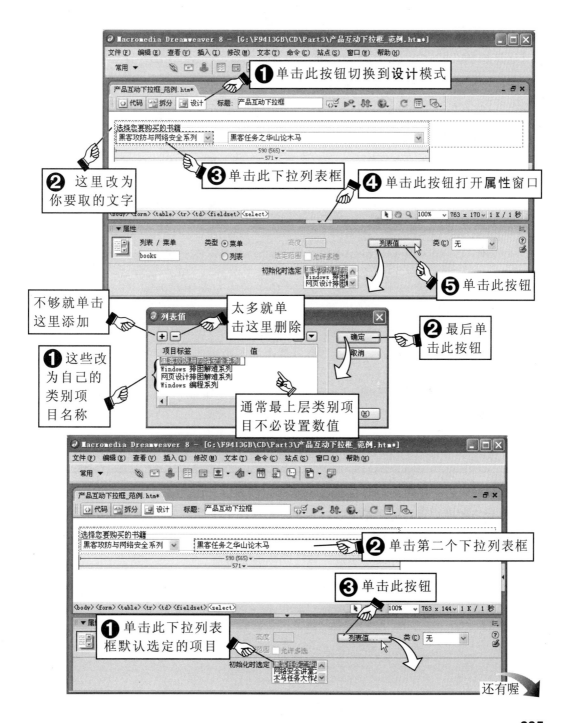

① 单击此按钮切换到**设计**模式

② 这里改为你要取的文字

③ 单击此下拉列表框

④ 单击此按钮打开**属性**窗口

⑤ 单击此按钮

不够就单击这里添加

太多就单击这里删除

① 这些改为自己的类别项目名称

② 最后单击此按钮

通常最上层类别项目不必设置数值

② 单击第二个下拉列表框

③ 单击此按钮

① 单击此下拉列表框默认选定的项目

还有喔

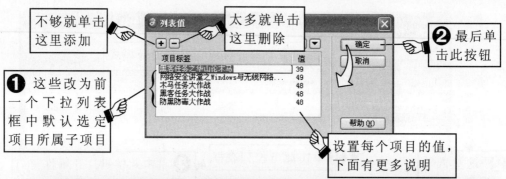

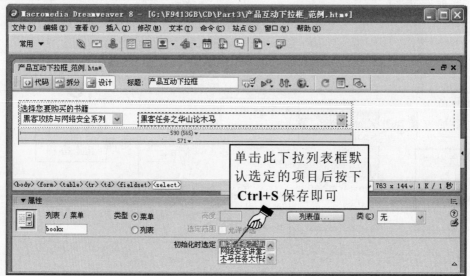

下拉列表框中各项目的**值** (value) 并非一定要设置，而且该值的意义也没任何规定，完全依照网页设计的需求而定。上述的范例中由于是选定产品名称，通常用于购物，因此每个项目 (即每个产品，也就是第二个下拉列表框) 的值就设置为该产品的价格，如此在最后就可以方便地计算出购物的总金额。

现在就可以将这个代码应用到网页中。依照下面的操作来进行。

在这个 HTML 代码中，相信已经注意到第二个下拉列表框的项目是第一个下拉框中默认项目的子项目，那第一个下拉列表框中其他项目的子项目要设置在哪里呢? 它们是设置在 JavaScript 程序中 (也就是复制到 </head> 标签之前那个 2combo_products.js 中)，而不是在 HTML 代码中，所以现在要将本书所附光盘中的 **\Part3\2combo_products.js** 复制到网页文件**所在的文件夹中**，解除只读属性后使用**记事本**打开，再依照下面的说明来修改。

> 将在第一个下拉列表框中当前选定的项目名称保存到 selectName

```
var selectName=document.form1.books.options[document.form1.books.selectedIndex].text;
```

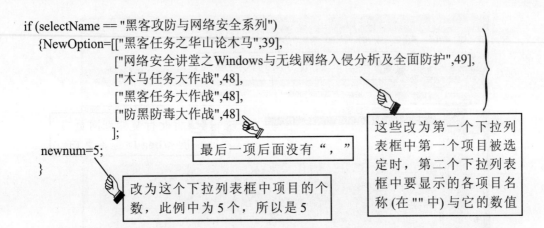

```
if (selectName == "黑客攻防与网络安全系列")
    {NewOption=[["黑客任务之华山论木马",39],
                ["网络安全讲堂之Windows与无线网络入侵分析及全面防护",49],
                ["木马任务大作战",48],
                ["黑客任务大作战",48],
                ["防黑防毒大作战",48]
                ];
    newnum=5;
    }
```

最后一项后面没有 " , "

这些改为第一个下拉列表框中第一个项目被选定时，第二个下拉列表框中要显示的各项目名称 (在 "" 中) 与它的数值

改为这个下拉列表框中项目的个数，此例中为 5 个，所以是 5

同样的，若项目太多就删除后面的，若不够就向下添加，所以后面的代码都是一样的设置，如下所示。

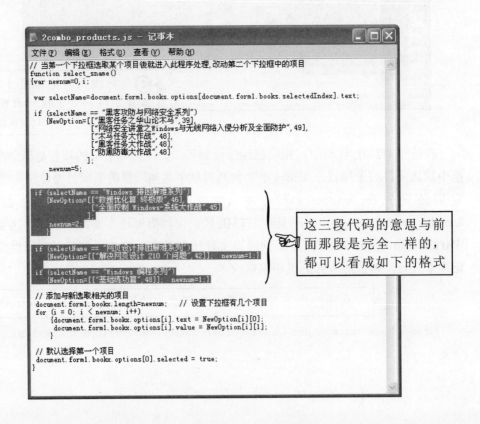

```
if (selectName == "第一个下拉框中的项目名称")
    {NewOption=[[" 第二个下拉框中的项目名称 ", 此项目的值],
               [" 第二个下拉框中的项目名称 ", 此项目的值],
               [" 第二个下拉框中的项目名称 ", 此项目的值],
               [" 第二个下拉框中的项目名称 ", 此项目的值],

                        ⋮        ⋮

               [" 第二个下拉框中的项目名称 ", 此项目的值]
               ];
    newnum=?;
    }
```

最后一项的后面不能有

就是在这些反白处改为自己下拉列表框中的项目**名称**与**值**

这个为此下拉列表框中项目的数目

同样的，若项目太多就删除后面的，若不够就向下添加，然后按下 **Ctrl+S** 保存即可。

现在就可以用浏览器打开网页文件，检查这两个下拉列表框是否如所希望的那样，此例中如本书所附光盘中的 **\Part3\产品互动下拉框_范例.htm**。

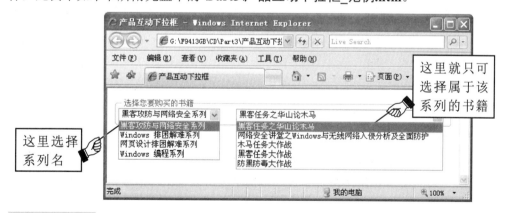

这里选择系列名

这里就只可选择属于该系列的书籍

讨论与研究

● 在上述的范例中虽然第二个下拉列表框中各项目设置了数值 (Value，范例中是产品价格)，但是并没有真正使用到此值，在 **Q105** 的**表单** (Form) 综合应用中会有它的使用范例。

● 在上述的范例中仅一层互动下拉列表框 (第一个下拉列表框的项目影响第二个下拉列表框中的项目)，但在有些情况下可能需要二层或更多层的下拉列表框 (也就是多层互动式下拉列表框)，在下面地址的范例中就属于这样的情况。

✎ 地址 (多层互动式下拉列表框应用)

完整地址是最常见也是设计成下拉列表框中难度较高的，因为若要愈详细，则它包含的互动下拉列表框就愈多，在设计上当然也就愈麻烦。这里小弟以输入上海市的详细地址为例来作为多层互动下拉列表框的解说。

基本上若要以很详细的方式用下拉列表框来输入地址，应该设计成如下所示。

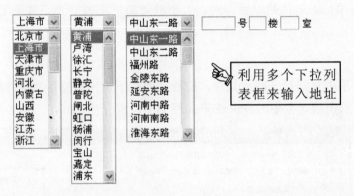

上图中是三层互动的下拉列表框，当第一个下拉列表框选择**上海市**时第二个下拉列表框就显示上海市的行政区 (这是第一层)，当第二个下拉列表框选择**黄浦区**时第三个下拉列表框就显示**黄浦区**的路或街名称 (这是第二层)，当第三个下拉列表框选择**中山东一路**后，接下来再输入该区中某个路段的几号、几楼、甚至几室，如此才算输入一个完整详细的地址。由这个范例中你可以看出有下列两个问题。

● 若要尽可能详细地用下拉列表框来输入地址，就会设计出许多层互动的下拉列表框，而有些下拉列表框的项目很多，在 JavaScript 程序的设计上就变得很冗长，如此例中上海市下的行政区就有好几个，若是各省与地区下的行政区与县市加起来则多达数千个，如果再加上路名、段号，相信每位网页设计者都会觉得很头大，肯定要创建一个小型的地址数据库才行，这工程就变得颇为浩大。

城市的建设或是某些建筑物或大楼的拆迁、改建等，会造成路街名、几号、几楼的改变，若下拉列表框中的项目没有随着改变，则所选择的地址有可能是错误的，而愈小的部分 (如几号、几楼) 变动会比较频繁，出现错误的几率就愈高，因此若要降低错误的几率就必须经常检查各路段的几号、几楼是否已改变，然后在 JavaScript 程序中立刻更正。但这个维护地址正确的工作却会带给网页设计者不小的负担。

因此在这里的范例中小弟实现到北京市与上海市第二层，也就是选择某个省市后可以再选择其下的行政区或县市，之后的路街名、段号就请浏览者自行输入了。请依照下面的步骤来将这个输入地址的设计加入网页中。

步骤 ❶ 复制与了解代码

先将本书所附光盘中的 **\Part3\我国内地下拉框_代码.txt** 与 **\Part3\Address_combo.js** 复制到要设计的网页文件**所在的文件夹**中，将两个文件都解除只读属性后，使用**记事本**打开**我国内地下拉框_代码.txt**，说明如下。

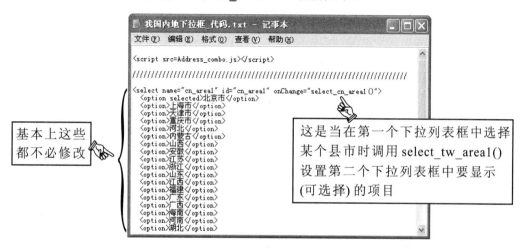

步骤 ❷ 加入网页与测试

使用网页设计工具将网页文件打开，然后依照下面的操作来进行 (此处以 Dreamweaver 为例来说明)。

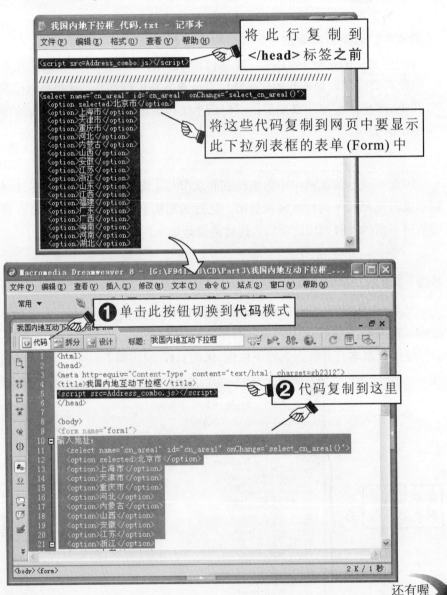

将此行复制到 **</head>** 标签之前

将这些代码复制到网页中要显示此下拉列表框的表单 (Form) 中

❶ 单击此按钮切换到**代码模式**

❷ 代码复制到这里

还有喔

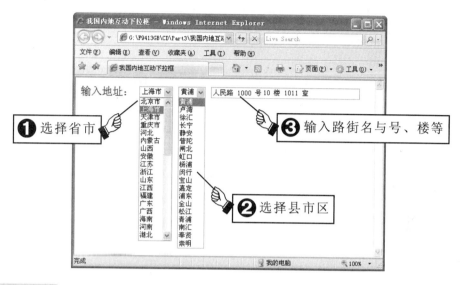

讨论与研究

　　如果选择地址的设计到第三层下拉列表框 (也就是可选择各县市下的各乡镇)，那就可以很容易设计自动显示邮政编码 (ZIP Code，6 码)的功能，如下图所示。

　　这可以在第三个下拉列表框中设置一个 onChaneg="select_tw_area3()" (此函数可放在 Address_combo.js 中)，在 select_tw_area3() 函数中判断第三个下拉列表框中当前选择的是哪个乡镇区，然后找出相对应的邮政编码 (可用查表法) 后显示在表单中即可，真正的操作就留给读者自己来做，这里就不再说明。

```
<select name="cn_area2" id="cn_area2" onChange="select_cn_area2()">
    <option selected>东城区</option>
    <option>西城区</option>
    <option>崇文区</option>
    <option>宣武区</option>
    <option>朝阳区</option>
    <option>丰台区</option>
            ⋮      ⋮
</select>
```

在第三个下拉列表框中加入这个事件处理

101 如何检查浏览者是否在某个栏位输入了资料？若没有输入应该如何处理？

 102 如何强迫浏览者必须在某个栏位中输入资料，否则就无法继续？

相关问题请见 **Q89**、**Q105**

本技巧适用于：强迫浏览者在一定要输入资料的栏位进行输入，如此可免除后续对于该栏位资料检查的困扰，也可立即提示浏览者必须输入资料。

前面的问题中详细讨论过有关在网页中输入资料的各种实时验证与检查方法。不过对于表单 (Form) 中的有些栏位或许可以不必输入内容，有些则一定要输入，也就是有些栏位允许空着，有些则不允许。在本问题中将介绍如何实时快速地检查栏位是否为空，然后快速做出处理，而不必也不需要等到送出表单资料时再一起检查，或是丢给后台服务器程序处理。

Note 虽然在 Dreamweaver 中可以利用**行为 -> 检验表单 -> 必要**的方式来对指定的栏位检查是否输入了资料，不过这样 Dreamweaver 会在 <head> 和</head> 之间加入长长的 JavaScript 代码，而且相关的信息也是英文的，设计者必须能看懂程序，了解后才能修改，实在很不方便。此处小弟已经设计好简短又清楚的 JavaScript 程序供读者直接使用，而且也能轻易地修改信息文字，可算是简单、方便又快速的做法。

✎ 文本域的检查

文本域一般需要判断是否输入了资料。依照一般输入资料的种类来分析对文本域的检查大致可分为下列两类。

需要进一步的验证与检查

通常有许多栏位不仅要求客户必须输入内容，而且要求客户输入的内容必须符合该要求，例如，只允许输入某个范围的数字，只可 (或不可) 输入数字，只可 (或不可) 输入英文，只可 (或不可) 输入英文与数字，只可 (或不可) 输入中文，格式要正确 (如邮件信箱、身份证号码、产品型号等)等，而这些检查验证在 **Q90** 中都已经详细讨论与说明过。

由于一般对空文本域的检查多是在失去焦点 (lost focus) 时进行 (在 onBlur 事件中设置 JavaScript 检查程序)，而上述这些验证检查有些也是设置在 onBlur 事件中，所以可以将两项检查合并在同一个 JavaScript 程序中。事实上，在 **Q90** 中介绍的所有 onBlur 事件中，对于设置检查的每一个 JavaScript 程序小弟都已经设计了判断是否为空的代码，也就是在每一个函数的前面可看到如下的代码。

```
if (inputn == "") return; // 若一定要输入资料则删除此行
```
或
```
if (it.value == "") return; // 若一定要输入资料则删除此行
```

所以如果栏位的 onBlur 事件中设置了使用 **Q90** 中介绍的程序来验证检查 (也就是本书所附光盘中的 **\Part3** 文件夹下的各 **.js** 程序)，则若此栏位必须判断是否已输入资料，则将上述那行代码删除就行了，不必再做另外的设计。但如果没使用本书所附光盘中的 .js 程序，那就要自行将 onBlur 事件的设置加入 <input> 标签中，也就是下一段的说明。

只需要判断是否输入资料

空资料的检查，一般的做法是在**失去焦点 (lost focus) 后检查**，也就是在 **onBlur** 事件中设置检查代码，步骤如下。

步骤 ❶ 复制与修改文件

首先将本书所附光盘中的 **\Part3\check_empty.js** 复制到要进行是否为空的检查那个栏位的网页文件所在的**文件夹中**，然后解除只读属性后用**记事本**打开，依照下面的说明来修改。

```
function check_empty(this_value,it)
{
if (this_value == "")
   {alert("您必须输入此栏位的资料!");
    it.focus(); // 将焦点转回该栏位
   }
}
```

此程序很简单，通常只需要修改这个信息文字就行了，完成后按下 **Ctrl+S** 保存

步骤 ❷ 加入网页中与测试

现在使用网页设计工具将网页文件打开，然后依照下面的操作来进行 (此处以 Dreamweaver 为例来说明)。

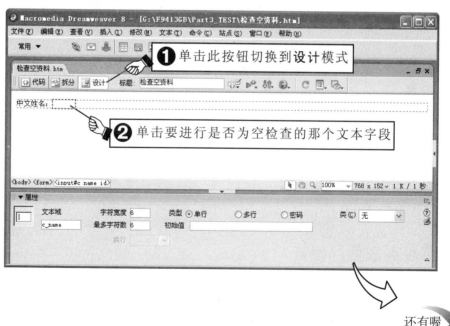

❶ 单击此按钮切换到**设计模式**

❷ 单击要进行是否为空检查的那个文本字段

还有喔

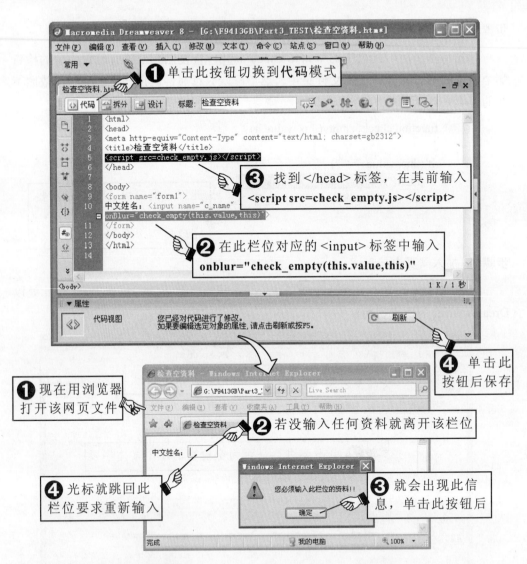

下拉列表框的检查

除了文本框外，其他表单 (Form) 中的可作为选定资料的表单对象有下拉列表框、列表、单选按钮、复选框等，其中后三者默认一定会选定某个项目，所以不会有空选的问题，当然也就不必检查。而下拉列表框则可能会出现空选的情况，如下图所示。

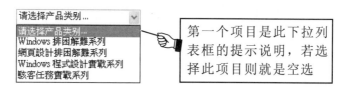

第一个项目是此下拉列表框的提示说明，若选择此项目则就是空选

但如果第一个项目是可接受的资料，就不存在此问题，也就不必检查是否为空了，如下图所示。

第一个项目是可接受的资料

所以如果下拉列表框需要检查是否为空，则请依照下面的步骤来进行。

步骤 ❶ 复制与修改文件

首先将本书所附光盘中的 **\Part3\check_comobo_empty.js** 复制到要做是否为空检查的那个下拉列表框的网页文件所在的**文件夹中**，然后解除只读属性后用**记事本**打开，依照下面的说明来修改。

```
function check_combo_empty(selectName,itemname,it)
{
 if (selectName == itemname)
   {alert("您必须选择一个项目!!");
   it.focus(); // 将焦点转回下拉框
   }
}
```

此程序很简单，通常你只需修改这个信息文字就行了，完成后按下 **Ctrl+S** 保存

步骤 ❷ 加入网页中与测试

现在使用网页设计工具将网页文件打开，然后依照下面的操作来进行 (此处以 Dreamweaver 为例来说明)。

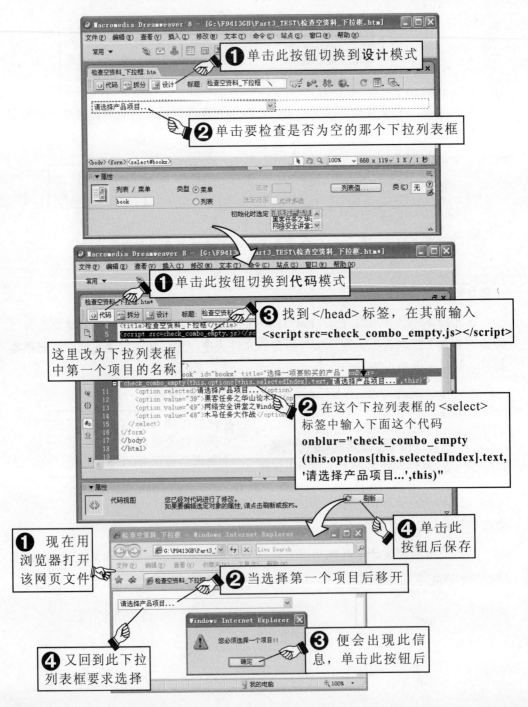

❶ 单击此按钮切换到**设计模式**

❷ 单击要检查是否为空的那个下拉列表框

❶ 单击此按钮切换到**代码模式**

这里改为下拉列表框中第一个项目的名称

❸ 找到 </head> 标签，在其前输入

<script src=check_combo_empty.js></script>

❷ 在这个下拉列表框的 <select> 标签中输入下面这个代码

onblur="check_combo_empty
(this.options[this.selectedIndex].text,
'请选择产品项目...',this)"

❹ 单击此按钮后保存

❶ 现在用浏览器打开该网页文件

❷ 当选择第一个项目后移开

❸ 便会出现此信息，单击此按钮后

❹ 又回到此下拉列表框要求选择

✎ 讨论与研究

⚫ 如果网页中有两个 (或更多) 栏位需要检查是否为空 (通常是文本框)，则在这些栏位的 onBlur 事件设置中可以调用同一个处理函数 (例如在本问题中调用的 onblur="check_empty(this.value,this)")，而不必每个栏位都调用不同的处理函数，而在 </head> 标签之前也只要调用一个 .js 程序就行了 (如本问题中的 <script src=check_empty.js></script>)，如此一个函数就可以处理所有栏位的是否为空检查。唯一要注意的是，函数中的信息文字必须可以适用于所有要进行是否为空检查的栏位，而不能针对某个栏位设置专门的信息，如下所示。

```
function check_empty(this_value,it)
{
 if (this_value == "")
   {alert("您必须输入此栏位的资料!!");
    it.focus(); //将焦点转回该栏位
   }
}
```

> 此信息文字必须适用所有栏位，像 "你必须要输入姓名!" 这样的信息就不行

⚫ 如果网页中某些栏位使用到了本书所附光盘中的 **Q90** 说明的任何一个 .js 程序来进行验证检查，而某个 (或某些栏位) 也使用了本问题中的 .js 程序进行是否为空的检查 (不论是 check_empty.js 还是 check_combo_empty.js)，如此在网页中就需要调用两个 (或更多) .js 程序，所以可以将这些 .js 程序都保存在一个 .js 文件。例如，小弟就将本问题与 **Q90** 中所有 JavaScript 程序保存在本书所附光盘中的 **\Part3\CheckData.js** 中，如此在网页文件中只要调用此文件就行了，不必调用好几个 .js 文件，如下所示。

```
<script src=CheckData.js></script>
```

> 在 <head>和</head> 之间只要加入这行就行了

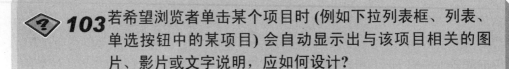

103 若希望浏览者单击某个项目时 (例如下拉列表框、列表、单选按钮中的某项目) 会自动显示出与该项目相关的图片、影片或文字说明，应如何设计?

104 若希望在表单 (Form) 中的文本域中显示自己的文字、图片或影片，而不允许浏览者在此输入文字 (也就是此区域不可获取输入焦点)，应如何实现?

相关问题请见 Q24、Q105

本技巧适用于：配合浏览者所单击的项目，自动显示与该项目相关的简介说明、图片或影片，有助于浏览者更加了解所选择的项目，并留下深刻的印象。

在有些情况下，当浏览者选择下拉列表框 (Combobox)、列表 (ListBox) 或单选按钮 (Radio Button) 中某个项目时，就会出现该项目的简介文字、图片或是影片，让浏览者更加清楚地了解所选项目到底是什么或它的意义是什么。因此，在本问题中将说明三个范例——**下拉列表框+播放影片、列表+文字说明、单选按钮+图片**——来进行讨论与研究。

✎ 列表+文字说明

当单击列表中某个项目时旁边或附近就出现与该项目相关的简介说明，这个设计不麻烦，利用一个文本区域来显示简介或帮助文字就行了，其中有点麻烦的是不可以让浏览者将光标移到这个文本区域中 (当然也就不允许浏览者在此输入文字)。这个不困难，只要该文本区域被浏览者单击 (获取输入焦点)，就立刻将焦点 (Focus) 转移到列表就行了。可以先看一下本书所附光盘中的范例，使用浏览器将本书所附光盘中的 **\Part3\列表_文字说明_范例\列表_文字说明.htm** 打开，如下所示。

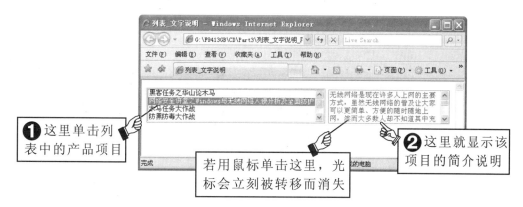

❶ 这里单击列表中的产品项目

若用鼠标单击这里，光标会立刻被转移而消失

❷ 这里就显示该项目的简介说明

下面就将这个范例修改成符合网页的需求。依照下面的步骤来进行。

步骤 ❶ 复制文件与修改代码

首先将本书所附光盘中的 **\Part3\列表_文字说明代码.txt** 与 **\Part3\intro_text.js** 复制到要显示列表与简介说明的网页文件所在的文件夹中，然后解除只读属性后用**记事本**打开 **intro_text.js**，依照下面的说明来修改。

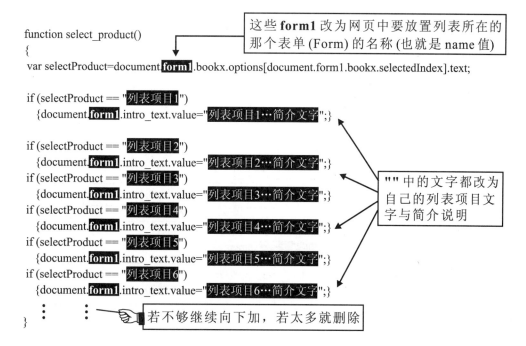

这些 **form1** 改为网页中要放置列表所在的那个表单 (Form) 的名称 (也就是 name 值)

"" 中的文字都改为自己的列表项目文字与简介说明

```
function select_product()
{
var selectProduct=document.form1.bookx.options[document.form1.bookx.selectedIndex].text;

if (selectProduct == "列表项目1")
    {document.form1.intro_text.value="列表项目1…简介文字";}

if (selectProduct == "列表项目2")
    {document.form1.intro_text.value="列表项目2…简介文字";}
if (selectProduct == "列表项目3")
    {document.form1.intro_text.value="列表项目3…简介文字";}
if (selectProduct == "列表项目4")
    {document.form1.intro_text.value="列表项目4…简介文字";}
if (selectProduct == "列表项目5")
    {document.form1.intro_text.value="列表项目5…简介文字";}
if (selectProduct == "列表项目6")
    {document.form1.intro_text.value="列表项目6…简介文字";}
}
```

若不够继续向下加，若太多就删除

Special Note ⚠ 简介或帮助文字最好是一长串**没有换行的文字**，这样在文本区域显示时才比较好看。

再看第二个函数。这个函数很简单，就是当显示简介或帮助文字的文本区域获取焦点时 (onFocus)，就立刻将焦点转到列表。使用时需要改一个地方，如下所示。

```
function nochange(it)
{
document.form1.bookx.focus();
}
```

这些 form1 改为网页中要放置列表所在的那个表单 (Form) 的名称 (也就是 name 值)

完成后按下 **Ctrl+S** 保存后关闭**记事本**，再用**记事本打开列表_文字说明代码.txt**，依照下面的说明来修改。

这是列表显示出来的行数

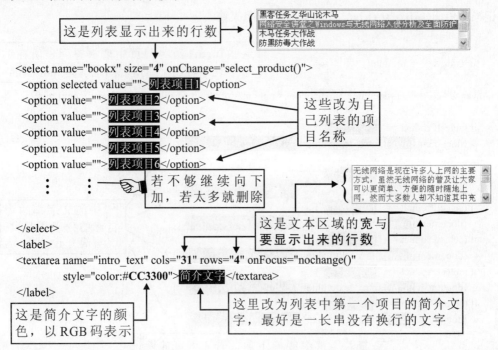

```
<select name="bookx" size="4" onChange="select_product()">
 <option selected value="">列表项目1</option>
 <option value="">列表项目2</option>
 <option value="">列表项目3</option>
 <option value="">列表项目4</option>
 <option value="">列表项目5</option>
 <option value="">列表项目6</option>
  ⋮        ⋮
```

这些改为自己列表的项目名称

若不够继续向下加，若太多就删除

这是文本区域的宽与要显示出来的行数

```
</select>
<label>
<textarea name="intro_text" cols="31" rows="4" onFocus="nochange()"
      style="color:#CC3300">简介文字</textarea>
</label>
```

这是简介文字的颜色，以 RGB 码表示

这里改为列表中第一个项目的简介文字，最好是一长串没有换行的文字

304

都完成后按下 **Ctrl+S** 保存，然后将 <script… 那行选定后按下 **Ctrl+C** 复制到**剪贴板**，但不要关闭记事本。

步骤② 加入网页中

现在使用网页设计工具将要显示列表与简介说明的网页文件打开，然后依照下面的操作来进行 (此处以 Dreamweaver 为例来说明)。

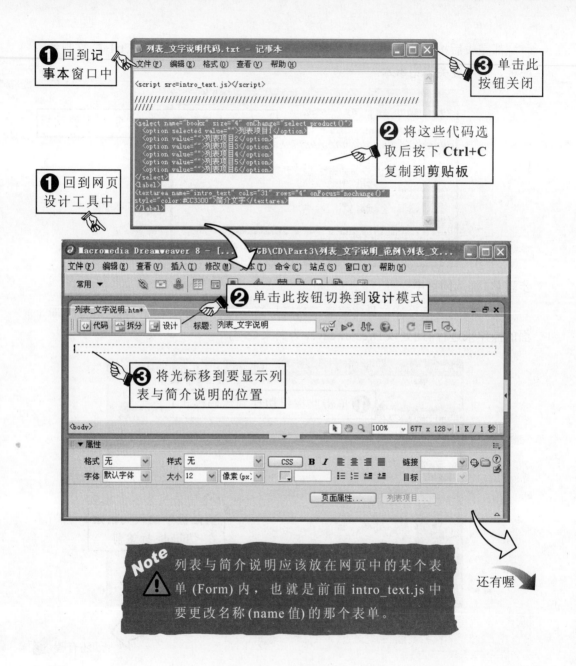

❶ 回到记事本窗口中

列表_文字说明代码.txt - 记事本

文件(F) 编辑(E) 格式(O) 查看(V) 帮助(H)

```
<script src=intro_text.js></script>

//////////////////////////////////////////////////////
/////

<select name="bookx" size="4" onChange="select_product()">
  <option selected value="">列表项目1</option>
  <option value="">列表项目2</option>
  <option value="">列表项目3</option>
  <option value="">列表项目4</option>
  <option value="">列表项目5</option>
  <option value="">列表项目6</option>
</select>
<label>
<textarea name="intro_text" cols="31" rows="4" onFocus="nochange()"
style="color #CC3300">简介文字</textarea>
</label>
```

❸ 单击此按钮关闭

❷ 将这些代码选取后按下 **Ctrl+C** 复制到剪贴板

❶ 回到网页设计工具中

Macromedia Dreamweaver 8 - [...GB\CD\Part3\列表_文字说明_范例\列表_文...

文件(F) 编辑(E) 查看(V) 插入(I) 修改(M) 文本(T) 命令(C) 站点(S) 窗口(W) 帮助(H)

常用 ▼

❷ 单击此按钮切换到**设计**模式

列表_文字说明.htm*

◇代码 拆分 设计 标题: 列表_文字说明

❸ 将光标移到要显示列表与简介说明的位置

`<body>`   100%   677 x 128   1 K / 1 秒

▼ 属性

格式 无   样式 无   CSS B I   链接

字体 默认字体   大小 12 像素(px)   目标

页面属性...   列表项目...

Note

列表与简介说明应该放在网页中的某个表单 (Form) 内，也就是前面 intro_text.js 中要更改名称(name值)的那个表单。

还有喔

步骤 3 测试结果

现在就可以使用浏览器打开该网页，测试看看是否与本书所附光盘中的 **\Part3\列表_文字说明_范例\列表_文字说明.htm** 的范例一样。

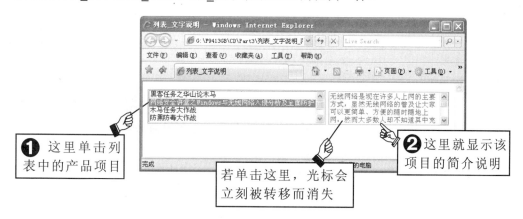

① 这里单击列表中的产品项目

② 这里就显示该项目的简介说明

若单击这里，光标会立刻被转移而消失

单选按钮+图片

前一个范例中介绍了单击某个项目后出现该项目的简介说明，不过对于某些项目或产品而言，出现的是图片而不是简介说明，这样应该会让浏览者更了解所选择的项目与更有深刻的印象，所以在这个范例中当单击某个单选按钮后就出现与该项目相关的图片，例如使用浏览器打开本书所附光盘中的 **\Part3\单选按钮_图片_范例\单选按钮_图片.htm**，如下图所示。

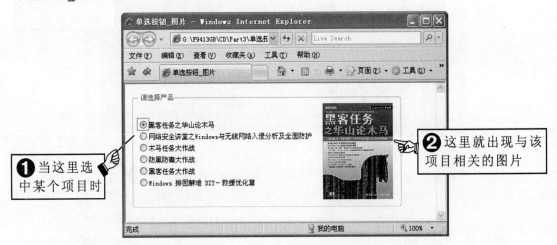

其中"请选择产品"所在的外框，其大小是用一个表格 (Table) 把它限制住的，而单选按钮与图片则是被放在另一个表格 (Table) 中，如此才能整齐排列。

OK! 现在就将这个范例修改成符合网页的需求。请依照下面的步骤来进行。

步骤 ❶ 复制文件与修改代码

首先将本书所附光盘中的 **\Part3\单选按钮_图片代码.txt** 与 **\Part3\ShowPics.js** 复制到要显示单选按钮与相关图片的网页文件所在的**文件夹中**，然后解除只读属性后用**记事本**打开 **ShowPics.js**，依照下面的说明来修改。

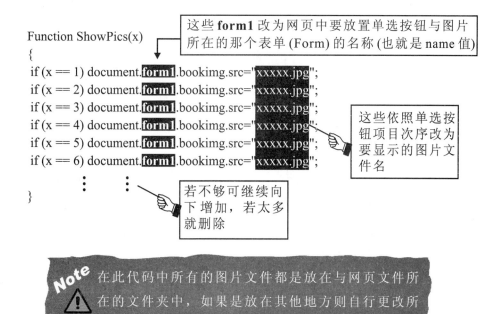

```
Function ShowPics(x)
{
    if (x == 1) document.form1.bookimg.src='xxxxx.jpg';
    if (x == 2) document.form1.bookimg.src='xxxxx.jpg';
    if (x == 3) document.form1.bookimg.src='xxxxx.jpg';
    if (x == 4) document.form1.bookimg.src='xxxxx.jpg';
    if (x == 5) document.form1.bookimg.src='xxxxx.jpg';
    if (x == 6) document.form1.bookimg.src='xxxxx.jpg';
          ⋮        ⋮
}
```

这些 **form1** 改为网页中要放置单选按钮与图片所在的那个表单 (Form) 的名称 (也就是 name 值)

这些依照单选按钮项目次序改为要显示的图片文件名

若不够可继续向下增加，若太多就删除

> **Note** 在此代码中所有的图片文件都是放在与网页文件所在的文件夹中，如果是放在其他地方则自行更改所在路径；另外，图片文件不一定要使用 .jpg 格式，也可使用 .gif 或任何浏览器可显示的图片格式。

完成后按下 **Ctrl+S** 保存后**关闭记事本**，再用**记事本打开单选按钮_图片代码.txt**，依照下面的说明来修改 (这里只显示出要修改的代码)。

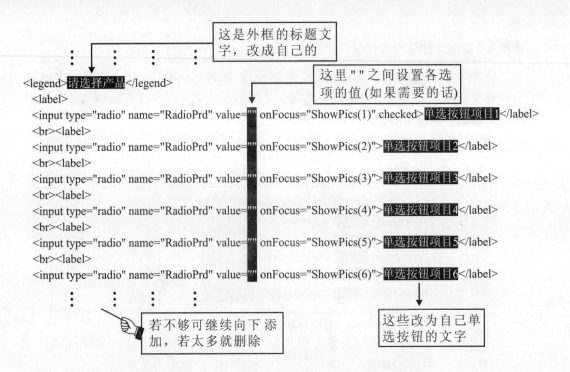

这是外框的标题文字，改成自己的

这里""之间设置各选项的值(如果需要的话)

```
<legend>请选择产品</legend>
    <label>
<input type="radio" name="RadioPrd" value="" onFocus="ShowPics(1)" checked>单选按钮项目1</label>
<br><label>
<input type="radio" name="RadioPrd" value="" onFocus="ShowPics(2)">单选按钮项目2</label>
<br><label>
<input type="radio" name="RadioPrd" value="" onFocus="ShowPics(3)">单选按钮项目3</label>
<br><label>
<input type="radio" name="RadioPrd" value="" onFocus="ShowPics(4)">单选按钮项目4</label>
<br><label>
<input type="radio" name="RadioPrd" value="" onFocus="ShowPics(5)">单选按钮项目5</label>
<br><label>
<input type="radio" name="RadioPrd" value="" onFocus="ShowPics(6)">单选按钮项目6</label>
```

若不够可继续向下添加，若太多就删除

这些改为自己单选按钮的文字

完成后按下 **Ctrl+S** 保存，然后将第一行选定后按下 **Ctrl+C** 复制到**剪贴板**中，但**不要关闭记事本**。

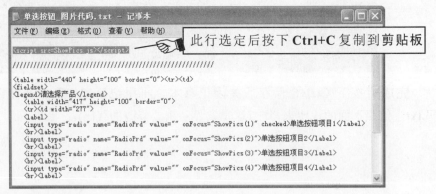

此行选定后按下 **Ctrl+C** 复制到**剪贴板**

步骤 ❷ 加入网页与修改

现在使用网页设计工具将要显示单选按钮与图片的网页文件打开，然后依照下面的操作来进行 (此处以 Dreamweaver 为例来说明)。

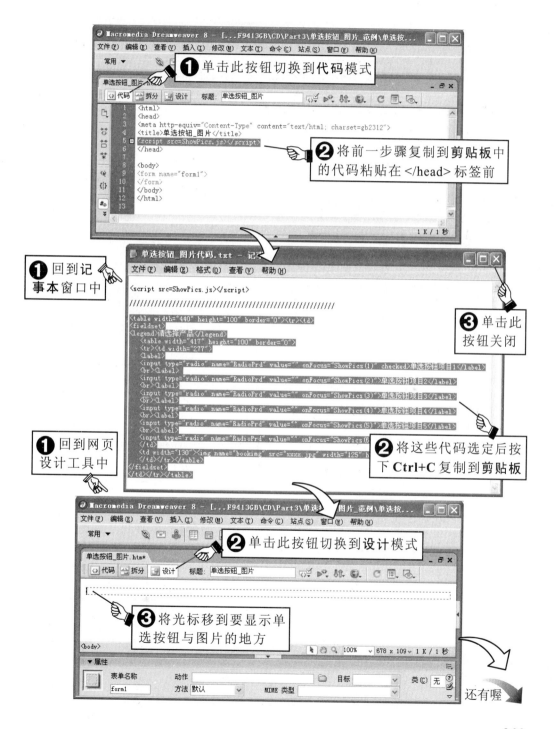

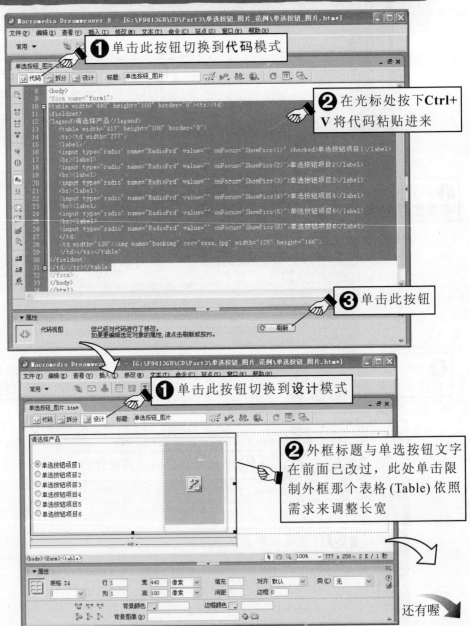

Note 单选按钮与图片应该是放在网页中的某个表单 (Form) 内，也
就是前面 ShowPics.js 中要更改名称 (name 值) 的那个表单。

❶ 单击此按钮切换到代码模式

❷ 在光标处按下Ctrl+
V 将代码粘贴进来

❸ 单击此按钮

❶ 单击此按钮切换到设计模式

❷ 外框标题与单选按钮文字
在前面已改过，此处单击限
制外框那个表格 (Table) 依照
需求来调整长宽

还有喔

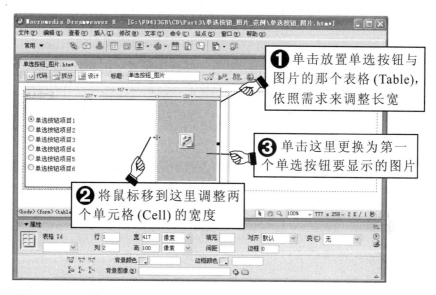

① 单击放置单选按钮与图片的那个表格 (Table)，依照需求来调整长宽

③ 单击这里更换为第一个单选按钮要显示的图片

② 将鼠标移到这里调整两个单元格 (Cell) 的宽度

完成后按下 **Ctrl+S** 保存，然后进行下一步骤。

步骤 ③ 测试结果

现在就可以使用浏览器打开该网页，测试看看是否与本书所附光盘中的 **\Part3**\单选按钮_图片_范例\单选按钮_图片**.htm** 的范例一样。

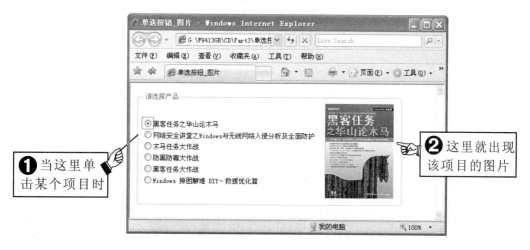

① 当这里单击某个项目时

② 这里就出现该项目的图片

✎ 下拉列表框+播放影片

前面说过，当单击列表中的项目时将出现该项目的简介说明，单击单选按钮则出现与该项目对应的图片。如果这样还不够让浏览者了解所选择的项目 (或是希望浏览者能非常清楚了解所选的项目)，则播放一段影片应该是最佳的做法。所以第三个范例就是单击下拉列表框中的项目后，就会自动播放与该项目相关的影片。

在 **Q64** 中就曾经说明过单击下拉列表框中的项目后就自动播放相关的影片。没错，在 **166** 页 多个影片范例：选择列表中的项目播放 中曾讨论过类似的操作，所以请看该处的说明，此处就不再赘述。不过在该问题的操作中播放影片的区域 (代码) 并不是放在表单 (Form) 中，因此在整个网页的显示上可能无法对齐或不好看，所以当在网页中使用时最好将播放影片的区域放在表单 (Form) 中的表格 (Table)，如此就比较整齐好看，详细的操作与调整就当作功课，由读者自行设计与处理，这里就不说明了。

✎ 讨论与研究

在本问题中虽然讨论了三个典型的范例，但仍有不足之处，所以下面提出几点补充说明。

- 在本问题中是以列表+文字说明、单选按钮+图片、下拉列表框+播放影片这样的组合来说明的，但有可能你是要设计成下拉列表框+文字说明、列表+播放影片、列表+图片、单选按钮+文字说明等不同的组合，这没有关系，只要将本问题中三个范例的操作略微修改一下就可以适用于所想要的组合，这并不难实现，就请读者自行研究。

- 若是要设计成互动式下拉列表框+文字说明、图片或影片，这也没什么差别，因为互动设计是在下拉列表框之间，与帮助文字、图片或影片并没有关系，仅最后一个下拉列表框才会关联到要显示的文字说明、图片或影片，也就是说是否为互动式下拉列表框根本没有影响，设计都是一样的。

🔘 在大多数网页的表单 (Form) 设计中通常不太可能仅列表+文字说明、单选按钮+图片、下拉列表框+播放影片 (或其他组合)两个元素的组合，一定还会有其他元素。因此，如何依照网页设计者的想法来整齐排列就需要费一些心思，而一般常见的做法就是利用无边框的表格 (Table) 来让各元素整齐排列 (也就是本问题中单选按钮+图片这个范例中的做法)。利用表格 (Table) 来让网页中的各种元素依照自己的想法来排列与摆放是网页设计中经常使用的技巧，若还不熟悉这样的做法，建议经常练习与应用它。

105 如何设计一个浏览者不需输入文字，通过选择即可填写的产品订购单 (或个人资料表、问卷、报名表等)，而且要求其图文并茂?

106 如何让产品订购单 (或个人资料表、问卷、报名表等) 更加美观、好看 (例如加入颜色、制造阴影效果、加入墙纸片等)?

107 如何让表单中的字体大小与排列不会因为浏览器字体大小的改变被破坏而变得无法整齐排列?

相关问题请见本章中其他问题

本技巧适用于：学习表单设计与资料的验证检查应用，设计出独特风格、与众不同的专属表单，让浏览者印象深刻。

其实本问题是将前面各问题中所讨论的内容做一个综合性的应用，在本问题中小弟将设计一个图文并茂的产品说明与订购单，然后将各种资料验证检查的技巧应用在表单中，希望能帮助读者更加容易使用与掌握本章中所讨论的各种资料验证检查与表单设计技巧，以在自己的网页设计中使用。

✎ 设计前的构思

在进行设计之前必须考虑要设计的这个表单的用途，如此才能规划出其中必须有的相关项目，例如：

● **产品订购单**：要有购物者姓名、性别、送货地址、联系电话、产品名称、数量、付款方式等项目。

- **会员 (个人) 资料**：要有姓名、性别、地址、电话、出生年月日、学历、血型、职业、兴趣、喜好等项目。

- **问卷**：要有姓名、性别、年龄、学历、职业、要调查询问的问题等。

......

规划好表单中要有的项目 (也就是要收集的资料) 后才可进行下一步。

✎ 设计原则与观念

在进行设计时一定要确实遵守一些非常重要的观念。

- 可以设置成选择式的项目 (例如性别、出生年月日、学历、职业、产品名称、兴趣、喜好、付款方式等)，不让浏览者自行输入，如此不仅让浏览者填写方便，而且不必费心地检查输入的资料是否正确。此观念在前面的问题中已经强调过许多次。

- 对于浏览者自行输入资料的栏位 (例如姓名、电话号码、邮政编码、购买数量等)，可以限制输入的字数、按下的按键、数字的范围来降低资料检查时的复杂度。例如，我国内地的邮政编码是 6 码，所以不必考虑 7 个或更多数字的情况；而电话号码栏位只可输入数字，不可输入中文或英文；另外，购买数量也会有一定范围 (如 1~999)，通常不可能到 1000 或 10000 等。这些都可以进行严格的限制，如此就能大大降低输入资料的错误与验证检查困难度。

- 若浏览者自行输入资料的栏位必须有固定格式，则可以利用**正则表达式**来设计过滤器做实时检查，减少资料验证检查的负担。

● 对于有多个选择，但只能选定一项的情况，一定要设计成下拉列表框、列表或单选按钮组的方式，如此不仅浏览者操作方便，也不必再进行资料验证检查。

OK! 下面就来设计一个具有需要输入个人基本资料、选择购买产品、简单问卷等功能的一个简易的产品说明与订购单来作为操作练习的题目。

✎ 步骤 ❶ 外观设计

相信读者一定看过许多网站中的表单 (Form，通常需要输入许多资料的就是了)，不过大多数的表单看起来都很单调或很朴素，没颜色也没有造型。所以这里小弟要让你打破传统，设计一个有颜色、有外框、有阴影的表单，给浏览者留下深刻的印象。

不过基本的表单 (Form) 并没有外框，也没有颜色，更不会有阴影，那要如何做出这样的表单呢? 有些书是告诉读者利用 CSS 代码来为表单加入颜色，不过小弟觉得此方法颇为麻烦，还要 IE 5.5 或更新版本才可适用，而且也不能做出外框与阴影，真不知道这样的书能让读者学习到什么东西?

那要怎么做才行呢? 哈! 当然是用表格。在表单 (Form) 中加入表格，然后在单元格中加入各种表单对象。由于表格可以有外框，可以设置背景颜色，也能做出阴影，这就符合了需要。另外，利用表格还可以将表单中的各表单对象排列整齐或是摆放在想要放置的位置 (可利用表格中再插入表格的方式来实现)，可谓是一举两得，也算是表单 (Form) 与表格 (Table) 的综合应用。下面就来操作看看，首先创建一个**新的 HTML 文件**，然后再依照下面的操作来进行 (此处以 Dreamweaver 为例来说明)。

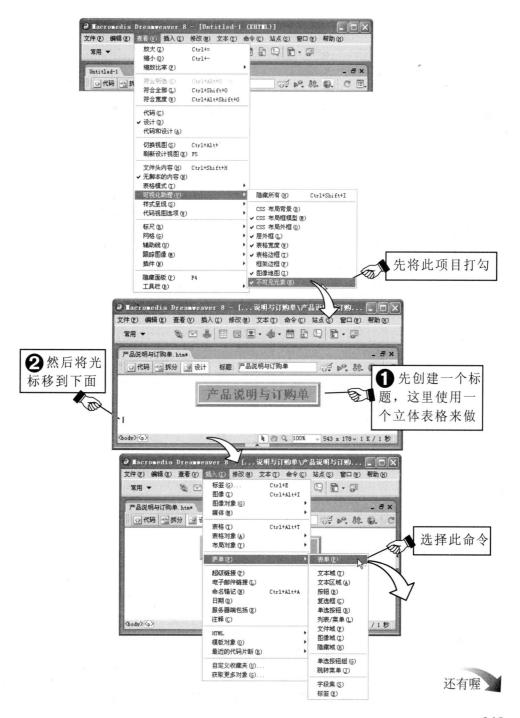

先将此项目打勾

❷ 然后将光标移到下面

❶ 先创建一个标题，这里使用一个立体表格来做

选择此命令

还有喔

319

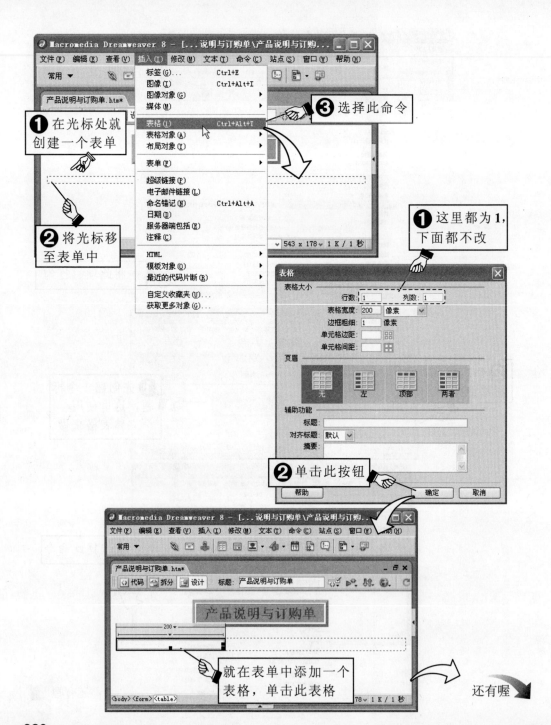

❶ 在光标处就创建一个表单

❷ 将光标移至表单中

❸ 选择此命令

❶ 这里都为1，下面都不改

❷ 单击此按钮

就在表单中添加一个表格，单击此表格

还有喔

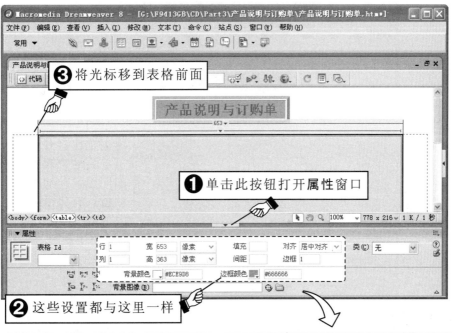

③ 将光标移到表格前面

产品说明与订购单

❶ 单击此按钮打开**属性**窗口

❷ 这些设置都与这里一样

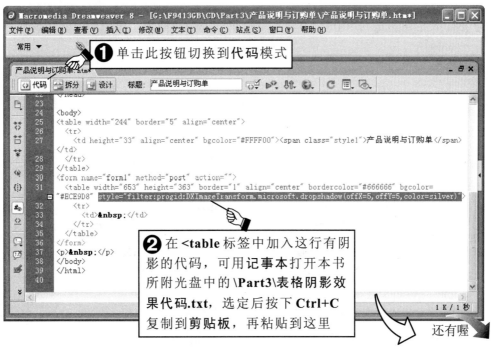

❶ 单击此按钮切换到**代码**模式

```
<body>
<table width="244" border="5" align="center">
  <tr>
    <td height="33" align="center" bgcolor="#FFFF00"><span class="style1">产品说明与订购单</span>
  </td>
  </tr>
</table>
<form name="form1" method="post" action="">
  <table width="653" height="363" border="1" align="center" bordercolor="#666666" bgcolor=
"#ECE9D8" style="filter:progid:DXImageTransform.microsoft.dropshadow(offX=5, offY=5,color=silver)">
    <tr>
      <td> </td>
    </tr>
  </table>
</form>
<p> </p>
</body>
</html>
```

❷ 在 **<table** 标签中加入这行有阴影的代码，可用**记事本**打开本书所附光盘中的 **\Part3\表格阴影效果代码.txt**，选定后按下 **Ctrl+C** 复制到**剪贴板**，再粘贴到这里

还有喔

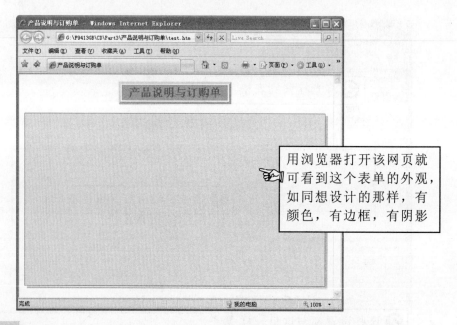

用浏览器打开该网页就可看到这个表单的外观，如同想设计的那样，有颜色，有边框，有阴影

注意事项

● 这个表格阴影是利用 IE 浏览器本身提供的滤镜功能来实现的，也就是说，若浏览者使用其他浏览器可能就看不到这个阴影效果。

● 利用滤镜功能来创建阴影的表格必须设置背景颜色，否则会出现多个重叠的阴影效果，看起来花花的。

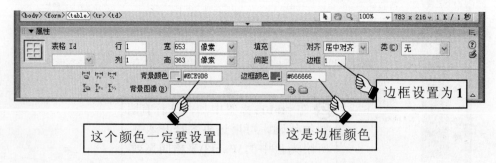

边框设置为1

这个颜色一定要设置

这是边框颜色

● 建议将表格边框设置为 1，而边框颜色最好为深灰色，如此会使表格的阴影看起来更加明显、清楚与好看。

✎ 步骤❷字体大小与处理程序

在将表单对象加入表单 (Form) 之前，在 <head> 和 </head> 之间要先加入两样东西。首先是固定字体大小的 CSS 样式。由于表单中各表单对象的排列与位置都是仔细设计好的，但如果浏览者浏览器设置的字体大小与表单中的不同 (或是改变字体大小)，则表单中各表单对象的排列与位置可能就会被破坏而变得混乱。为了避免这样的情况发生，可以将下列 CSS 代码加入 **<head>** 和 **</head>** 之间，如此表单中的各表单对象就不会因为字体大小而被改变。

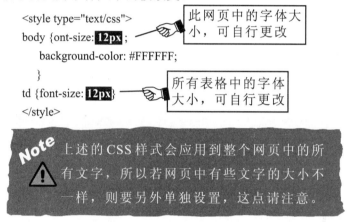

```
<style type="text/css">
body {ont-size: 12px ;
    background-color: #FFFFFF;
    }
td {font-size: 12px}
</style>
```

此网页中的字体大小，可自行更改

所有表格中的字体大小，可自行更改

> **Note** 上述的 CSS 样式会应用到整个网页中的所有文字，所以若网页中有些文字的大小不一样，则要另外单独设置，这点请注意。

第二个则是加入此网页中要调用的 JavaScript 程序。由于这些程序都已经设计好了，分别放在 Address_combo.js、2combo3.js 和 CheckData.js 这三个文件中，此处为了方便解说就将它们调用到网页中，如下所示。

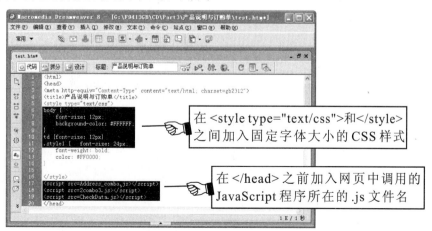

在 <style type="text/css"> 和 </style> 之间加入固定字体大小的 CSS 样式

在 </head> 之前加入网页中调用的 JavaScript 程序所在的 .js 文件名

✎ 步骤 ❸ 将各表单对象加入表单中

现在表单的外观已经符合所期望的样子，可以开始加入让浏览者输入或选定资料的各种表单对象了，下面分别说明。

姓名

姓名肯定是让浏览者自行输入的，这是无法用选定的。这里小弟允许各种字符的输入 (包含中文)，因此就不设置任何限制，唯一要做的资料检查就是不可以为空，也就是一定要输入 (否则购买的产品就没有收件人)，因此设计操作如下 (此处以 Dreamweaver 为例来说明)。

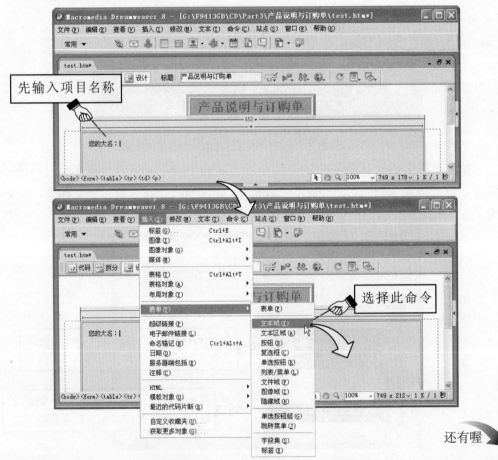

还有喔

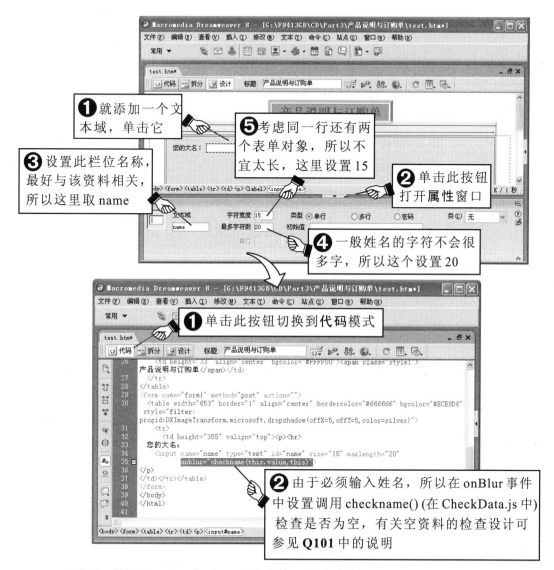

❶ 就添加一个文本域，单击它

❺ 考虑同一行还有两个表单对象，所以不宜太长，这里设置15

❸ 设置此栏位名称，最好与该资料相关，所以这里取 name

❷ 单击此按钮打开**属性**窗口

❹ 一般姓名的字符不会很多字，所以这个设置20

❶ 单击此按钮切换到**代码**模式

❷ 由于必须输入姓名，所以在 onBlur 事件中设置调用 checkname() (在 CheckData.js 中) 检查是否为空，有关空资料的检查设计可参见 **Q101** 中的说明

都完成后按下 **Ctrl+S** 保存；在这个输入姓名的栏位中，这里允许浏览者输入任何字符，没有任何限制，不过有些读者可能会希望不允许输入某些字符 (例如一般姓名中并没有 0~9 或各种符号)，如此可以将下面这个代码加入 <input> 标签中 (可放在 **onBlur** 设置的后面)，来禁止浏览者在这个姓名栏位输入这些字符。

onkeyup="value=value.replace(/[0-9|~|`|!|@|#|$|%|^|&|*|()|+|=|{|}|;|:|,|.|<|>|?]/g,'')"

不允许输入的字符加入其中，之间以 | 区隔即可

性别

　　这个很简单，就两种，这里小弟设计成单选按钮让浏览者选择，如下所示 (此处以 Dreamweaver 为例来说明)。

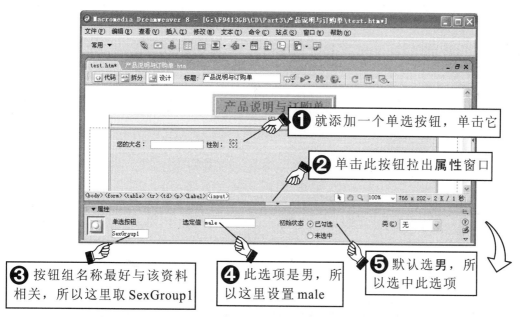

❶ 就添加一个单选按钮，单击它

❷ 单击此按钮拉出**属性**窗口

❸ 按钮组名称最好与该资料相关，所以这里取 SexGroup1

❹ 此选项是男，所以这里设置 male

❺ 默认选**男**，所以选中此选项

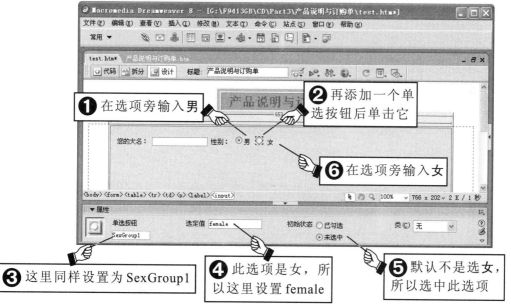

❶ 在选项旁输入**男**

❷ 再添加一个单选按钮后单击它

❻ 在选项旁输入**女**

❸ 这里同样设置为 SexGroup1

❹ 此选项是女，所以这里设置 female

❺ 默认不是选**女**，所以选中此选项

都完成后按下 **Ctrl+S** 保存。由于这个是用选择的方式来填写性别，所以不会出现非法的输入，也不需要做验证检查。这里考虑版面不够的问题就没有设计一个外框(如下图所示)，如果想要设计成这样可以参见 **282** 页 单选按钮的样式设计 的说明。

出生年月日

出生年月日当然不能让浏览者输入，这里小弟设计成用下拉列表框来选定，操作如下 (此处以 Dreamweaver 为例来说明)。

还有喔

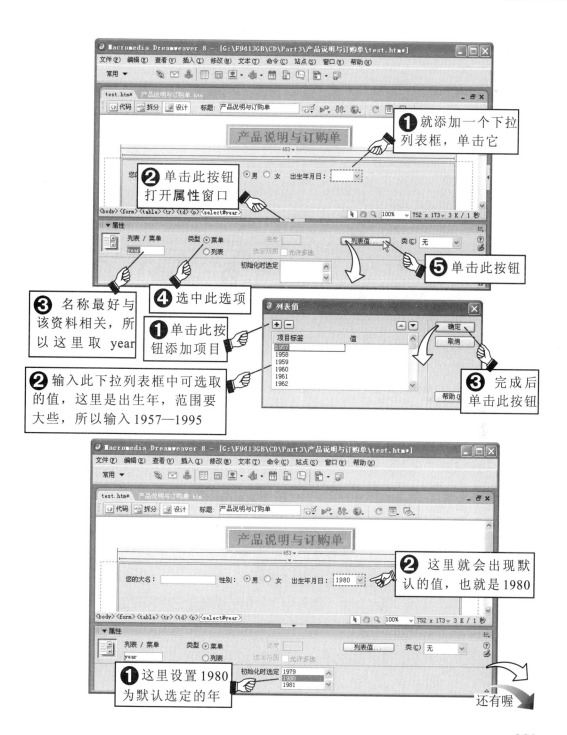

就添加一个下拉列表框，单击它

❶

❷ 单击此按钮打开属性窗口

❸ 名称最好与该资料相关，所以这里取 year

❹ 选中此选项

❺ 单击此按钮

❶ 单击此按钮添加项目

❷ 输入此下拉列表框中可选取的值，这里是出生年，范围要大些，所以输入 1957—1995

❸ 完成后单击此按钮

❷ 这里就会出现默认的值，也就是 1980

❶ 这里设置 1980 为默认选定的年

还有喔

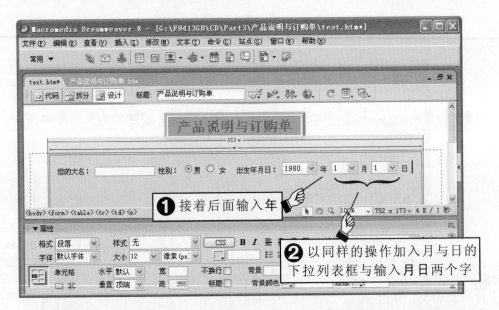

都完成后按下 **Ctrl+S** 保存。由于都是以选择的方式来填写生日的，所以不会出现非法的数据，也不需要进行验证检查。但是这里有个问题：有些月份没有 31 日，而二月也仅 28 或 29 日，不过在这里的日期下拉列表框中并没有去判断，因此不论哪个月份都会显示 1~31 日可选，这样当然就有问题。所以应该在月份下拉列表框的 **onChange** 事件中判断选了哪个月份，然后设置日期的下拉列表框有哪几天可选，这个小程序不难写，就留给读者自行研究。

寄送地址

这里地址栏位的设计完全是依照 **290 页✎地址 (多层互动式下拉列表框应用)** 中的说明来做的，也就是说省市与县市用互动式下拉列表框，之后乡镇、路街巷号就由访客自行输入，在此范例中这是寄送的地址，所以必须输入，也就是要进行是否为空的检查；另外，该栏位允许输入中文、0~9 数字与空格，其他符号与英文都不行，操作如下 (此处以 Dreamweaver 为例来说明)。

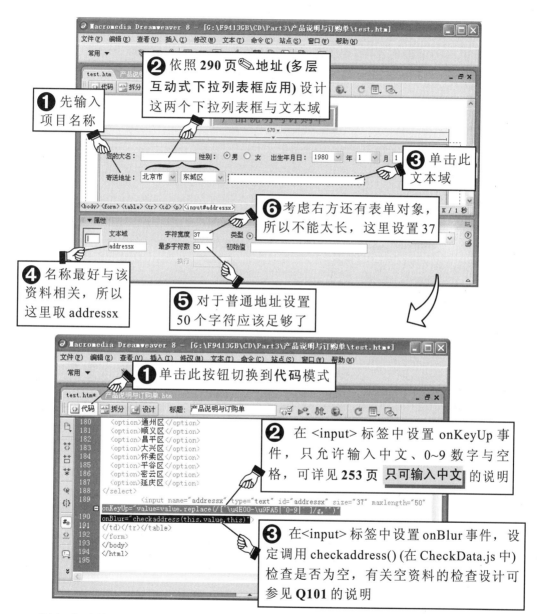

都完成后按下 **Ctrl+S** 保存即可。不过这里的设计并没有包含邮政编码 (ZIP Code)，其实这也不难，只要将各县市下的乡镇设计成第三层的下拉列表框，而每个乡镇都有一个 6 位的邮政编码，因此再加入一个显示邮政编码的文本域，当乡镇

的下拉列表框被选定时就在此文本域中显示该乡镇的邮政编码。这个设计并不难，只要在第三个下拉列表框(也就是乡镇的下拉列表框)中设置 **onChange** 事件来调用处理这个事件的 JavaScript 程序就行了，具体实现留给读者自行研究。

职业

这里加入一个简单的职业类别调查，由于只知道大概，因此先分成几个类别，然后让浏览者选择就行了。而为了少占用版面，这里小弟设计成下拉列表框。操作如下 (此处以 Dreamweaver 为例来说明)。

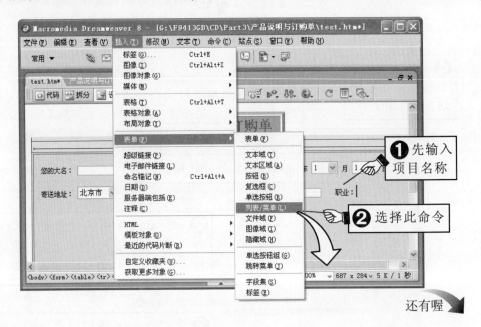

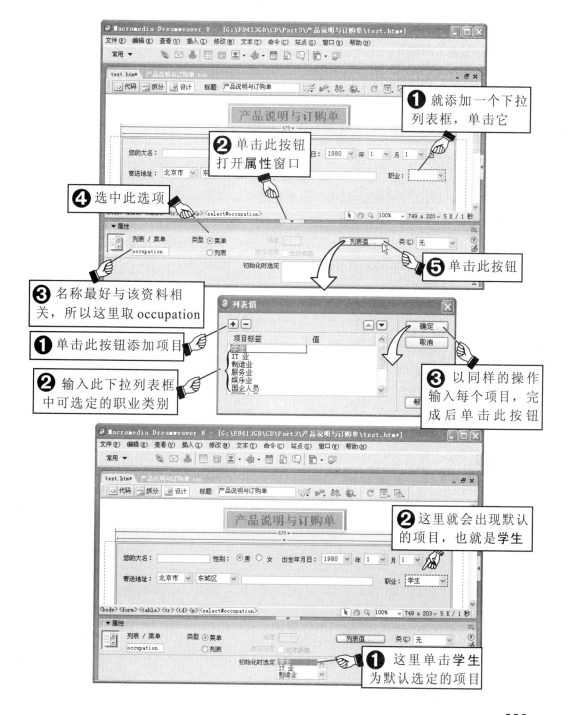

❶ 就添加一个下拉列表框，单击它

❷ 单击此按钮打开**属性**窗口

❹ 选中此选项

❸ 名称最好与该资料相关，所以这里取 occupation

❶ 单击此按钮添加项目

❷ 输入此下拉列表框中可选定的职业类别

❺ 单击此按钮

❸ 以同样的操作输入每个项目，完成后单击此按钮

❷ 这里就会出现默认的项目，也就是**学生**

❶ 这里单击**学生**为默认选定的项目

都完成后按下 **Ctrl+S** 保存。由于都是以选择的方式来填写职业这一项的，所以不会出现非法的输入，也不需要做验证检查。

联系电话

依照一般习惯，这里也要求浏览者输入固定电话，为了避免浏览者输入错误与减少检查验证的麻烦，这里将区号与电话号码分开来，区号都是固定的，所以可设计成下拉列表框，而电话号码则允许浏览者输入 0~9 的数字，其他则不行，而且必须为 8 个数字 (我国内地固定电话都为 8 个数字)，但此栏位可以不输入，所以不必做空资料检查，依照这些条件设计如下 (此处以 Dreamweaver 为例来说明)。

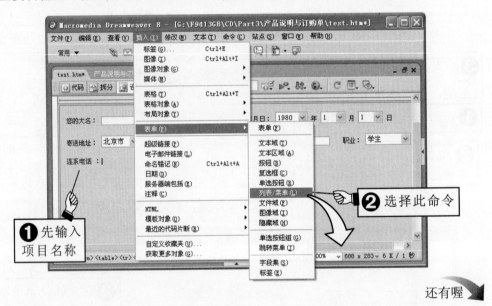

❶ 先输入项目名称

❷ 选择此命令

还有喔

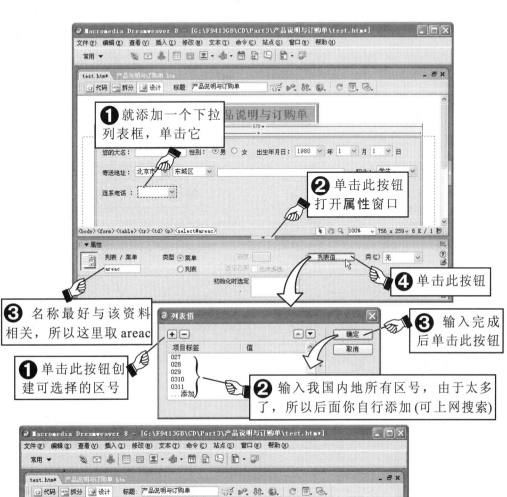

❶ 就添加一个下拉列表框，单击它

❷ 单击此按钮打开**属性**窗口

❸ 名称最好与该资料相关，所以这里取 areac

❶ 单击此按钮创建可选择的区号

❷ 输入我国内地所有区号，由于太多了，所以后面你自行添加(可上网搜索)

❸ 输入完成后单击此按钮

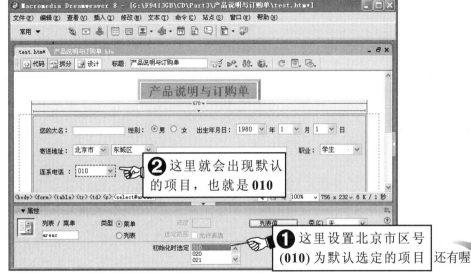

❷ 这里就会出现默认的项目，也就是 010

❶ 这里设置北京市区号 (010) 为默认选定的项目

还有喔

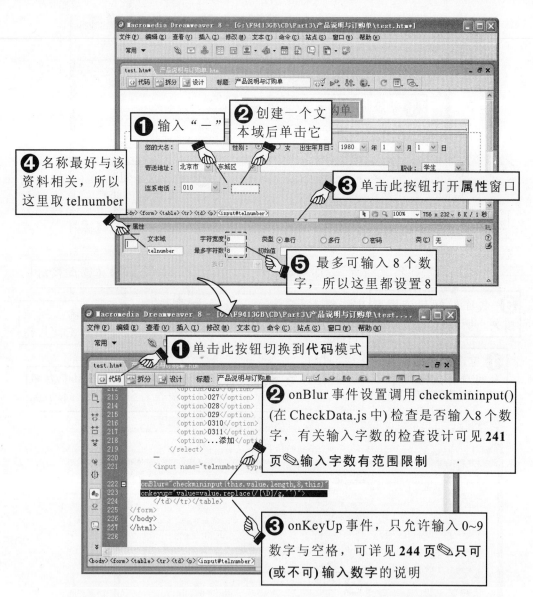

都完成后按下 **Ctrl+S** 保存，基本上这个固定电话号码的验证检查设计还算完整。但对于有些逻辑上的错误就没有做进一步的检查，例如，许多地区电话号码的第一个数字不可为 1(或是其他数字)等，这类更详细的检查可由读者自己实现(可设置在 onBlur 事件中)。

手机

现在几乎是每个人都有手机，而且必须可以联系到收件人，因此这个栏位就一定要输入 (也就是要进行是否为空的检查)。而我国内地的手机号码为 11 码，因此必须输入 11 个数字才行，不能多也不能少，当然只能输入 0~9 的数字，其他则不行。依照这些条件设计如下 (此处以 Dreamweaver 为例来说明)。

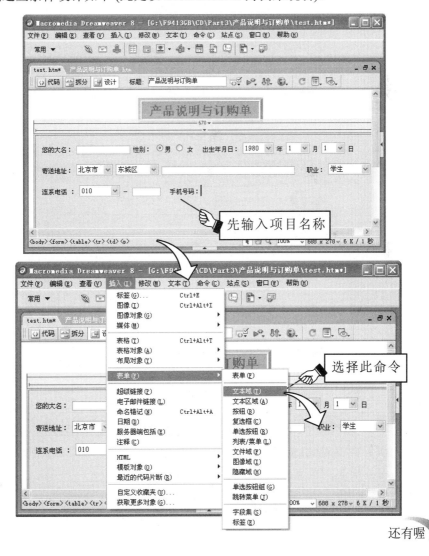

先输入项目名称

选择此命令

还有喔

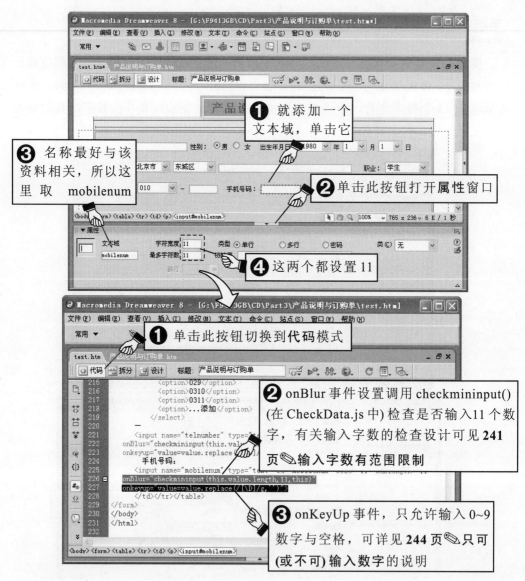

都完成后按下 **Ctrl+S** 保存。与前面的固定电话号码一样，这里并没有检查逻辑上的错误，例如，我国内地手机号码都是 1 开头，所以第一个号码不可以为 0 或 2~9，这类更详细的检查就留给读者实现 (可设置在 **onBlur** 事件中)。

电子邮箱

这肯定是必须输入的 (所以要检查空资料)，另外还要对浏览者输入的邮件信箱格式进行逻辑上的判断与检查，可依照下面的操作来进行 (此处以 Dreamweaver 为例为说明)。

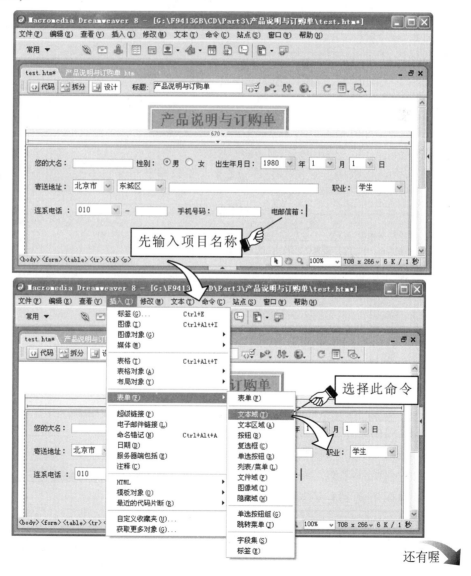

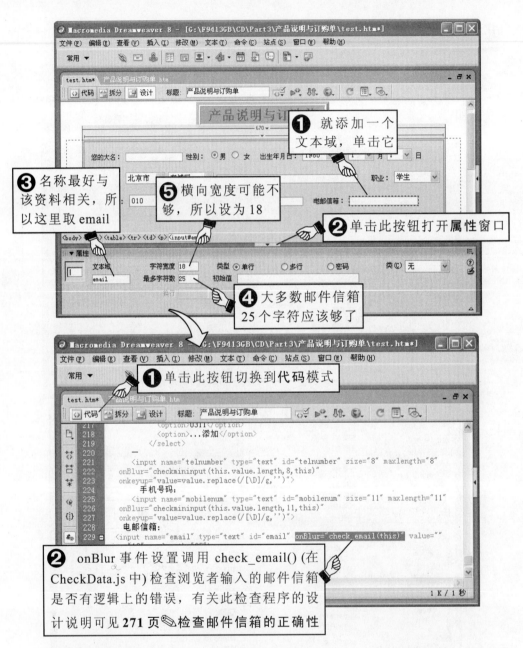

① 就添加一个文本域，单击它

③ 名称最好与该资料相关，所以这里取 email

⑤ 横向宽度可能不够，所以设为18

② 单击此按钮打开**属性**窗口

④ 大多数邮件信箱25个字符应该够了

① 单击此按钮切换到**代码**模式

```
217        <option>0311</option>
218        <option>...添加</option>
219      </select>
220      —
221      <input name="telnumber" type="text" id="telnumber" size="8" maxlength="8"
222 onBlur="checkmininput(this.value.length, 8, this)"
223 onkeyup="value=value.replace(/[\D]/g,'')">
224      手机号码:
225      <input name="mobilenum" type="text" id="mobilenum" size="11" maxlength="11"
226 onBlur="checkmininput(this.value.length, 11, this)"
227 onkeyup="value=value.replace(/[\D]/g,'')">
228      电邮信箱:
229      <input name="email" type="text" id="email" onBlur="check_email(this)" value=""
```

② onBlur 事件设置调用 check_email() (在 CheckData.js 中) 检查浏览者输入的邮件信箱是否有逻辑上的错误，有关此检查程序的设计说明可见**271**页🖉**检查邮件信箱的正确性**

都完成后按下 **Ctrl+S** 保存。即使浏览者输入的电子邮箱逻辑上没有错误，但并不表示此邮箱就可以使用，例如，asewx@wwr.net 此邮箱在逻辑上没有错误，但却根本没有此邮箱。要检查出是否为可使用的邮箱在设计上比较麻烦，通常要利用 ASP 或 JSP 程序来实现，因此在本书中就不讨论。

选择产品与说明

这里的选择产品与说明的设计，小弟会充分运用到前面数个问题中所讨论到的技巧与方法，设计出如下图所示的样子。

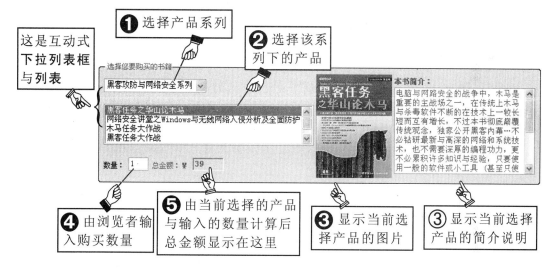

现在小弟将它拆解开来分别说明，先看下拉列表框与列表，当在下拉列表框中选定某个系列时，列表中就会显示属于该系列的项目，这与互动式下拉列表框的设计是完全一样的，只是一个换成列表而已。所以详细的设计说明可参见 **284 页✎产品类别与子项目 (互动式下拉列表框应用)**。

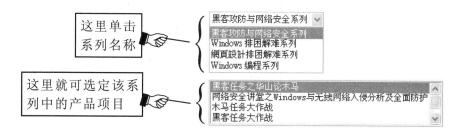

　　而当选择某个产品项目时，右边就会出现该产品的图片与简介说明 (如下图所示)，这与 **308 页**✎**单选按钮+图片** (这里是将单选按钮换成列表) 与 **302 页** ✎**列表+文字说明**的设计是完全一样的，所以参见那里的讨论说明即可。

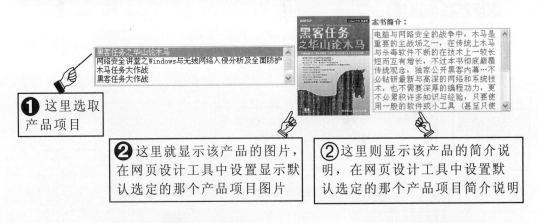

　　当单击某个产品项目时除了显示图片与简介说明外，也会将购买数量重新设置为 1，并显示 1 本书的价钱，如下图所示。

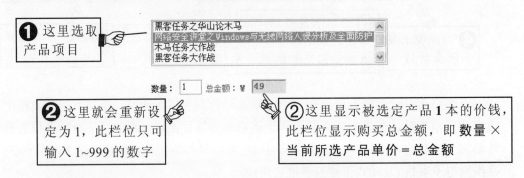

　　而在数量的栏位，则是让浏览者自行输入，依照常理不太可能有人会一次购买上千本同种本，所以此栏位最多允许输入 3 个字符 (也就是最多 999 本)，此栏位当然只能输入数字，其他字符都不行，设计如下 (此处以 Dreamweaver 为例来说明)。

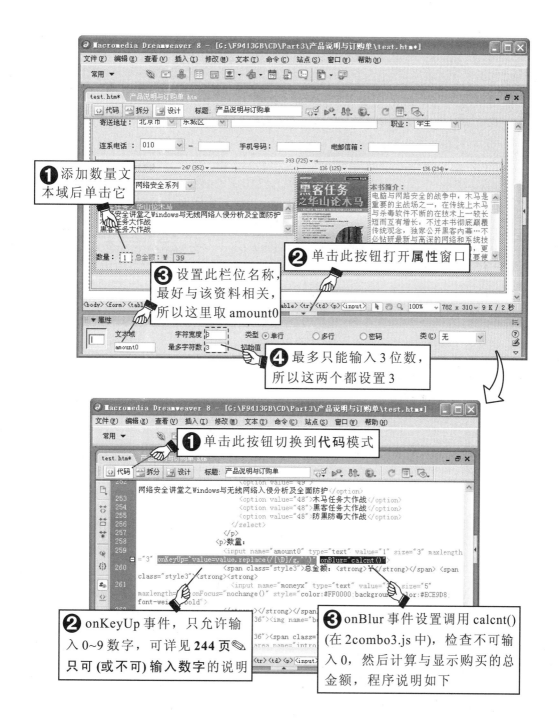

```
function calcnt()
{var bknum,total;

bknum=document.form1.amount.value;
if (bknum == 0)
    {alert("数量不可以为 0!!");
    document.form1.amount0.focus(); // 将焦点转回数量栏位
    return;
    }
total=bknum * currentMoney;
totalmoney=total; document.form1.money.value=total;
}
```

获取数量栏位的值

数量×当前选定产品的单价

将总金额显示在表单上

  显示总金额的栏位，这里设置最多显示 5 位数，也就是总金额最多为 99999 (应该不可能有人买小弟同一本书超过 10 万元吧? 如果有小弟肯定向你奉茶鞠躬)。另外，这个栏位比较特别，所以对它设置不同的背景与文字颜色；而此栏位是不允许浏览者输入，因此若此栏位获取焦点 (Focus) 时就立刻将它转到输入数量的栏位，设计如下 (此处以 Dreamweaver 为例来说明)。

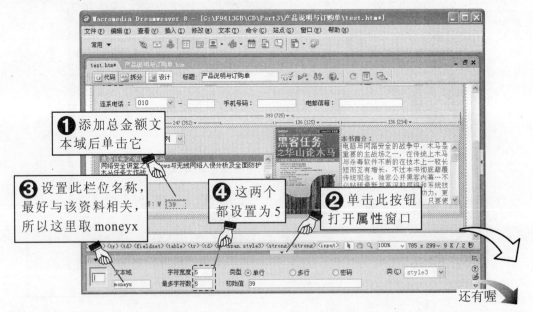

❶ 添加总金额文本域后单击它

❸ 设置此栏位名称，最好与该资料相关，所以这里取 moneyx

❹ 这两个都设置为 5

❷ 单击此按钮打开属性窗口

还有喔

❶ 单击此按钮切换到**代码**模式

❷ 当获取输入焦点，也就是 onFocus 事件设置调用 nochange() (在 2combo3.js 中，程序很简单请自己看)时会显示不必输入金额的信息，然后将焦点转到数量栏位

❸ 设置此栏位的文字与背景颜色

排列设计

在这个选择产品与说明的设计中，就必须利用表格把各表单对象排列成希望的位置，此处小弟是使用两个表格，一个是在最外面 (1 × 1)，限制线框的宽度，另一个则是在线框中 (1 × 3)，在每个单元格 (Cell) 中放入各表单对象，让它们整齐排列，如下图说明。

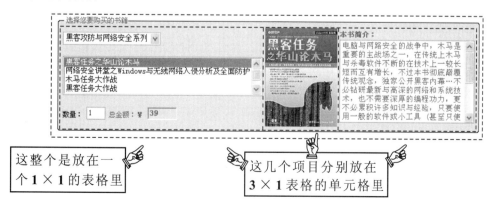

这整个是放在一个 **1 × 1** 的表格里

这几个项目分别放在 **3 × 1** 表格的单元格里

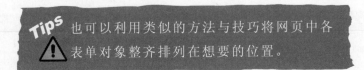

Tips 也可以利用类似的方法与技巧将网页中各表单对象整齐排列在想要的位置。

付款方式

这肯定以选择的方式让客户填写。这里小弟列出四种常见的付款方式：信用卡、银联卡、货到付钱和电汇，形式上设计成单选按钮的方式并加上外框，设计如下 (此处以 Dreamweaver 为例来说明)。

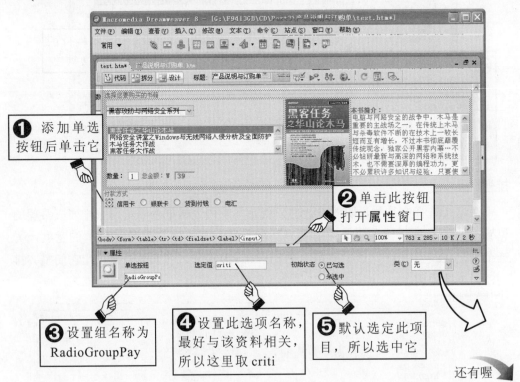

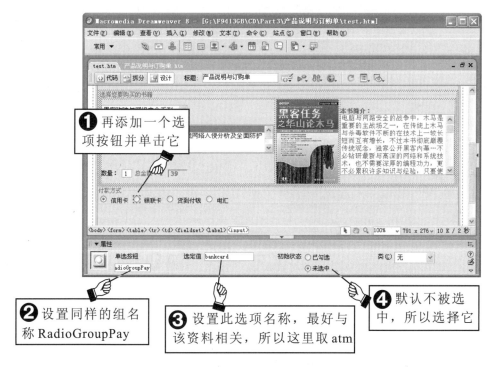

❶ 再添加一个选项按钮并单击它

❷ 设置同样的组名称 RadioGroupPay

❸ 设置此选项名称，最好与该资料相关，所以这里取 atm

❹ 默认不被选中，所以选择它

以同样的操作加入另外两个选项按钮后按下 **Ctrl+S** 保存，而外框则是在这4个单选按钮前后加入 \<fieldset> 与 \</fieldset> 就行了，如果觉得外框太长可以利用表格 (Table) 将它缩短。详细的操作说明可参见 **282** 页 单选按钮的样式设计 ，这里就不讨论。

问题调查

一般的产品说明与订购单的设计到这里应该已经差不多了，不过为了多练习一些，小弟再加入一个简单的问卷作为应用复选框的例子，如下图所示。

| 您还需要哪些方面的书籍？ | ☐ Windows排困解难 | ☐ 黑客攻防研究 | ☐ Windows 编程(MFC, SDK) |
| | ☐ 网页设计排困解难 | ☐ Java语言设计 | ☐ 防黑杀毒 |

对于可以同时选择多个项目的情况，使用复选框是很适合的。这里小弟先插入一个表格，然后再加入问题与复选框，就可以如上图所示那样美观了，操作如下。

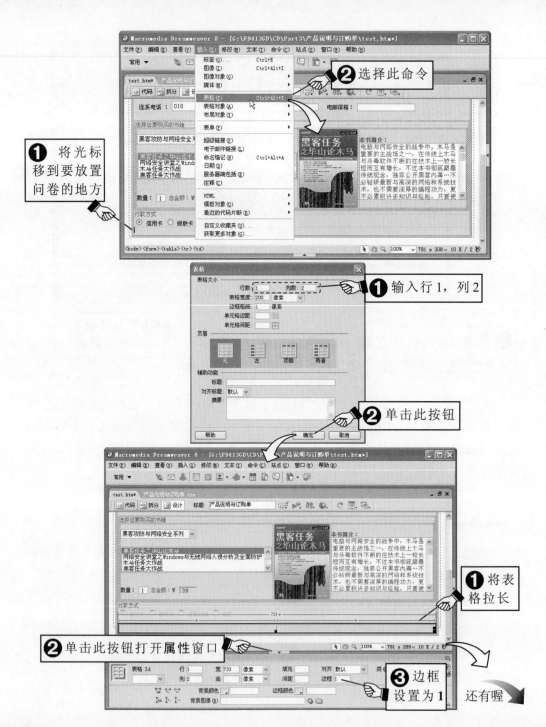

❶ 将光标移到要放置问卷的地方

❷ 选择此命令

❶ 输入行1，列2

❷ 单击此按钮

❶ 将表格拉长

❷ 单击此按钮打开属性窗口

❸ 边框设置为1

还有喔

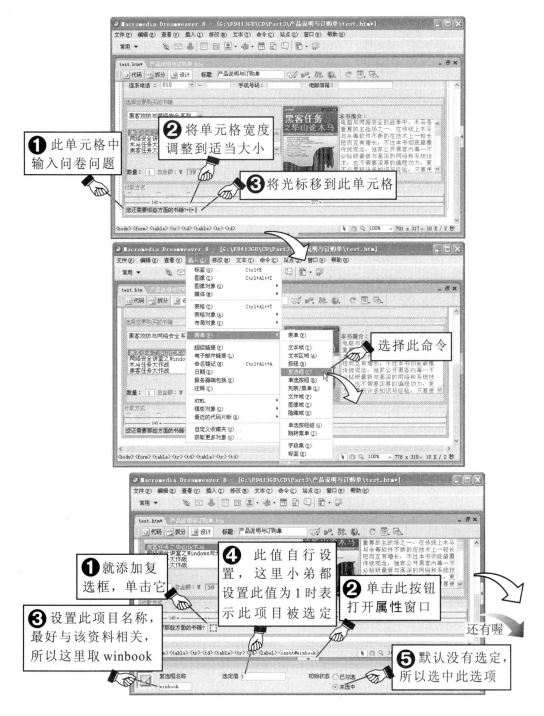

❶ 此单元格中输入问卷问题

❷ 将单元格宽度调整到适当大小

❸ 将光标移到此单元格

选择此命令

❶ 就添加复选框，单击它

❹ 此值自行设置，这里小弟都设置此值为 1 时表示此项目被选定

❷ 单击此按钮打开**属性**窗口

还有喔

❸ 设置此项目名称，最好与该资料相关，所以这里取 winbook

❺ 默认没有选定，所以选中此选项

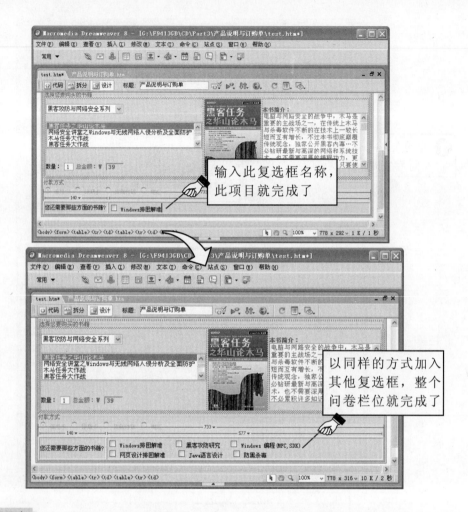

特别研究

在这个表单中有好几个栏位都会进行是否有空选项的检查 (也就是浏览者一定要输入资料)，例如姓名、地址、手机号码、邮箱等，如果没输入或输入错误就会将光标 (Input Focus) 再转回该栏位要求浏览者重新输入。这样的设计虽然很好，但却会出现一个问题：当光标在某个栏位 (例如姓名) 时浏览者并没有输入就用鼠标 (或按 Tab 键) 移到其他栏位 (例如手机号码)，此时就会先出现第一个栏位的信息 (例如"你必须输入姓名!!")，然后将光标转回该栏位 (例如姓名)，但第二个栏位 (例如行动电话) 也没输入光标就被转走了, 于是也出现信息 (例如 "你必须输入手机号码, 请重新输入!!"), 然后将光标转回该栏位 (例如手机号码), 而第一个栏位还是没输入光标又被转走了, 于是又出现信息并将光标转回来, 第二个栏位也还没输入光标又被转走了, 因此又出现信息并将光标转回来……两个栏位不断轮流出现信息并将光标抢来抢去, 如此生生不息, 直到永远, 这样就进入死结状态, 除非强迫关闭浏览器, 否则无法退出, 那该怎么办呢?

其实这也不难解决, 在 CheckData.js中你可以看到一个全域变量 **checkf**, 事实上它就是一个标识 (Flag), 当要将光标转回原栏位时会设置一个值给 checkf (每一个栏位的处理程序都有一个唯一的值), 当 check 不等于 0 而且也不等于该程序应该设置的值时就立刻退出程序, 也就是说, 此时已经有别的栏位处理程序在强迫浏览者输入资料, 就不去跟它抢光标, 如此就解决了这个死结状态的问题。

✎步骤❹ 发送与处理表单资料

现在已经将这个产品说明与订购单设计完成了, 最后就是要将浏览者输入与选择的资料进行处理, 通常是当浏览者单击**确定** (或**送出资料**) 按钮后将资料发送给服务器端的处理程序 (如ASP 或 JSP 程序) 或寄到电子邮件信箱, 由于本书并不涉及后台数据库的设计与处理, 因此这里小弟将资料寄到指定的电子邮件信箱中。

一般在表单中的按钮除了**确定** (或**送出资料**) 按钮外, 通常也会有**重置** (或**重填**, Reset) 按钮, 而有些网页会因为不同的需求而加入其他按钮, 此处加入**送出资料**、**重新填写**和**回到上一页**三个按钮, 下面分别说明。

送出资料

在网页设计工具中可以轻易加入此按钮, 设计如下 (此处以 Dreamweaver 为例来说明)。

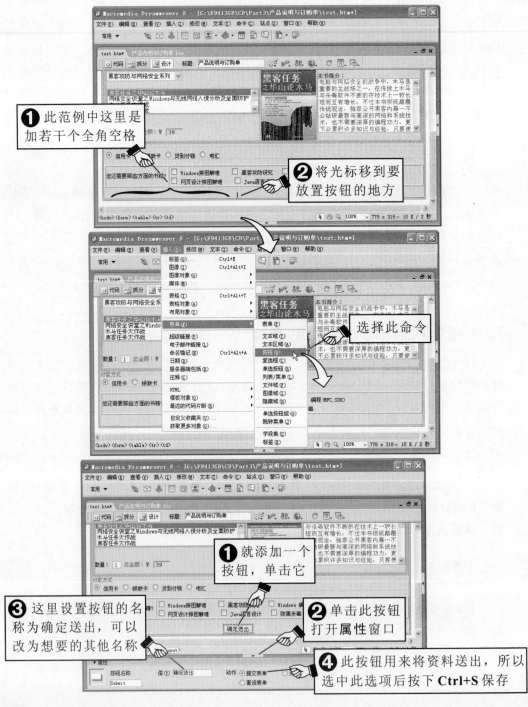

❶ 此范例中这里是加若干个全角空格

❷ 将光标移到要放置按钮的地方

选择此命令

❶ 就添加一个按钮，单击它

❷ 单击此按钮打开**属性**窗口

❸ 这里设置按钮的名称为确定送出，可以改为想要的其他名称

❹ 此按钮用来将资料送出，所以选中此选项后按下 **Ctrl+S** 保存

重新填写

重设按钮也一样，在 Dreamweaver 中也可以很容易加入，设计如下。

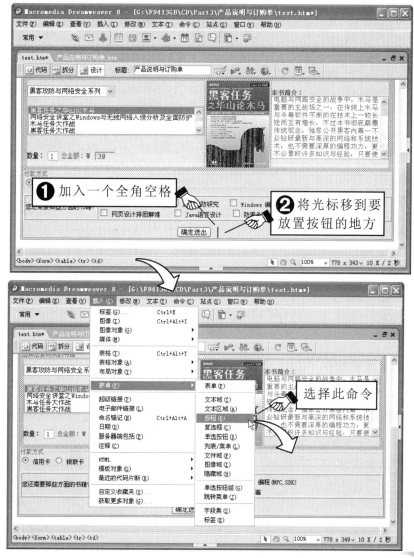

还有喔

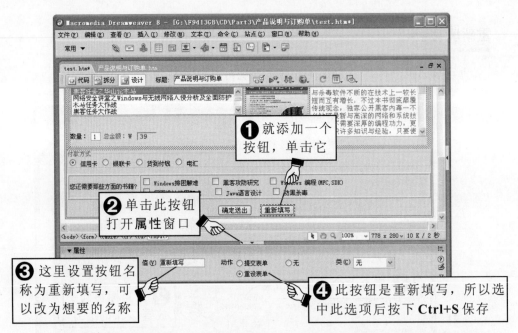

❶ 就添加一个
按钮，单击它

❷ 单击此按钮
打开**属性**窗口

❸ 这里设置按钮名
称为重新填写，可
以改为想要的名称

❹ 此按钮是重新填写，所以选
中此选项后按下 **Ctrl+S** 保存

当浏览者单击此按钮时，所有栏位的值都会被清除或改回初始值或默认选项，
让访客重新填写整个表单。

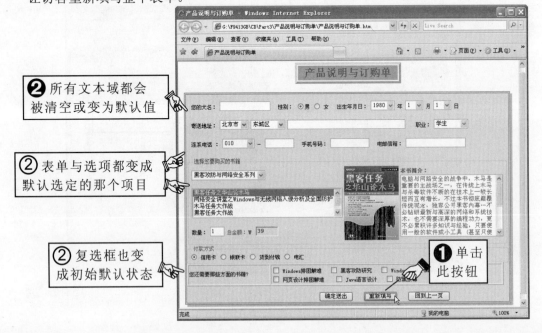

② 所有文本域都会
被清空或变为默认值

② 表单与选项都变成
默认选定的那个项目

② 复选框也变
成初始默认状态

❶ 单击
此按钮

回到上一页

在 Dreamweaver 中可以很方便地帮我们创建用来送出资料与重新填写的这两个按钮，但是若要加入其他按钮就要自己动手来做了。由于在许多表单中并没有取消按钮，所以这里小弟加一个回到前一页 (或进入其他网页) 的按钮，事实上就等于取消填写表单了，设计如下。

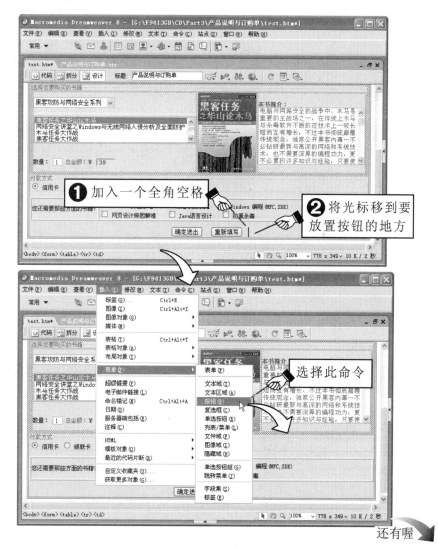

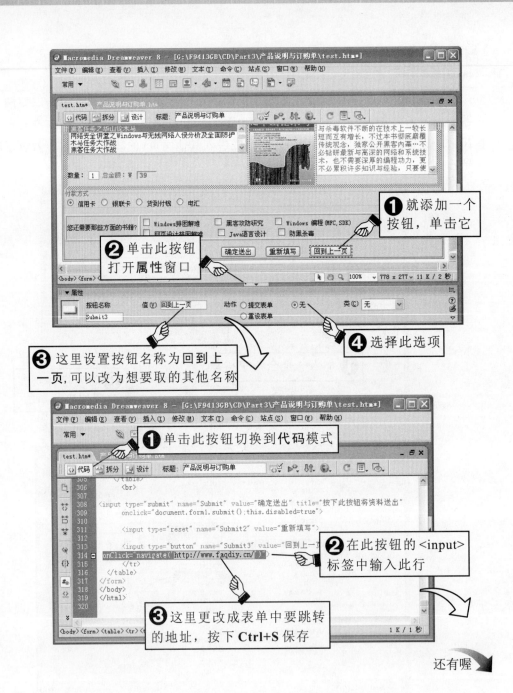

❶ 就添加一个按钮，单击它

❷ 单击此按钮打开**属性**窗口

❸ 这里设置按钮名称为**回到上一页**，可以改为想要取的其他名称

❹ 选择此选项

❶ 单击此按钮切换到**代码**模式

❷ 在此按钮的 `<input>` 标签中输入此行

❸ 这里更改成表单中要跳转的地址，按下 **Ctrl+S** 保存

还有喔

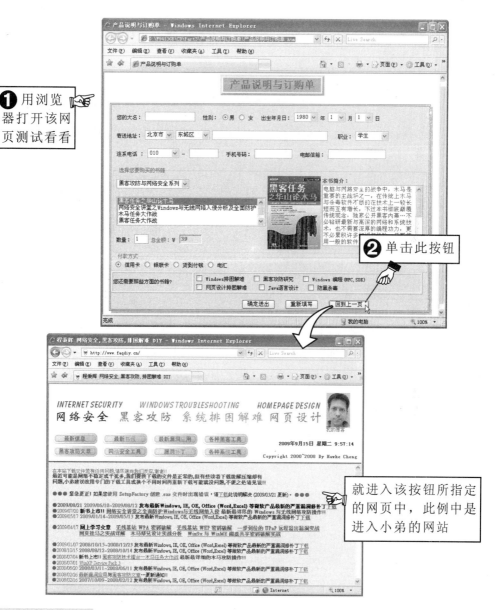

❶ 用浏览器打开该网页测试看看

❷ 单击此按钮

就进入该按钮所指定的网页中，此例中是进入小弟的网站

资料寄送与说明

前面说过此例是将资料寄送到指定的电子邮箱，此动作是设置在 <form> 标签的 **action** 中，以 **POST** 方式寄出，资料格式为 **text/plain**，设计如下。

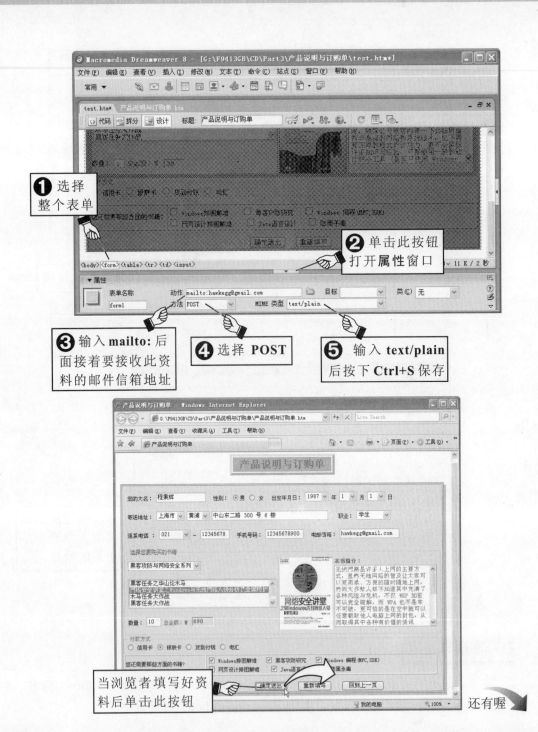

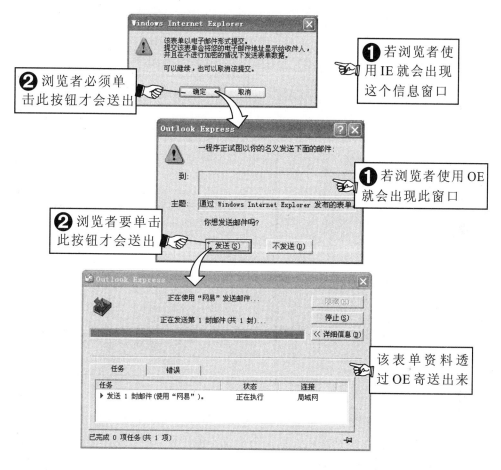

②浏览者必须单击此按钮才会送出

❶若浏览者使用IE就会出现这个信息窗口

❶若浏览者使用OE就会出现此窗口

②浏览者要单击此按钮才会送出

该表单资料透过OE寄送出来

当收到此表单寄出的信件时就如下页图所示那样。

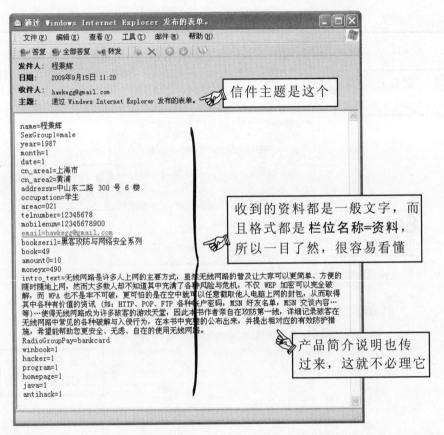

如果收到的信件内容是乱码的话，那肯定是编码错了，只要是用电子邮件寄发的都最好使用 **text/plain** 编码方式。

回车的考虑

在计算机世界的操作中，回车几乎代表了确定的意思，同样在表单中也是如此，当浏览者填写完所有资料后可能很顺手就按下回车键，如此就等于单击了**确定或送出资料**按钮，会将资料发送出去，但如果并不希望浏览者按下 回车键送出资料，则可以依照下面的操作让 回车失效。

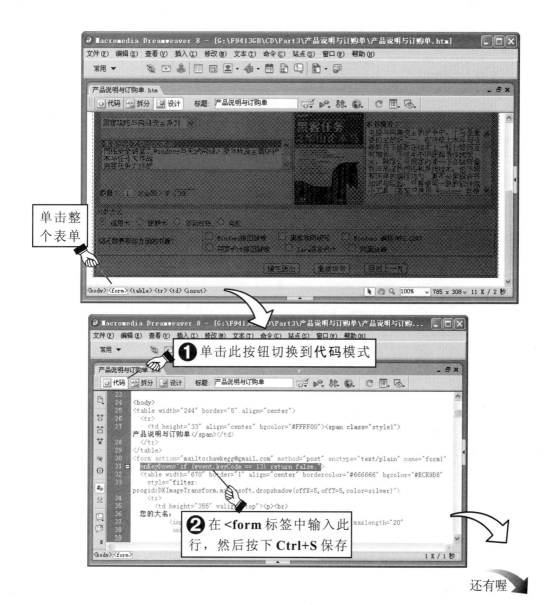

単击整个表单

❶ 单击此按钮切换到代码模式

❷ 在 <form 标签中输入此行，然后按下 Ctrl+S 保存

还有喔

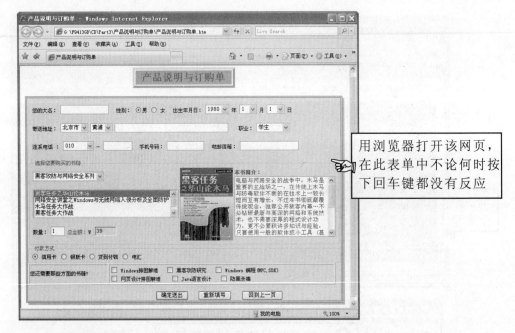

用浏览器打开该网页，在此表单中不论何时按下回车键都没有反应

✎讨论与研究

在这个产品说明与订购单中虽然已经考虑与应用了许多方面的设计，但在实际应用上仍然还有多个值得研究或改进之处。下面列出几个最显而易见之处来讨论。

送出多次资料问题

在某些情况下当浏览者单击**确定** (或送出资料) 按钮后，可能会因为网络塞车、服务器处理较慢等问题而造成整个画面停在那里没有反应。有些人可能会因此而再单击确定 (或送出资料) 按钮几次，如此就可能会造成问题，例如，若该表单是订购产品则可能会出现重复订购的问题，若该表单是网络银行转帐则可能会出现重复交易的问题等，这些都会造成问题与麻烦，因此如果要避免出现这样的情况，则可以在确定 (或送出资料) 按钮中加入下列程序码。

onclick="document.**form1**.submit();this.disabled=true"

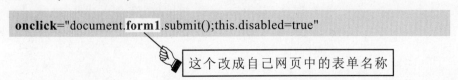

这个改成自己网页中的表单名称

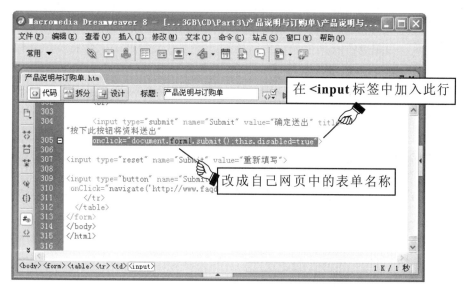

如此当单击**确定** (或**送出资料**) 按钮后，该按钮就会便成**灰色** (无法按下)，也就可以避免被浏览者再度单击而重复送出表单资料的问题。

付款处理

在这个产品说明与订购单中设计了信用卡、银联卡、货到付钱和电汇四种付款方式，后两种需要人工处理，就不再说明。而一般信用卡与银联卡在线付费有下列两种方法。

● 直接与银行的在线付费系统连接，由浏览者输入相关资料后经由银行系统验证，交易成功就可获取授权码，此方式较适合交易量大、销售物品种类多或大型的网络商店。

> **Note**
> 除了信用卡与银联卡外，利用网上银行的活期帐户转帐支付也很常见 (网银支付)。使用前必须先向银行申请，付费时会转跳到银行的支付网页来进行付费，然后再通知网页支付是否成功，同样这也比较适用于交易量大、销售物品种类多或大型网络商店。

● 通过其他中介交易网站(例如支付宝),浏览者输入的信用卡资料通过这类网站进行验证,当浏览者收到货品没有问题后,该中介交易网站就会将货款支付给销售的网站(卖方)并收取一点手续费,除了提供交易平台外也提供买卖双方之间的中介信用平台,对于交易量不大或是小型的网络商店而言,可算是相当不错的选择。

一次购买多种产品

这个产品说明与订购单在实际应用上有一个很大的问题:无法一次购买多种不同的产品。许多网站是利用购物车的方式将要购买的产品先放入购物车中,最后要结帐时再计算购买的总金额,由于网络商店与交易设计并不在本书讨论的范围,所以此处就不再讨论,有兴趣的读者可参考相关书籍。

上传图片或照片

有些表单中可能会要求(或允许)浏览者上传图片或照片,这个设计就比较麻烦,需要使用 ASP 或 JSP 程序才行,在本书中就不再讨论与说明。

PART 4
无所不搜——网络搜索功能

Issues for Internet Search in HomePage Design

全民搞网页——博客|个人站|网店|论坛
必知必会120问

程秉辉
排困解难 *DIY* 系列

　　在浩瀚的网络世界中，搜索功能是快速搜索所需要的东西不可或缺的重要工具，因此若网站中的内容很多，则必须提供网内搜索功能，让浏览者能快速进入想要找的网页。另外，有些网页也可能需要提供搜索其他网站内容的功能，或提高网站被各搜索网站找到的几率等。因此本章中讨论下列内容：

● 利用**谷歌自定义搜索**为自己的网站创建完整的站内搜索功能。

● 利用各大搜索网站提供站外 **(Internet)** 搜索功能。

● 让各大搜索网站更容易搜索或检索到网站中的内容，提高被搜索到的几率。

● 有效防止任何搜索网站或检索工具找到我的网站或网页的方法。

　　……

108 可以为网站 (包含所有网页) 创建网内搜索功能吗? 以让浏览者可以快速找到并进入所要浏览的网页。

109 如何利用谷歌自定义搜索为我的网站创建完整的站内搜索功能?

110 什么叫做静态网页搜索与动态网页搜索? 它们有何不同? 我的网站适合使用哪一种?

111 如何设置适当的关键字提供给搜索引擎? 这样可以将有这些关键字的搜索结果排列在前面。

112 若希望针对网站设计的站内搜索引擎也能搜索到网页中链接的其他网站内容, 应如何实现?

相关问题请见 **Q113**、**Q116**

本技巧适用于: 利用谷歌所提供的自定义搜索服务来让自己的网站具有强大而完整的网内搜索功能, 让浏览者可以更方便、快速地找到所要浏览的网页。

如果网站内容很多, 也有很多的网页, 若浏览者单击链接来检查每个网页可能要花不少时间, 此时若能提供针对网站中所有网页内容的搜索功能给浏览者使用, 就可以帮助浏览者更方便、快速地找到所要浏览的网页, 而不必在网站中寻寻觅觅。但这样如何实现呢? 难道要自己设计这样的搜索功能吗? 如果有兴趣、有时间, 喜欢挑战, 那当然就自给动手来做了。若非如此, 那就依照下面的说明, 利用谷歌提供的**自定义搜索** (Google Co-op Custom Search Engine, 简称 Google CSE) 来为网站打造一个站内搜索功能, 而不必辛苦自己来设计。

✎ 站内搜索的种类

在进行设计之前要先了解网页内容的搜索在技术上主要可分为**静态网页搜索**与**动态网页搜索**两种，下面分别说明。

静态网页搜索

所谓的静态网页主要就是指网页的内容都是在 .html (或 .htm) 或 .js 文件中，并不需要从数据库服务器中读取后再显示出网页内容，简而言之，就是不涉及任何数据库存取的网页就算是静态网页。这样的站内搜索功能当然就比较容易，只要搜索各网页的源文件与各网页所要使用到的文件就行了。

动态网页搜索

而动态网页当然就是网页的内容需要存取数据库之后才能正确地显示出来。由于多种原因与理由 (主要是安全问题或条件设置)，谷歌自定义搜索所提供的站内搜索功能无法对数据库进行完整详细的搜索，对于这样的情况，谷歌建议的作法是请到下面的网站中，依照该网页的说明将数据库中的资料转换成 Subscribed Links feed file，如此利用谷歌自定义搜索创建的站内搜索就可以使用它，而只要数据库内容有所改变就要重新创建 Subscribed Links feed file，这样才可以搜索到网站中的最新内容，其实这与编程中的查表法是一样的意思。

http://www.google.com/coop/subscribedlinks/

这里小弟就以**谷歌自定义搜索**来对**静态网页**制作站内搜索功能。请依照下面的操作来进行。

> **Note**
> ⚠ 在本书写作时，谷歌自定义搜索的操作步骤是与下面完全相同的，但并不表示永远都是这样，谷歌公司可能会出于各种原因而改动其中的某些操作。因此若实现时的操作步骤与这里不尽相同时请参考比照进行。

✎ 步骤 ❶ 创建自定义搜索引擎

基本上**谷歌自定义搜索** (Google Co-op Custom Search Engine，简称Google CSE) 引擎发展到现在，功能可算是相当完整而且强大，完全支持谷歌搜索的各种条件与要求。首先进入下面这个网页，然后依照下面的操作说明来进行。

http://www.google.com/cse/?hl=zh-CN

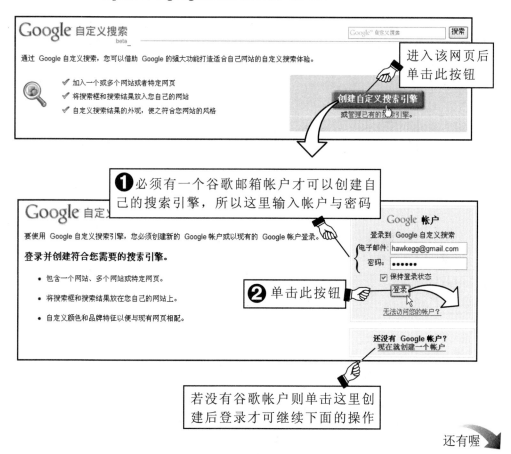

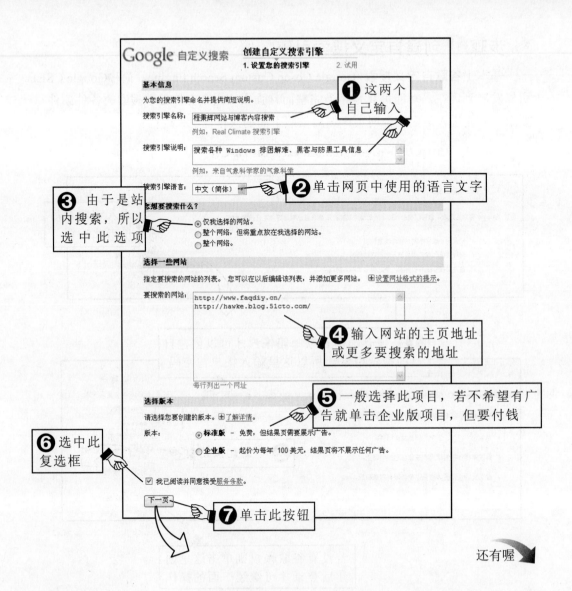

❶ 输入要搜索的文字

❷ 单击此按钮

❸ 这里找到的应该都是前面设置要搜索地址的内容

❹ 此选项是否选中无所谓

❺ 单击此按钮，基本上这个站内搜索引擎就算完成了

✎ 步骤 **❷** 各种高级设置

　　以后若要对此搜索引擎进行设置与修改，可以进入下列网页中登录 (可以用**记事本**打开本书所附光盘中的 **\Part4\谷歌自定义搜索登录地址.txt** 复制出来，不必辛苦输入)，操作如下。

> **https://www.google.com/accounts/ServiceLogin?**
> **continue=http://www.google.com/coop/manage/cse/**

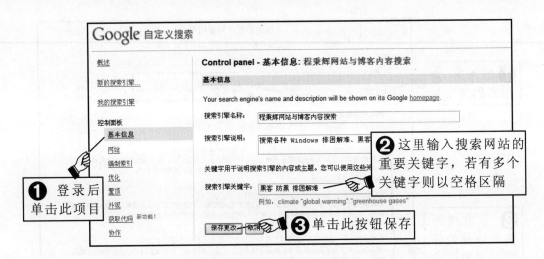

这个关键字的作用在于若浏览者输入要搜索的文字中有这些关键字，则包含这些关键字的搜索结果会排列在前面，也就是让浏览者更快地看到所要搜索的信息。

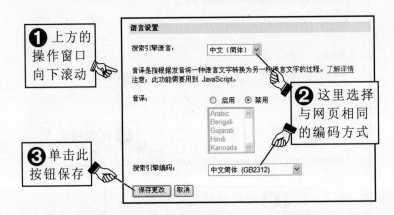

这个一定要与你网页的编码方式相同，否则就无法正确进行搜索。下面就对一些重要且常用的设置进行说明。

添加、删除与动态抓取要搜索的地址

若要对搜索的地址进行添加、删除或改变网页抓取的方式，可依照下面的操作说明来进行。

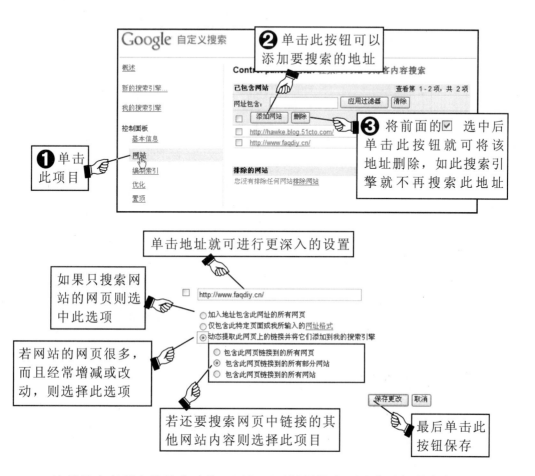

这算是个蛮强大的搜索功能，不仅可以尽量搜索网站中最新的内容，还可以将搜索范围扩展到与网页有链接(link)的其他网站，是相当有用的功能。

优化

此功能是将设置在**优化**中的某个关键字应用在搜索出来的结果上，搜索引擎就会将具有这些关键字的结果排列在前面，等于将搜索出来的结果再进行一次过滤，如此浏览者当然就更能快速地找到所要的内容，操作如下：

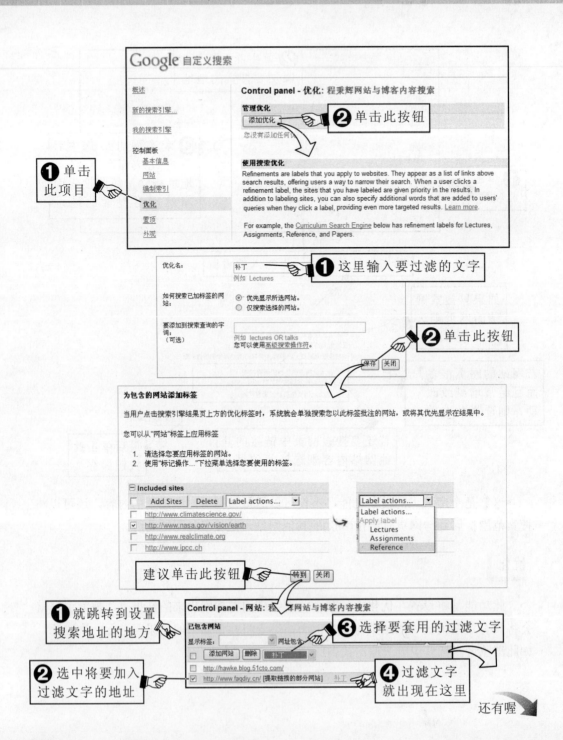

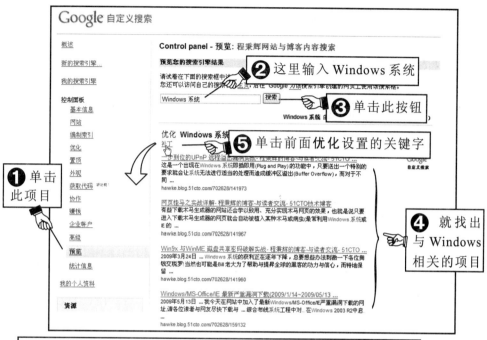

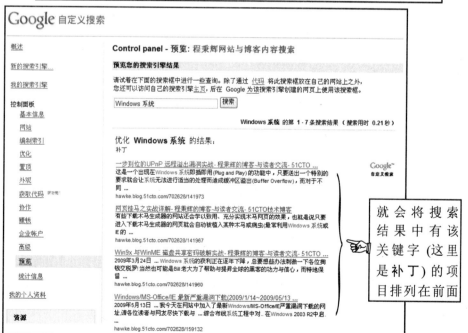

以同样的操作可以再设置更多的过滤关键字，这里就不再多说。

外观

这是自定义自己的搜索框样式和搜索结果中各项目的颜色等，操作设置都很简单，所以小弟就不再详细说明。

预览

这就是检查搜索框的样式与搜索结果是否如所想要的那样，也就是测试。 在前面的 优化 操作中已经使用过，所以这里就不再说明。

✎ 步骤❸ 获取代码与加入网页中

都配置完成后就可以获取这个自定义搜索引擎的代码，然后将它加入网页中，如此网站就具有站内搜索的功能。操作如下。

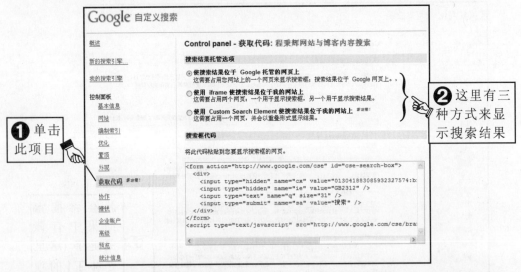

在本书写作时谷歌自定义搜索提供 3 种显示搜索结果的方法，分别是**在原来的浏览窗口中显示**、**在框架中显示 (Frame)** 与**打开一个新窗口显示**。下面小弟分别说明第1种与第3种。

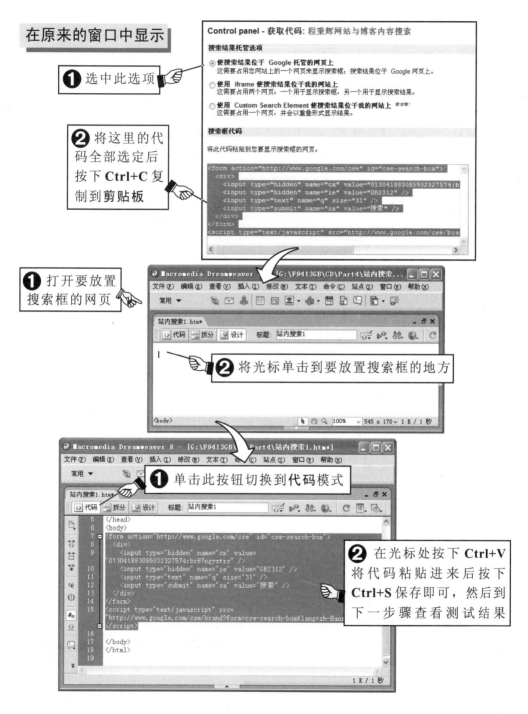

在原来的窗口中显示

Control panel - 获取代码: 程秉辉网站与博客内容搜索

搜索结果托管选项

❶ 选中此选项

○ **使搜索结果位于 Google 托管的网页上**
这需要占用您网站上的一个网页来显示搜索框; 搜索结果位于 Google 网页上。

○ **使用 iframe 使搜索结果位于我的网站上**
这需要占用两个网页, 一个用于显示搜索框, 另一个用于显示搜索结果。

○ **使用 Custom Search Element 使搜索结果位于我的网站上** 更改章节!
这需要占用一个网页, 并会以重叠形式显示结果。

搜索框代码

将此代码粘贴到您要显示搜索框的网页。

❷ 将这里的代码全部选定后按下 **Ctrl+C** 复制到**剪贴板**

```
<form action="http://www.google.com/cse" id="cse-search-box">
  <div>
    <input type="hidden" name="cx" value="013041883085932327574:b
    <input type="hidden" name="ie" value="GB2312" />
    <input type="text" name="q" size="31" />
    <input type="submit" name="sa" value="搜索" />
  </div>
</form>
<script type="text/javascript" src="http://www.google.com/cse/bra
```

❶ 打开要放置搜索框的网页

Macromedia Dreamweaver   [G:\F9413GB\CD\Part4\站内搜索...
文件(F) 编辑(E) 查看(V) 插入(I) 修改(M) 文本(T) 命令(C) 站点(S) 窗口(W) 帮助(H)

常用 ▼

站内搜索1.htm*

代码 拆分 设计   标题: 站内搜索1

❷ 将光标单击到要放置搜索框的地方

\<body>   100%   545 x 178 ∨ 1 K / 1 秒

Macromedia Dreamweaver 8 - [G:\F9413GB\   Part4\站内搜索1.htm*]
文件(F) 编辑(E) 查看(V) 插入(I) 修改(M) 文本(T) 命 站点(S) 窗口(W) 帮助(H)

常用 ▼

❶ 单击此按钮切换到**代码模式**

站内搜索1.htm*

代码 拆分 设计   标题: 站内搜索1

```
5    </head>
6    <body>
7    <form action="http://www.google.com/cse" id="cse-search-box">
8      <div>
9        <input type="hidden" name="cx" value=
       "013041883085932327574:br67ngyztrs" />
10       <input type="hidden" name="ie" value="GB2312" />
11       <input type="text" name="q" size="31" />
12       <input type="submit" name="sa" value="搜索" />
13     </div>
14   </form>
15   <script type="text/javascript" src=
     "http://www.google.com/cse/brand?form=cse-search-box&lang=zh-Hans
     </script>
16
17   </body>
18   </html>
19
```

❷ 在光标处按下 **Ctrl+V** 将代码粘贴进来后按下 **Ctrl+S** 保存即可, 然后到下一步骤查看测试结果

1 K / 1 秒

377

讨论与研究

● 如果不习惯 JavaScript 程序与其他 HTML 代码放在一起，即都放在 <body>…
</body> 中，则可以将 <script>…</script> 这段搬移到 <head>…</head> 中。

● 可以对代码进行任意修改，但不要改动它原来的设置，例如，将文本域加长
或缩短 (改 size)、对文本域或按钮加入帮助文字 (加入 **title="…"**)等。

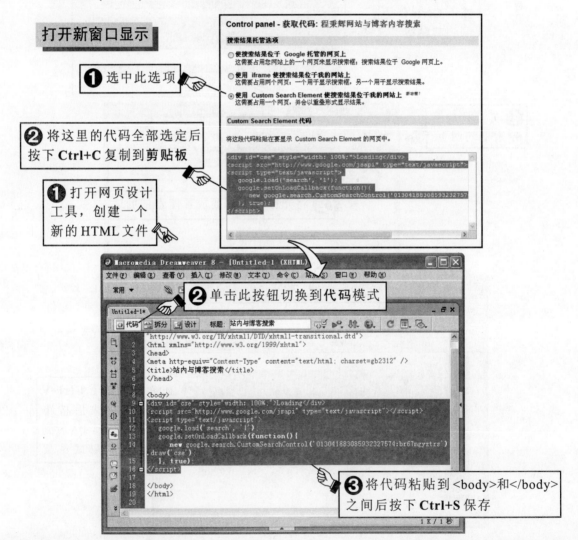

这个新的 HTML 文件就是用来专门显示搜索结果的内容，那要如何打开它呢？一般是在网页中设计一个按钮或链接，单击后就会打开这个搜索窗口让浏览者使用，这部分谷歌并没有任何的建议，也没有提供代码。没关系，小弟提供给你。先使用**记事本**将本书所附光盘中的 **\Part4\站内搜索_代码.txt** 打开，然后依照下面的说明来修改。

改为前面创建的用来显示搜索结果的那个 .HTML 文件所在的详细地址，此处该文件与小弟其他网页文件放在了**同一文件夹中**，所以就仅文件名，不必用完整的地址

搜索窗口的**宽度**与**高度**

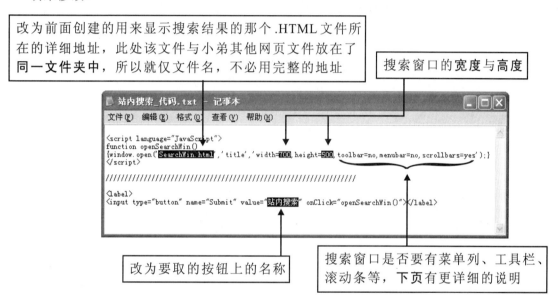

改为要取的按钮上的名称

搜索窗口是否要有菜单列、工具栏、滚动条等，**下页**有更详细的说明

接着用网页设计工具打开要放置 站内搜索 按钮的网页文件，然后将代码复制进去 (此处以 Dreamweaver 为例来说明)。

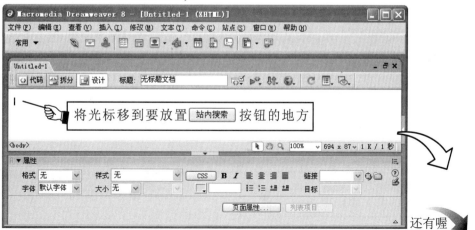

将光标移到要放置 站内搜索 按钮的地方

还有喔

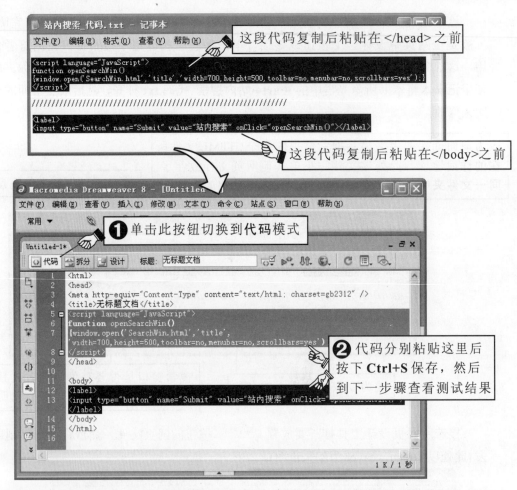

当单击 站内搜索 按钮时就利用 window.open() 函数来打开搜索窗口。由于这个搜索窗口不同于一般的浏览网页，因此可能会希望此窗口大小固定、不显示菜单栏、不显示工具栏、不显示状态栏等。这都很容易，只要依照下面的说明来设置各参数就可实现。

项 目	名 称	值
标题栏	titlebar	yes/no
菜单栏	menubar	yes/no
网址栏	location	yes/no
工具栏	toolbar	yes/no
状态栏	status	yes/no
滚动条	scrollbars	yes/no
更改大小	resizable	yes/no

注1：此表仅列出窗口外观的常用对象
而非全部，可适用于 IE 但不完全
适用其他浏览器或 Mac 版本的 IE

注2：**yes** 表示显示，**no** 表示不显示。

例如：只要显示工具栏与状态栏，则使用方式如下。

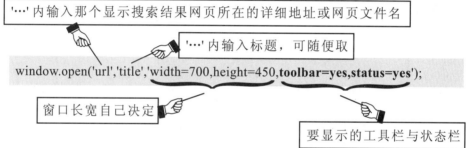

'…' 内输入那个显示搜索结果网页所在的详细地址或网页文件名

'…' 内输入标题，可随便取

window.open('url','title','width=700,height=450,**toolbar=yes,status=yes**');

窗口长宽自己决定

要显示的工具栏与状态栏

✎ 步骤 ❹ 测试结果

现在进行测试。首先测试第一个显示方式，例如用浏览器打开本书所附光盘中的 **\Part4\站内搜索1.htm**，如下所示。

❷ 单击此按钮，帮助文字是小弟自行加上的，原来谷歌代码中并没有

❶ 输入要搜索的文字

还有喔 ➤

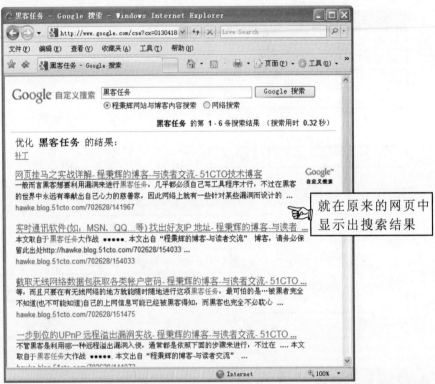

就在原来的网页中显示出搜索结果

可以看出，以此方式显示搜索结果，原来的网页就看不到了，这应该不是大多数网页设计者所希望的，因此第三种显示方法会比较好。小弟的网站就是用此方法，如右图所示。

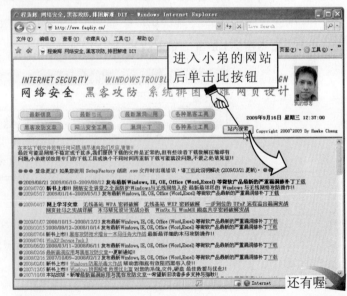

进入小弟的网站后单击此按钮

还有喔

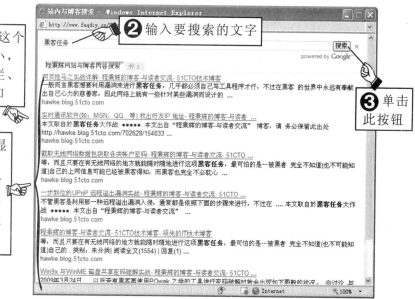

❶ 就会出现这个无法改变大小，也没有工具栏、菜单栏的窗口

❷ 输入要搜索的文字

❸ 单击此按钮

❹ 就在下方显示搜索结果，这样的显示方式应该是许多网页设计者比较希望的

为何搜索不到？

如果刚设计好站内搜索引擎，但在测试时却没有找到应该要搜索到的内容，很可能是因为谷歌的搜索数据库还未对该网站创建相关的搜索检索而造成的，此时可以：

- 等几分钟或是数小时后再测试，应该就找到了。

- 对该网站重复进行多次搜索操作可能就解决了。

- 如果网页内容经常增减或修改则最好设置成动态抓取，如此搜索引擎才会尽可能地找出网站的最新内容，设置操作请见前面 **372 页** 添加、删除与动态抓取 要搜索的地址 。

113 若想在网页中提供搜索 Internet 其他网站的功能 (外部搜索)，应如何实现?

114 如何在网页中提供多个不同的网络搜索引擎 (如谷歌、雅虎等)? 应怎么做?

115 是否任何一家搜索网站都可以放在网页中，以提供给浏览者进行网络搜索? 有何问题要克服?

相关问题请见 Q108、Q116、Q119

本技巧适用于：在网页中直接提供 Internet 搜索功能，让浏览者需要时就可立刻搜索，不必另外到搜索网站搜索。

既然要在茫茫网海中进行搜索，当然是要借助搜索网站来做这件事，总不能自己去设计搜索引擎吧? 如果有钱、有时间、有兴趣，那小弟就祝福并鼓励你朝着梦想去努力。 不过在本问题中还是很务实地来学习如何借助搜索网站来让网页也能提供网络搜索功能。基本上要在网页中加入网络搜索功能并不难，在这里小弟就介绍如何在网页中加入谷歌与雅虎搜索功能，请依照下面的步骤来进行。

✎ 步骤 ❶ 复制与修改代码

首先将本书所附光盘中的 **\Part4\外部搜索_代码.txt** 复制到硬盘中，解除只读属性后使用**记事本**打开，依照下面的说明来修改。

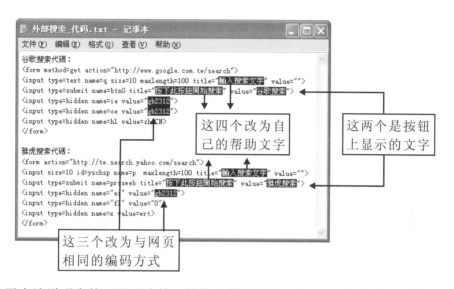

除了上述说明中的可以更改外，其他的都不要动，当然也可以为其加上颜色、样式等，具体操作这里就不多说了。

✎ 步骤 ❷ 加入网页中

现在就可以将这个代码加入网页中，使用网页设计工具打开网页文件，操作如下 (此处以 Dreamweaver 为例来说明)。

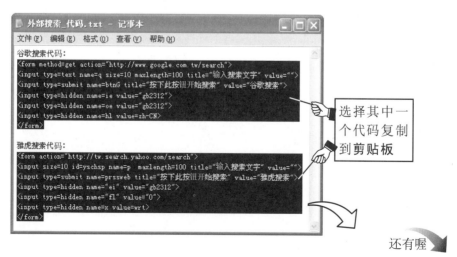

还有喔

✎ 步骤 ③ 测试结果

现在就可以使用浏览器打开该网页测试，这里打开本书所附光盘中的 **\Part4\外部搜索.htm**，如下所示。

❶ 这里是为了测试，所以两个搜索项目都有

❷ 这里输入要搜索的文字

❸ 单击此按钮

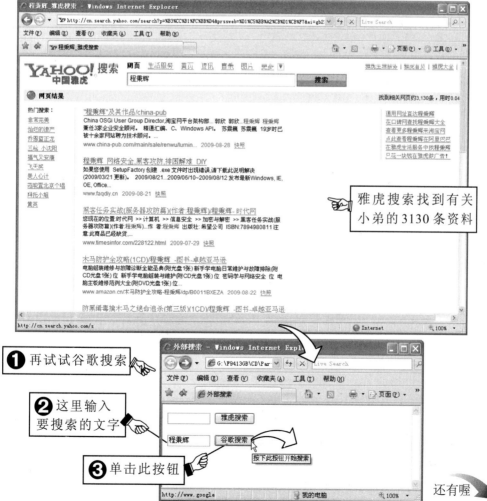

雅虎搜索找到有关小弟的3130条资料

❶ 再试试谷歌搜索

❷ 这里输入要搜索的文字

❸ 单击此按钮

还有喔

谷歌找到小弟
35300 条资料

唉! 看样子小弟在雅虎
的知名度有待多努力,
与谷歌差太多了!

✎ 讨论与研究

相信有些读者已经看出来,这两个外部搜索的代码其实很相似,是不是只要将 `<form action="……">` 所指定的搜索地址更换成其他搜索网站的地址 (例如微软的 Bing 搜索地址 http://www.bing.com/search),就可以用该搜索引擎? 基本上是没错,但其中的**编码方式** (若是搜索英文就不必管编码问题) 与部分代码,每个搜索网站都不尽相同,例如前面介绍的谷歌与雅虎是用下列代码来指定编码方式的。

谷歌搜索代码编码指定：
`<input type=hidden name=ie value="gb2312">`
`<input type=hidden name=oe value="gb2312">`

雅虎搜索代码编码指定：
`<input type=hidden name="ei" value="gb2312">`

但是其他搜索引擎的编码就不得而知了 (至少小弟不知道)，所以还是要使用各搜索网站公布的代码，这样不会有什么问题。若有信心，有毅力，不怕苦，不怕难的话，也可以不断尝试各种可能的代码，或许能找出来。

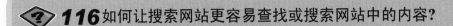

116 如何让搜索网站更容易查找或搜索网站中的内容?

117 有哪些方法可以提高网页被各搜索网站找到的几率?

118 如何找出与网页相关的、最适合的搜索关键字? 要怎么思考与选择? 搜索关键字要设置在哪里?

119 若不希望某些网页被搜索网站或恶意工具找到，该如何做?

120 如何彻底有效地防止任何搜索网站或检索工具找到我的网站或网页? 在 robots.txt 或 <meta> 标签中设置能实现吗?

相关问题请见 Q108、Q113

本技巧适用于：提升或避免各搜索网站对网站或一些网页的搜索检索，达到网站或某些网页让更多人浏览(或不让一般人浏览) 的目的。

　　在前两个问题中讨论了如何在网页中提供站内搜索与站外搜索的功能，而在本问题中将与读者研究如何提高网页被搜索到的几率，以及不被搜索或检索到网页的一些方法，请仔细观看。

✎ 提高网页被搜索到的几率

　　相信大多数的网页设计者都希望自己的网页能被各大搜索网站快速找到，而且排列在前面，如此才有机会让更多网友访问并提高知名度，那要如何实现呢? 下面列出几个方法供大家参考。

方法 **1** 付钱解决

最简单、快速的方法当然就是付钱来实现，例如可以针对网页中重要而且常见的关键字付费给搜索网站业者，当有网友搜索这些关键字时，就会将相应地址排列在前面，如此就有很大的几率优先被网友单击后进入该网站的网页，不过此方法有下列几个问题。

● 排列在搜索结果的前面虽然被网友看到的几率较高，但并非一定会单击进入其网页，特别是若网友要搜索特定的项目或内容时，若从搜索结果就可看出该网页内容与他要查找的完全不相关，则网友根本就不会单击进入，如此就算搜索结果排在第一个也没用。

● 有些网站对搜索关键字采用竞标的方式，也就是说付钱最多的中标，万一要使用的关键字若有其他人也想要，那你愿意多付多少钱获取？付出这样的钱值得吗？若不愿意付这么多钱，那此方法就没用了……这些都是问题。

● 各大搜索网站有好几个，如果都要付费的话也要花不少钱 (效果如何还是未知)，若只对其中两三个付费，则使用其他搜索网站的网友就可能看不到你的网站。这之间如何拿捏还真是不容易。

所以综合而言，此方法可能还不如后面两种方法有效。

方法 **2** 搜索关键字的选择与思考技巧

关键字是让各大搜索网站能尽快找到网页的最主要关键 (所以才叫关键字啊)，然后设置在网页中 (即前一个方法)。问题是，要如何找出与网页最适合的关键字呢？下面提供几项参考原则。

● 既然是网页关键字，当然就要与网页的内容相关才行，例如产品名称、型号、人名、地名、较特别的物件名称、明显或强烈的形容词等都可以，但最好不要用与网页内容完全不相关的关键字 (例如迈克尔·杰克逊, 本书写作时他刚去世) 来吸引 (诱骗?) 网友进入网页, 否则当网友通过搜索此关键字 (如迈克尔·杰克逊) 而进入相应的网页时, 却发现完全没有任何与该关键字 (如迈克尔·杰克逊) 相关的内容, 肯定会骂声连连, 反而对你的网页留下负面的印象, 可谓得不偿失。

● 关键字最好是容易让人想到的字句, 所以最好要符合简单、口语化、常见和短这几个条件。这有时做起来并不容易, 因为有可能网页中并没有符合这样条件的字句, 或是字句太常见、太普遍, 在许多网站中也能看到, 若作为搜索关键字, 则在搜索结果中肯定排列到天涯海角 (就是很后面啦), 这种关键字不要也罢, 因为完全没用。

● 鉴于太常见、太普遍的字句很难作为网页的关键字, 有时不如反其道而行之, 可能还会有不错的效果。也就是说, 选择一些比较罕见或特殊字句来作为关键字 (当然必须与网页内容相关或出现在网页中), 但也不要罕见或特殊到仅少数人 (或仅自己)才知道的字句, 那也是没用的。

　　网页搜索关键字必须要**简单、常见, 但又不能到处都有, 罕见又不能太特殊**。要选择出最适当的网页关键字还真是不太容易, 不过只要用心比较, 专心思考与测试, 还是有机会可以找出大多数网友会想到、常见, 可能让你的网页排名在前面的关键字句。例如, 小弟的网站用**黑客任务实战、排困解难、木马植入、木马设计、组合式木马、端口 139 入侵、黑客工具下载、Windows 漏洞补丁、漏洞补丁**等 来作为各网页的搜索关键字, 在各大搜索网站几乎都可以排列在搜索结果的前几页, 特别是 **Windows 漏洞补丁、漏洞补丁**, 是相当常见普遍的字句。在我国台湾地区、香港地区的搜索中都可以名列前茅, 算是相当成功有效的网页搜索关键字, 不过在内地则因为网站太多了, 所以就不容易排到前面。

但若小弟的网站用 Windows、黑客、木马、防黑等这些作为关键字，那搜索结果肯定是排到天涯海角了，因为这些字太普通、太常见，许多网页都找得到，所以就无法作为小弟网页的搜索关键字。另外，小弟的网站还用一个特殊关键字——就是小弟的名字，只要是小弟的读者或记得小弟的名字 (谁记得你的名字?) 的朋友在网络上搜索**程秉辉**，就可以找到许多与小弟相关的网页，这个搜索结果就不必在乎排名先后了，因为几乎所有找到的都是小弟的网站或博客，这算是比较特殊而且有效的关键字，你也可以找一找，看看网页中是否有这样的特殊关键字可使用。

当选择好要作为网页搜索关键字的字句后，可以先在各大网站试试 (多试几次)，看网站排名在搜索结果中是否向前提升，若觉得还算满意，则此关键字就可使用，否则就不用或再搜索是否有其他关键字可使用，所要使用的关键字都找好之后就可以利用下一个方法设置在每个网页中。

Special Note ⚠️ 有些搜索引擎对于创建个别网页关键字的索引会有一定的限制，也就是说，并非创建的所有关键字搜索引擎一定都会加入它的索引中(若设置了数十个、甚至几百个关键字，它当然不会全部买帐)，所以小弟建议普通网页大概创建**十几个**关键字就差不多了，不要太多。

方法 ❸ 设置搜索关键字

确定要使用的关键字后就可以依照下面的代码说明加入每个网页中。

```
<meta name="keywords" content="黑客任务实战,排困解难,木马植入,木马设计,组合式木马,端口 139 入侵,黑客工具下载,Windows 漏洞补丁,漏洞修补,程秉辉">
```

这里输入此网页的搜索关键字，中间以逗号 "," 分隔，然后将此行加入该网页**<head>**标签的下一行后保存即可基本上只需输入针对欲查看网页的搜索关键字就行了，不过对于主页则可以将其他网页的部分重要关键字也设置在其中，这样可以有助于提高主页的浏览率。

✎ 不被搜索网站找到或检索到

咦? 怎么会有网页希望不被搜索引擎找到呢? 网页不就是希望大家都来浏览的吗? 基本上是没错，不过可能有下列情况并不是如此。

● 有些网站是属于少数人私下交流或沟通使用的，并不想要其他不认识或不相关的网友浏览。

● 某些网站中可能有某些网页只希望给特定某些人浏览，不对广大的网民们开放。

● 自己设计网页后在网络上供自己欣赏浏览，不想、不愿意，也不希望给其他任何人观看 (有这样的人吗?)。

……

总之，不管是什么原因，如果想让某个网页不想被搜索引擎找到，通常可使用下列两种方法。

方法 **1** 设置在 robots.txt

如果是整个网站中的所有网页，或是某个 (或某些) 文件夹下的所有网页不想被搜索引擎找到，则可以将本书所附光盘中的 **\Part4\robots.txt** 文件复制到硬盘中，解除只读属性后用**记事本**打开，再依照下面的说明来修改。

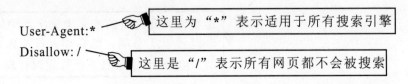

User-Agent:* —— 这里为 "*" 表示适用于所有搜索引擎

Disallow:/ —— 这里是 "/" 表示所有网页都不会被搜索

若要使某个 (或某些) 文件夹下的所有网页不要被搜索 (把网站服务器中主页所在的文件夹当成根目录)，则可以设置如下。

Disallow: /folder1
Disallow: /folder2
Disallow: /folder3/sub1
⋮
以此类推

> Folder1、folder2和folder3 都是文件夹名称，sub1 则是在 folder3 下的子文件夹名称

配置完成后就保存，然后将这个 **robots.txt** 上传到网站服务器中主页所在的**文件夹中**即可。

> **Note** 可能有些网站或书籍中会告诉读者 User-Agent: 后面可指定针对某个搜索引擎来禁止 (或允许) 搜索，例如 User-Agent:Slurp 可禁止 (或允许) 雅虎搜索引擎搜索，而其他搜索引擎 (如**谷歌**、Bing等) 则不受影响。在操作上这样的设置似乎没什么意义，若是针对使用该搜索引擎的网友无法找到该网站，那网友换其他搜索引擎就可能找到啊! 如果对该搜索引擎相当不满，就是不让它搜索到自己的网页，那小弟就无话可说了。

方法 ❷ 设置在 meta 标签

若是想让某个 (或某几个) 网页不被搜索，则可以将下列代码加入这些网页 HTML代码中的 <head> 的下一行后保存即可 (可用**记事本**打本书所附光盘中的 **\Part4\网页不被搜索_代码.txt** 复制后粘贴到网页中)。

```
<meta name="robots" content="none,noindex,nofollow">
<meta name="googlebot" content="none,noindex,nofollow">
<meta name="googlebot" content="noarchive">
```

彻底有效的阻挡方法

对网页设计技术了解的人大概都知道，利用前述的 robots.txt 或 <meta> 标签中的设置来避免被搜索引擎找到，其实是防君子不防小人的方法，也就是说，若搜索引擎根本不理会 robots.txt 或 <meta> 标签中的设置，直接对网页内容进行搜索与创建索引，则还是可以找出所要避免被找到的网站或网页；不过大多数知名搜索引擎并不会这样做，所以前述的方法还算是有效。

然而对于一些知名度不大的搜索引擎，或一些类似可以针对各网站内容或弱点进行分析与搜索的工具 (某些可算是黑客工具)，则可能并不管 robots.txt 或 <meta> 标签中的设置，而会对所有网页进行地毯式的搜索。对于这样的情况要如何有效防止呢？下面小弟提供两种方法供读者参考采用。

方法❶ 使用密码

既然是少数人才可观看的网页，则设计成必须输入密码 (或用户名与密码) 后才可进入此网站 (或网页) 应该是很合理的。而且此方法可以彻底阻挡各种搜索引擎与类似工具的搜索，只是验证密码的程序不可以放在网页中 (否则搜索引擎与类似的工具不就找到了吗？或是网友查看源码也可看到)，因此必须设计成 ASP 或 JSP 才行，有需要的读者请自行研究。

> *Tips* 若可浏览此网站 (或网页) 的人所看到的内容都是一样的话，那就只需要输入密码就行了 (而且密码每个人都一样)，不必画蛇添足地还要输入用户名，甚至创建登录帐户的数据库，因为登录后看到的内容都是一样的。

方法❷ 网页编码

另一种有效防止被搜索引擎或相关工具搜索到的方法就是对网页进行编码，当浏览者用浏览器观看时才进行解码还原成一般的 HTML 代码，如此不仅搜索引擎与搜索工具无用武之地，也让一般的浏览者无法 (或不容易) 检查网页源码的真正内容，可谓一举两得。不过这在操作上比较麻烦，有兴趣的读者可详见 **Q39** 的说明，这里就不再研究。

读者回执卡

欢迎您立即填妥回函

您好！感谢您购买本书，请您抽出宝贵的时间填写这份回执卡，并将此页剪下寄回我公司读者服务部。我们会在以后的工作中充分考虑您的意见和建议，并将您的信息加入公司的客户档案中，以便向您提供全程的一体化服务。您享有的权益：

★ 免费获得我公司的新书资料；
★ 免费参加我公司组织的技术交流会及讲座；
★ 寻求解答阅读中遇到的问题；
★ 可参加不定期的促销活动，免费获取赠品；

读者基本资料

姓　　名 ＿＿＿＿＿＿　性　　别 □男　□女　年　　龄 ＿＿＿＿＿
电　　话 ＿＿＿＿＿＿　职　　业 ＿＿＿＿＿　文化程度 ＿＿＿＿＿
E-mail ＿＿＿＿＿＿　邮　　编 ＿＿＿＿＿
通讯地址 ＿＿＿＿＿＿＿＿＿＿＿＿＿＿＿＿＿

请在您认可处打√（6至10题可多选）

1. 您购买的图书名称是什么：＿＿＿＿＿＿＿＿＿＿＿
2. 您在何处购买的此书：＿＿＿＿＿＿＿＿＿＿＿
3. 您对电脑的掌握程度： □不懂 □基本掌握 □熟练应用 □精通某一领域
4. 您学习此书的主要目的是： □工作需要 □个人爱好 □获得证书
5. 您希望通过学习达到何种程度： □基本掌握 □熟练应用 □专业水平
6. 您想学习的其他电脑知识有： □电脑入门 □操作系统 □办公软件 □多媒体设计
   　　　　　　　　　　　　 □编程知识 □图像设计 □网页设计 □互联网知识
7. 影响您购买图书的因素： □书名 □作者 □出版机构 □印刷、装帧质量
   　　　　　　　　　　 □内容简介 □网络宣传 □图书定价 □书店宣传
   　　　　　　　　　　 □封面、插图及版式 □知名作家（学者）的推荐或书评 □其他
8. 您比较喜欢哪些形式的学习方式： □看图书 □上网学习 □用教学光盘 □参加培训班
9. 您可以接受的图书的价格是： □ 20 元以内 □ 30 元以内 □ 50 元以内 □ 100 元以内
10. 您从何处获知本公司产品信息： □报纸、杂志 □广播、电视 □同事或朋友推荐 □网站
11. 您对本书的满意度： □很满意 □较满意 □一般 □不满意
12. 您对我们的建议：＿＿＿＿＿＿＿＿＿＿＿

请剪下本页填写清楚，放入信封寄回，谢谢！

```
┌─┬─┬─┬─┬─┬─┐
│1│0│0│0│8│4│
└─┴─┴─┴─┴─┴─┘
```

北京100084—157信箱

读者服务部　　　　　　收

贴邮　票处

邮政编码：□□□□□□

技术支持与课件下载：http://www.tup.com.cn　http://www.wenyuan.com.cn

读 者 服 务 邮 箱：service@wenyuan.com.cn

邮 　购 　电 　话：(010)62791865　(010)62791863　(010)62792097-220

组 　稿 　编 　辑：栾大成

投 　稿 　电 　话：(010)62788562-339

投 　稿 　邮 　箱：downchance@126.com